读者精品文摘

Selected Reader's Digest

冬·温暖

陈 南 编

台海出版社

图书在版编目（CIP）数据

读者精品文摘. 冬：温暖 / 陈南编. -- 北京：台海出版社, 2024. 10. -- ISBN 978-7-5168-4014-6

Ⅰ. I267

中国国家版本馆CIP数据核字第2024LK7302号

读者精品文摘　冬·温暖

编　　者：陈　南

责任编辑：王慧敏　　　　　　　　封面设计：肖国旺

出版发行：台海出版社

地　　址：北京市东城区景山东街 20 号　　邮政编码：100009

电　　话：010-64041652（发行，邮购）

传　　真：010-84045799（总编室）

网　　址：www.taimeng.org.cn/thcbs/default.htm

E - mail：thcbs@126.com

经　　销：全国各地新华书店

印　　刷：大厂回族自治县德诚印务有限公司

本书如有破损、缺页、装订错误，请与本社联系调换

开　　本：710 毫米 × 1000 毫米　　　1/16

字　　数：268 千字　　　　　　　　印　　张：15

版　　次：2024 年 10 月第 1 版　　　印　　次：2024 年 12 月第 1 次印刷

书　　号：ISBN 978-7-5168-4014-6

定　　价：156.00 元（全 4 册）

在字句间寻觅
冬的暖意

冬天，白雪皑皑，寒风刺骨，仿佛整个世界都被一层银装覆盖。然而，正是在这寒冷的季节里，我们更能体会到温暖的珍贵。

冬天的美，是沉静而内敛的。它让我们学会在寒冷中寻找温暖，就如同在人生低谷时寻找希望。这本散文集里每一篇文章，都如同冬日里的一杯热茶，温暖着你的手，也温暖着你的心。

你将读到关于冬天的故事，感受到那份特有的宁静与美好，仿佛有一个温暖的怀抱在冬日里拥抱着你。无论是家的温馨，还是友情的暖意，都将在这个冬天与你相伴。

愿你在阅读的过程中，能够感受到那份来自文字深处的温暖。它或许不能驱散冬日的严寒，但一定能温暖你的心灵，给你带来前行的力量。在这个寒冷的季节里，让我们一起品味文字中的温情，感受冬天的美好与温暖。

目 录

CONTENT

冬日的暖阳

生命的尊严颂

迎风傲立的姿态

记忆中不褪色的身影

笑对烦恼的从容

记忆中缅怀的人

冬日的暖阳

- W I N T E R -

冰雪北海

张恨水

北平的雪，是冬季一种壮观景象。没有到过北方的南方人，不会想象到它的伟大。大概有两个月到三个月，整个北平城市，都笼罩在一片白光下。登高一望，觉得这是个银装玉琢的城市。自然，北方的雪，在北方任何一个城市，都是堆积不化的，没有什么可看的。只有北平这个地方，有高大的宫殿，有整齐的街巷，有伟大的城圈，有三海几片湖水，有公园、太庙、天坛几片柏林，有红色的宫墙，有五彩的牌坊，在积雪满眼，白日行天之时，对这些建筑，更觉得壮丽光辉。

要赏鉴令人动心的景致，莫如北海。湖面让厚冰冻结着，变成了一面数百亩的大圆镜。北岸的楼阁树林，全是玉洗的。尤其是五龙亭五座带桥的亭子，和小西天那一幢八角宫殿，更映现得玲珑剔透。若由北岸看南岸，更有趣。琼岛高拥，真是一座琼岛。山上的老柏树，被雪反映成了黑色。黑树林子里那些亭阁上面是白的，下面是阴暗的，活像是水墨画。北海塔涂上了银漆，有一丛丛的黑点绕着飞，是乌鸦在闹雪。岛下那半圆形的长栏，夹着那一个红漆栏杆、雕梁画栋的漪澜堂。又是素绢上画了一个古装美人，颜色是格外鲜明。

五龙亭中间一座亭子，四面装上玻璃窗户，雪光冰光反射进来，那种柔和悦目的光线，也是别处寻找不到的景观。亭子正中，茶社生好了熊熊红火的铁炉，这里并没有一点寒气。游客脱下了臃肿的大衣，摘下罩额的暖帽，身子先轻松了。靠玻璃窗下，要一碟羊膏，来二两白干，再吃几个这里的名产肉末夹烧饼。周身都暖和了，高兴渡海一游，也不必长途跋涉东岸那片老槐雪林，可以坐冰床。冰床是个无轮的平头车子，滑木代了车轮，撑冰床的人，拿了一根短竹竿，站在床后稍一撑，冰床嗤溜一声，向前飞奔了去。人坐在冰床上，风呼呼的由耳鬓吹过去。这玩艺比汽车还快，却又没有一点汽车的响声。这里也有更高兴的游人，却是踏着冰湖走了过去。我们若在稍远的地方，看看那滑冰的人，像在一张很大的白纸上，飞动了许多黑点，那活是电影上一个远镜头。

走过这整个北海，在琼岛前面，又有一弯湖冰。北国的青年，男女成群结队的，在冰面上溜冰。男子是单薄的西装，女子穿了细条儿的旗袍，各人肩上，搭了一条围脖，风飘飘的吹了多长，他们在冰上歪斜驰骋，做出各种姿势，忘了是在冰点以下的温度过活了。在北海公园门口，你可以看到穿戴整齐的摩登男女，各人肩上像搭梢马褡子似的，挂了一双有冰刀的皮鞋，这是上海香港摩登世界所没有的。

江南的冬景

郁达夫

　　凡在北国过过冬天的人，总都道围炉煮茗，或吃煊羊肉，剥花生米，饮白干的滋味。而有地炉，暖炕等设备的人家，不管它门外面是雪深几尺，或风大若雷，而躲在屋里过活的两三个月的生活，却是一年之中最有劲的一段蛰居异境；老年人不必说，就是顶喜欢活动的小孩子们，总也是个个在怀恋的，因为当这中间，有的萝卜，雅儿梨等水果的闲食，还有大年夜，正月初一元宵等热闹的节期。

　　但在江南，可又不同；冬至过后，大江以南的树叶，也不至于脱尽。寒风——西北风——间或吹来，至多也不过冷了一日两日。到得灰云扫尽，落叶满街，晨霜白得像黑女脸上的脂粉似的清早，太阳一上屋檐，鸟雀便又在吱叫，泥地里便又放出水蒸气来，老翁小孩就又可以上门前的隙地里去坐着曝背谈天，营屋外的生涯了；这一种江南的冬景，岂不也可爱得很么？

　　我生长江南，儿时所受的江南冬日的印象，铭刻特深；虽则渐入中年，又爱上了晚秋，以为秋天正是读读书，写写字的人的最惠节季，但对于江南的冬景，总觉得是可以抵得过北方夏夜的一种特殊情调，说得摩登些，便是一种明朗的情调。

　　我也曾到过闽粤，在那里过冬天，和暖原极和暖，有时候到了阴历的年边，说不定还不得不拿出纱衫来着；走过野人的篱落，更还看得见许多杂七杂八的秋花！一番阵雨雷鸣过后，凉冷一点，至多也只好换上一件夹衣，在闽粤之间，皮袍棉袄是绝对用不着的；这一种极南的气候异状，并不是我所说的江南的冬

景，只能叫它作南国的长春，是春或秋的延长。

江南的地质丰腴而润泽，所以含得住热气，养得住植物；因而长江一带，芦花可以到冬至而不败，红叶也有时候会保持得三个月以上的生命。像钱塘江两岸的乌桕树，则红叶落后，还有雪白的桕子着在枝头，一点一丛，用照相机照将出来，可以乱梅花之真。草色顶多成了赭色，根边总带点绿意，非但野火烧不尽，就是寒风也吹不倒的。若遇到风和日暖的午后，你一个人肯上冬郊去走走，则青天碧落之下，你不但感不到岁时的肃杀，并且还可以饱觉着一种莫名其妙的含蓄在那里的生气；"若是冬天来了，春天也总马上会来"的诗人的名句，只有在江南的山野里，最容易体会得出。

说起了寒郊的散步，实在是江南的冬日，所给与江南居住者的一种特异的恩惠；在北方的冰天雪地里生长的人，是终他的一生，也决不会有享受这一种清福的机会的。我不知道德国的冬天，比起我们江浙来如何，但从许多作家的喜欢以 Spaziergang 一字来做他们的创造题目的一点看来，大约是德国南部地方，四季的变迁，总也和我们的江南差仿不多。譬如说十九世纪的那位乡土诗人洛在格（Peter Rosegger, 1843–1918）吧，他用这一个"散步"做题目的文章尤其写得多，而所写的情形，却又是大半可以拿到中国江浙的山区地方来适用的。

江南河港交流，且又地滨大海，湖沼特多，故空气里时含水分；到得冬天，不时也会下着微雨，而这微雨寒村里的冬霖景象，又是一种说不出的悠闲境界。你试想想，秋收过后，河流边三五家人家会聚在一道的一个小村子里，门对长桥，窗临远阜，这中间又多是树枝槎丫的杂木树林；在这一幅冬日农村的图上，再洒上一层细得同粉也似的白雨，加上一层淡得几不成墨的背景，你说还够不够悠闲？若再要点景致进去，则门前可以泊一只乌篷小船，茅屋里可以添几个喧哗的酒客，天垂暮了，还可以加一味红黄，在茅屋窗中画上一圈暗示着灯光的月晕。人到了这一个境界，自然会得胸襟洒脱起来，终至于得失俱亡，死生不问了；我们总该还记得唐朝那位诗人做的"暮雨潇潇江上村"的一首绝句吧？诗人到此，连对绿林豪客都客气起来了，这不是江南冬景的迷人又是什么？

一提到雨，也就必然的要想到雪："晚来天欲雪，能饮一杯无？"自然是江南日暮的雪景。"寒沙梅影路，微雪酒香村"，则雪月梅的冬宵三友，会合在一道，在调戏酒姑娘了。"柴门闻犬吠，风雪夜归人"，是江南雪夜，更深人静后的景况。"前树深雪里，昨夜一枝开"，又到了第二天的早晨，和狗一样喜欢弄雪的村童来报告村景了。诗人的诗句，也许不尽是在江南所写，而做这几句诗的诗人，也许不尽是江南人，但假了这几句诗来描写江南的雪景，岂不直截了当，比我这一枝愚劣的笔所写的散文更美丽得多？

　　有几年，在江南也许会没有雨没有雪的过一个冬，到了春间阴历的正月底或二月初再冷一冷下一点春雪的；去年（一九三四）的冬天是如此，今年的冬天恐怕也不得不然，以节气推算起来，大约大冷的日子，将在一九三六年的二月尽头，最多也总不过是七八天的样子。像这样的冬天，乡下人叫作旱冬，对于麦的收成或者好些，但是人口却要受到损伤；旱得久了，白喉，流行性感冒等疾病自然容易上身，可是想恣意享受江南的冬景的人，在这一种冬天，倒只会得到快活一点，因为晴和的日子多了，上郊外去闲步逍遥的机会自然也多；日本人叫作 Hiking，德国人叫作 Spaziergang 狂者，所最欢迎的也就是这样的冬天。

　　窗外的天气晴朗得像晚秋一样；晴空的高爽，日光的洋溢，引诱得使你在房间里坐不住，空言不如实践，这一种无聊的杂文，我也不再想写下去了，还是拿起手杖，搁下纸笔，上湖上散散步吧！

白马湖之冬

夏丏尊

在我过去四十余年的生涯中，冬的情味尝得最深刻的，要算十年前初移居白马湖的时候了。十年以来，白马湖已成了一个小村落，当我移居的时候，还是一片荒野。春晖中学的新建筑巍然矗立于湖的那一面，湖的这一面的山脚下是小小的几间新平屋，住着我和刘君心如两家。此外两三里内没有人烟。

那里的风，差不多日日有的，呼呼作响，好像虎吼。屋宇虽系新建，构造却极粗率，风从门窗隙缝中来，分外尖削，把门缝窗隙厚厚地用纸糊了，椽缝中却仍有透入。风刮得厉害的时候，天未夜就把大门关上，全家吃毕夜饭即睡入被窝里，静听寒风的怒号，湖水的澎湃。靠山的小后轩，算是我的书斋，在全屋子中风最少的一间，我常把头上的罗宋帽拉得低低地，在洋灯下工作至夜深。松涛如吼，霜月当窗，饥鼠吱吱在承尘上奔窜。我于这种时候深感到萧瑟的诗趣，常独自拨划着炉灰，不肯就睡，把自己拟诸山水画中的人物，作种种幽邈的遐想。

现在白马湖到处都是树木了，当时尚一株树木都未种。月亮与太阳都是整个儿的，从上山起直要照到下山为止。太阳好的时候，只要不刮风，那真和暖得不像冬天。一家人都坐在庭间曝日，甚至于吃午饭也在屋外，像夏天的晚饭一样。日光晒到哪里，就把椅凳移到哪里，忽然寒风来了，只好逃难似的各自带了椅凳逃入室中，急急把门关上。在平常的日子，风来大概在下午快要傍晚的时候，半夜即息。至于大风寒，那是整日夜狂吼，要二三日才止的。最严寒的几天，泥地看去惨白如水门汀，山色冻得发紫而黯，湖波泛深蓝色。

下雪原是我所不憎厌的，下雪的日子，室内分外明亮，晚上差不多不用燃灯。远山积雪足供半个月的观看，举头即可从窗中望见。可是究竟是南方，每冬下雪不过一二次。我在那里所日常领略的冬的情味，几乎都从风来。白马湖的所以多风，可以说有着地理上的原因。那里环湖都是山，而北首却有一个半里阔的空隙，好似故意张了袋口欢迎风来的样子。白马湖的山水和普通的风景地相差不远，唯有风却与别的地方不同。风的多和大，凡是到过那里的人都知道的，风在冬季的感觉中，自古占有重要的因素，而白马湖的风尤其特别。

现在，一家僦居上海多日了，偶然于夜深人静时听到风声，大家就要提起白马湖来，说"白马湖不知今夜又刮得怎样厉害哩!"

冬 天

朱自清

　　说起冬天，忽然想到豆腐。是一"小洋锅"（铝锅）白煮豆腐，热腾腾的。水滚着，像好些鱼眼睛，一小块一小块豆腐养在里面，嫩而滑，仿佛反穿的白狐大衣。锅在"洋炉子"（煤油不打气炉）上，和炉子都熏得乌黑乌黑，越显出豆腐的白。这是晚上，屋子老了，虽点着"洋灯"，也还是阴暗。围着桌子坐的是父亲跟我们哥儿三个。"洋炉子"太高了，父亲得常常站起来，微微地仰着脸，觑着眼睛，从氤氲的热气里伸进筷子，夹起豆腐，一一地放在我们的酱油碟里。我们有时也自己动手，但炉子实在太高了，总还是坐享其成的多。这并不是吃饭，只是玩儿。父亲说晚上冷，吃了大家暖和些。我们都喜欢这种白水豆腐；一上桌就眼巴巴望着那锅，等着那热气，等着热气里从父亲筷子上掉下来的豆腐。

　　又是冬天，记得是阴历十一月十六晚上，跟 S 君 P 君在西湖里坐小划子。S 君刚到杭州教书，事先来信说："我们要游西湖，不管它是冬天。"那晚月色真好，现在想起来还像照在身上。本来前一晚是"月当头"；也许十一月的月亮真有些特别吧。那时九点多了，湖上似乎只有我们一只划子。有点风，月光照着软软的水波；当间那一溜儿反光，像新研的银子。湖上的山只剩了淡淡的影子。山下偶尔有一两星灯火。S 君口占两句诗道："数星灯火认渔村，淡墨轻描远黛痕。"我们都不大说话，只有均匀的桨声。我渐渐地快睡着了。P 君"喂"了一下，才抬起眼皮，看见他在微笑。船夫问要不要上净寺去；是阿弥陀佛生日，那边蛮热闹的。到了寺里，殿上灯烛辉煌，满是佛婆念佛的声音，好像醒了一场梦。这已是十多年前的事了，S 君还常常通着信，P 君听说转变了好几次，前年是在一个特税局里收特税了，以后便没有消息。

在台州过了一个冬天，一家四口子。台州是个山城，可以说在一个大谷里。只有一条二里长的大街。别的路上白天简直不大见人；晚上一片漆黑。偶尔人家窗户里透出一点灯光，还有走路的拿着的火把；但那是少极了。我们住在山脚下。有的是山上松林里的风声，跟天上一只两只的鸟影。夏末到那里，春初便走，却好像老在过着冬天似的；可是即便真冬天也并不冷。我们住在楼上，书房临着大路；路上有人说话，可以清清楚楚地听见。但因为走路的人太少了，间或有点说话的声音，听起来还只当远风送来的，想不到就在窗外。我们是外路人，除上学校去之外，常只在家里坐着。妻也惯了那寂寞，只和我们爷儿们守着。外边虽老是冬天，家里却老是春天。有一回我上街去，回来的时候，楼下厨房的大方窗开着，并排地挨着她们母子三个；三张脸都带着天真微笑地向着我。似乎台州空空的，只有我们四人；天地空空的，也只有我们四人。那时是民国十年，妻刚从家里出来，满自在。现在她死了快四年了，我却还老记着她那微笑的影子。

无论怎么冷，大风大雪，想到这些，我心上总是温暖的。

初 冬

萧 红

初冬，我走在清凉的街道上，遇见了我的弟弟。

"莹姐，你走到哪里去？"

"随便走走吧！"

"我们去吃一杯咖啡，好不好，莹姐。"

咖啡店的窗子在帘幕下挂着苍白的霜层。我把领口脱着毛的外衣搭在衣架上。

我们开始搅着杯子铃喻的响了。

"天冷了吧！并且也太孤寂了，你还是回家的好。"弟弟的眼睛是深黑色的。

我摇了头，我说："你们学校的篮球队近来怎么样？还活跃吗？你还很热心吗？"

"我掷筐掷得更进步，可惜你总也没到我们球场上来了。你这样不畅快是不行的。"

我仍搅着杯子，也许飘流久了的心情，就和离了岸的海水一般，若非遇到大风是不会翻起的。我开始弄着手帕。弟弟再向我说什么我已不去听清他，仿

佛自己是沉坠在深远的幻想的井里。

我不记得咖啡怎样被我吃干了杯了。茶匙在搅着空的杯子时，弟弟说："再来一杯吧!"

女侍者带着欢笑一般飞起的头发来到我们桌边，她又用很响亮的脚步摇摇地走了去。

也许因为清早或天寒，再没有人走进这咖啡店。在弟弟默默看着我的时候，在我的思想凝静得玻璃一般平的时候，壁间暖气管小小嘶鸣的声音都听得到了。

"天冷了，还是回家好，心情这样不畅快，长久了是无益的。"

"怎么!"

"太坏的心情与你有什么好处呢?"

"为什么要说我的心情不好呢?"

我们又都搅着杯子。有外国人走进来，那响着嗓子的、嘴不住在说的女人，就坐在我们的近边。她离得我越近，我越嗅到她满衣的香气，那使我感到她离得我更辽远，也感到全人类离得我更辽远。也许她那安闲而幸福的态度与我一点联系也没有。

我们搅着杯子，杯子不能像起初搅得发响了。街车好像渐渐多了起来，闪在窗子上的人影，迅速而且繁多了。隔着窗子，可以听到喑哑的笑声和喑哑的踏在行人道上的鞋子的声音。

"莹姐，"弟弟的眼睛深黑色的，"天冷了，再不能飘流下去，回家去吧!"弟弟说，"你的头发这样长了，怎么不到理发店去一次呢?"我不知道为什么被他这话所激动了。

也许要熄灭的灯火在我心中复燃起来，热力和光明鼓荡着我:

"那样的家我是不想回去的。"

"那么飘流着，就这样飘流着?"弟弟的眼睛是深黑色的。他的杯子留在左手里边，另一只手在桌面上，手心向上翻张了开来，要在空间摸索着什么似的。最后，他是捉住自己的领巾。我看着他在抖动的嘴唇:"莹姐，我真担心你这个女浪人!"他牙齿好像更白些，更大些，而且有力了，而且充满热情了。为热情而波动，他的嘴唇是那样的退去了颜色。并且他的全人有些近乎狂人，然而安静，完全被热情侵占着。

出了咖啡店，我们在结着薄碎的冰雪上面踏着脚。

初冬，早晨的红日扑着我们的头发，这样的红光使我感到欣快和寂寞。弟弟不住地在手下摇着帽子，肩头耸起了又落下了；心脏也是高了又低了。

渺小的同情者和被同情者离开了市街。

停在一个荒败的枣树园的前面时，他突然把很厚的手伸给了我，这是我们要告别了。

"我到学校去上课！"他脱开我的手，向着我相反的方向背转过去。可是走了几步，又转回来：

"莹姐，我看你还是回家的好！"

"那样的家我是不能回去的，我不愿意受和我站在两极端的父亲的豢养……"

"那么你要钱用吗？"

"不要的。"

"那么，你就这个样子吗？你瘦了！你快要生病了！你的衣服也太薄啊！"弟弟的眼睛是深黑色的，充满着祈祷和愿望。我们又握过手，分别向不同的方向走去。

太阳在我的脸面上闪闪耀耀。仍和未遇见弟弟以前一样，我穿着街头，我无目的地走。寒风，刺着喉头，时时要发作小小的咳嗽。

弟弟留给我的是深黑色的眼睛，这在我散漫与孤独的流荡人的心板上，怎能不微温了一个时刻？

养一朵雪花

石 兵

少年时，我曾经悄悄养了一朵雪花。如今想来，这是一件多么不可思议的事情，可在当年，我竟然真的做到了。

那年冬天，雪下得特别多特别大，让我萌生了养一朵雪花的念头。试验了多次，我发现雪花落在手上很快就会融化，便取了一块冻得冰冷的铁片，小心翼翼地让雪花落在上面，趁着它没有融化，我把它放入了院落中的地窖里。

那是个四四方方的小城堡，贮存着过冬的大白菜，天气极冷，大白菜身上结着冰碴，整整齐齐站成一排。彼时，我还是个身材瘦小的孩子，矮下身就能钻入地窖，我把盛着雪花的铁片放在最冷的角落里。在放雪花的过程中，我尽量让自己离它远一点，害怕自己不小心呵出的一口热气就让它融化了。

后来，这朵雪花竟然真的在地窖里安了家。每天清晨，天未亮时，我都会在最冷的时分悄悄打开菜窖，用一支小小的手电筒照向它。我看到，它的花瓣一片也没有少，紧紧贴在那块灰黑色的铁片上，尽管颜色渐渐不再那么洁白，变得有些晶莹剔透，但是，它依然保持着一朵雪花的纯洁与美丽，让一个孩子幼小的心灵感到了从未有过的美好。

那时，家里很穷，地窖里的大白菜就是过冬唯一的蔬菜，母亲隔几天就会取出一棵，用它做各种菜肴。我没有告诉母亲地窖里养了一朵雪花，我只是每次都躲在母亲身后，提醒她要先取那些离雪花远的大白菜。

母亲说："当然是先取离窖门近的白菜了，这个不用你来提醒。"我说："取的时候要轻一点啊，白菜们都冻在一起了，别把其他白菜给弄坏了。"

白菜一棵一棵变少，冬天一天一天过去，我养在地窖里的雪花却一直开得灿烂。直到有一天黄昏，天空阴沉了许久，再一次飘起了雪花，可雪花飘了没一会儿，突然变成了淅淅沥沥的雨，这雨落在地上不再如白雪般聚成一团，而是顺着沟沟坎坎四处流淌，最后，竟然顺着菜窖的门缝流了进去。

　　看到这一幕，我顿时忧心忡忡，待到雨势渐小，便小心翼翼打开地窖的门，竟然看到了不可思议的一幕。

　　我看到，所有大白菜身上都开满了晶莹的雪花，是的，晶莹的雪花。原来，随着夜色降临，天气越来越冷，那些滴入地窖的雨，因为地窖中气温极低，便在落下后迅速凝结，在所有落下的地方绽开了花。大白菜的菜叶上，地窖的地面上，还有那块铁片的身上。只是，这些雪花都没有我养的那朵雪花漂亮，它们只有不规则的绽开状，不像我养的那朵雪花，有着精美的花瓣，有着洁白的叶片，还有着一张温柔的笑脸。

　　令我始料未及的是，这次的地窖美景只存在了短短的几天。自从降下了那场雨，气温已经不可逆转地开始上升了。冬天要过去了，春天就要来了。

　　我养的那朵雪花是在某个清晨悄悄消失的，它只留下一道淡淡的水痕，似乎为那块灰黑色的铁片涂抹上了一道芬芳的水粉。那一天，我矮身走入菜窖，轻轻拿起那块不再冰冷的铁片，心中突然忧伤起来。

　　我一直以为，没有人知道我曾悄悄养过一朵雪花。直到多年之后的某一天，白发苍苍的母亲在床下拿出一块泛黄的铁片，轻轻递给我，说："你小时候，在菜窖里藏了一朵雪花，每天都要去看看，这就是那个放雪花的铁片，还记得吗？"

　　见我惊奇地瞪大眼睛，母亲笑着说："你知道吗？你养了一朵雪花，可是我养了一大堆雪花呢。为了养雪花，我去学校找老师请教，老师说，只要温度够低，然后让雪花与空气隔开，它就能存放更久。那年冬天，每次下了雪，我都要悄悄收集一些，把它们放在背阳的地方养着，看到你的雪花要化了，我就悄悄运来一朵放在上面，我知道你每天早上要去看它，就在你晚上睡熟之后悄悄替换一下雪花，那时晚上可真冷啊，出去一趟就冻得脸也红腿也疼，一直到现在都还没有缓过来呢。"

　　母亲的话让我听得双眼通红。原来，养雪花的人不是我，而是母亲。只是为了孩子一个童话般的愿望，一件在成人世界中毫无意义的事情，母亲就放弃了睡眠与温暖，默默付出了这么多。

这么多年过去了，我一直认为是自己独自养了一朵雪花，独力完成了一件困难至极的事情，这种源于童年最单纯的自信让我一直笃信自己是个被幸运眷顾的人，让我在遇到困难时仍然充满信心。我却不知道，这一切的幸运其实都是缘于母亲，她默默地在我身后，为一个孩子筑造起一座童话城堡，让一切不可能都成了可能。

阿德勒说，幸福的人用童年治愈一生。虽然我的童年贫穷与饥饿如影随形，但因为母亲，因为那朵养了一冬的雪花，一切都被铺陈了温暖而美好的背景，或许，这背景的底色，就是爱吧。

活得干净

崔修建

谈论令人敬佩的一种活法，我欣赏祖父简洁的四字评语：活得干净。

活得干净，如清荷出水，如兰生山涧，如银碗盛雪，如月满天心，有一览无余的澄澈，还有直抵心灵最深处的蕴藉。

活得不干不净，日子自然便会混浊起来，人的腰板也难以挺直起来。

一件粗布衣衫，可以陈旧，甚至可以落上花朵般的补丁，但只要干干净净，就不失慑人心魂的精神气儿，就像一位隐于山林的高士，虽无显赫的名声，但一举手一投足，自有令人肃然起敬的风度。

我一辈子不曾出过远门的祖父，对外面的世界知之甚少，但这并不妨碍他懂得许多深邃的人生哲理，不妨碍他将寻常的日子过得有滋有味。因为拥有一颗赤子般纯净的心，站在春寒料峭的田野上，他会说出一粒种子的前世今生；望着璀璨的星空，他会讲出许多神奇而美丽的传说；细数二十四节气，他能娴熟地说出蕴藏其中的丰富文化。他能从一朵白云里读出来自哪里的炊烟多情，能从一啼鸟鸣里听出哪里的思念浓郁，能看到路边一株小草的倔强，能看懂一枚落花无声的忧伤……

祖父在不大的小院子里修了花坛，用石子在花坛四周砌了漂亮的排水沟，为鸡鸭们准备了喝水的木槽，为小黄狗搭了舒适的草窝，为屋檐下的燕窝做了保护支架，为篱笆墙披上葱茏的藤蔓……时常洒水，时常清扫，小院总是弄得干干净净。有人夸赞，他会颇有成就感地回一句："过日子嘛，干净一点儿，心里舒坦。"

在附近十里八乡，祖父很有威望，他说话和办事，都像醇厚的高粱酒，接地气，又透着一股干净的力量。邻里间起了争执，家族中闹了矛盾，难以化解时，便常来找祖父前去调解。祖父愿意说和，他不偏不向，不和稀泥，能将一碗水端平，有时只三言两语，便能解开当事人心头的疙瘩，消除缠绕的纠结。

我曾惊讶地问祖父，为何他每次都能将棘手的事处理得干净利落，从不拖泥带水。他淡淡一笑："心净、眼净、口净，自然能做事干净。"一语如禅，让我不由得浮想联翩。

我喜欢结交活得干净的朋友，他们心水清澈，善解人意，懂得与人为善，和他们聊天特别轻松，和他们共事丝毫不累。时间久了，自己的身心也会得到净化。

那日，与一位曾驰骋商海的优秀企业家品茶，聊到人格魅力这个话题，他感慨：在利欲纷争的商界，能够努力活得干净一些的人，其实是真正聪明的人，也是真正能干成大事的人，而那些心头蒙尘者，爱耍小聪明，爱使小伎俩，反倒经常捡了芝麻丢了西瓜，难成大气候。

我请教他如何让自己活得干净些，他说："让自己活得干净，其实很简单，只需将名利看淡一些，将善美看多一些。"

当然，活得干净，并不是一尘不染，而是懂得时常拂去心头的尘埃，就像一条想活得干净的小溪，需将泥沙沉淀下来；像一片雪花想活得干净，需融化成滋润草木的水。

一位禅师曾言：一个人的心澄净了，他的世界就澄净了。一个真正渴望活得干净的人，无论身处何方，无论面对怎样的诱惑，都能找到干净的路径，拥抱一片干净的天地。

珍重待春风

崔修建

读学者许倬云的《中国文化的精神》，看到旧时人们静待春归的一件雅趣之事：冬至那日，大人会送给孩童一幅名为"九九消寒帖"的描红字帖，其内容仅一句"庭前垂柳珍重待春风（风）"，每字九画，孩童每天晨起描一个笔画，描完九九八十一画，就送走了寒冬天，出门便是明媚的春天了。

一个瑞雪纷纷的冬日，在一位民俗学家的书房里聊天，聊到冬至的习俗，民俗学家向我展示了一幅"九九消寒图"：一枝白色梅花，共九九八十一个花瓣，每日涂红一瓣，待朵朵梅花都红灿灿地绽开时，就是百花争艳的春天了。

多么富有文化韵味和情趣的习俗啊！我柔柔的心，一下子便被拨动了，许多似已老去的往事，像厚厚白雪覆盖的枯草下面那一丝丝逼人眼睛的嫩绿，不可遏止地潜滋暗长，很快就郁郁葱葱起来。

犹记得年少时，漫长的乡村冬日，灶膛里玉米芯噼噼啪啪地燃着，父亲在旁边一丝不苟地修理农具，母亲坐在土炕上飞针走线，纳着鞋底。我和弟弟翻倦了童书，就趴在窗台上，细数窗玻璃上结的霜花，再用手指上的热度，在霜花上融出两个小孔，望见屋外飞舞的雪花，在薄薄的炊烟里，不紧不慢地洒落。

从前的时光，多么悠然啊！

我不禁想到作家木心的那首名诗《从前慢》，那些生命从容的日子，似乎很多人都有大把的时间，可以守着一颗期盼的种子，耐心十足地等待，一如冰封的河流，可以守着长长的沉默，安然地等待岸边柳芽鹅黄的亲切召唤。

冬天农活少，勤快的二叔不打牌，不与村民聚堆闲聊，搬出早已备好的柳条，尽情地施展自己娴熟的编织手艺，柳筐、柳篮、柳篓，大大小小，方方圆圆，在院子里摆了一大排，蔚为壮观。选出好看的，送给左邻右舍，收获一两句感谢，二叔欢喜得像走路捡到了宝贝。

日子正过得越来越好时，二叔查出了肝癌，是晚期。家人一片悲戚，纷纷主张去北京找最好的医院，不惜多花钱竭力救治。他却一脸随遇而安的淡然，连连摆手：人生一世，草木一秋。既然得的是不治之症，就与癌相伴，心平气和地走好后面这一程吧。

像一棵落光叶子的老树，二叔独自站在寒冬的田埂上，远山一片萧瑟，春风尚在路上，他心田里却生出了庄稼葳蕤的憧憬。鲜活的生命就该如此：一季一季期盼，一季一季欢欣，偶尔也有点点失落。

　　他又买来各种菜籽，找来一个大木槽子，悉心培育地瓜苗、茄子苗和辣椒苗。他说，等到开春，就将这些秧苗移栽到菜园里，他盼着早点儿吃到自己种的蔬菜。

　　那坚定的语气里，流露出平静赶路的从容，还有看淡生死的洒脱。一颗不肯老去的春心，在料峭的冬日里，依然漾着阳光的煦暖，安详而动人。

　　那天，陪朋友去探望一位投资惨败的民营企业家。几乎所有的家产都被抵押了，还背负着上亿的欠债，租住两间逼仄的小屋，年届七旬的企业家，聊到几十年来在商海中的沉沉浮浮，一脸的轻描淡写，仿佛在谈论着别人的事情。我和朋友准备安慰他的那些话，一句也没用上，反倒被他实实在在地安慰了。

　　企业家小屋墙壁上挂一条幅，端然的行书"珍重待春风"，五个神色平和的字，五个气度飘逸的字，分明就是他那一刻优雅得令人肃然起敬的生动写照。

　　"珍重待春风"，多好的人生箴言啊！我在心中默念了一遍又一遍，猛然看到了年轻时的自己，也曾在摔了跟头后，悄悄擦去泪花，暗暗勉励自己——即使深陷谷底，也不忘仰望天空。

　　有烦恼缠身又何妨？只需轻轻掸落，珍重触手可及的眼下，微笑着朝前走去，相信自有明媚的春光，在前面欢欣地等待自己。

第二十二条领带

王继颖

窗外秋风萧瑟，斑驳的落叶飞旋。病房临窗的床上，雪白的棉被裹着个瘦得皮包骨头的女孩儿。女孩儿苍白的脸朝向敞开的房门，一双失了神采的大眼睛，痴痴地望向门外。她紧闭的双唇，因缺失血色，像两片褪了色的红花瓣。距清晨查房时间，还有几分钟。

门外响起熟悉的脚步声，轻快而富有节奏。没错，正是尚大夫的脚步声。女孩儿双唇动了动，脸上漾起一抹微笑的涟漪。

走进病房的尚大夫三十来岁，熠熠的眼神似阳光明媚。白大褂内，白衬衫配着的紫色领带，格外显眼。做过例行检查，他没有离开，一脸关切地看着女孩儿。

躺在床上的女孩儿张开嘴唇，脸上浮着浅浅的微笑："尚大夫，您今天这紫色领带……和白衬衣……配得雅致。"她声音很轻，一句话，中间喘了几次气。女孩儿的母亲站在床边，眼睛红肿，怜惜地看着女儿。她知道，女儿又在锥心刺骨地疼痛。尚大夫笑望着女孩儿，竖起大拇指："你对领带和衬衣色彩搭配，真有研究……"他胸口像被什么堵住似的，难受得很，然而工作几年的修炼，让他仍能微笑着把话说完。

走出病房门，他左手抚着紫色领带，泪水如江河决堤。

以前不喜欢打领带的尚大夫，最近八个多月频繁地更换领带。红的、白的、黄的、黑的、粉的、花的、条纹的……他的衣柜里，有了各种颜色各种式样的领带。这条紫色领带，是女孩儿成为他的病人后，他买的第二十二条领带。

女孩儿刚满二十岁，还没开始恋爱，就已是血癌晚期，在北京肿瘤医院化疗后转到他所在的医院。从各项检查判断，女孩儿的时日已经不多了。作为女孩儿的主治医生，他所能做的，只是想方设法减轻她的疼痛，尽全力让她短暂的生命拉长一点儿。

住进医院的第三天，女孩儿的母亲就请他去了谈话间。这位母亲说：因为疼痛，女儿常常闹脾气；因为悲观失望，又常常沉默着不发一言。可是，见到他，女儿脸上却难得地露出笑容；他离开病房，还不停地夸他阳光帅气，说他打上领带肯定更好看。女孩儿的母亲向他恳求："您以后能不能多去病房看看我女儿，多说几句话安慰她……"说着说着，这位母亲就哽咽了。

女孩儿住进医院的第四天，尚大夫特意穿上自己新买的粉色衬衣，系上衣柜中闲置已久的蓝色领带。到医院，罩上白色工作服，愈加显得英气勃发。查房时，女孩儿见到他，清瘦苍白的脸上开出一朵微笑的花儿："尚大夫，您打上领带，更帅气了……"

除了按时查房，他也常抽出时间去病房，关心女孩儿的病情，陪她聊一会儿。女孩儿见到他，似乎疼痛就退了几分，微笑的涟漪就会轻漾在脸上，苍白的笑容里流溢着发自心底的喜欢。他发现女孩儿对他的领带感兴趣，便一条又一条地买。他更换着一条又一条漂亮的领带去病房，光阴从春天流转到秋天。

他的第二十二条领带买回没几天，女孩儿像一片秋叶般离开了这个世界。临走前，他和其他医护人员在病房里给她过了最后一个生日。

不知是全力以赴的医疗维持，还是二十二条领带的牵系，女孩儿的生命，延长了八个多月。

谈起那二十二条领带，尚大夫泪流满面："自从有了孩子，我和同做医生的妻子更深懂得了珍惜的含义。对患者，我们并不喜欢'时时去安慰'，我们更加渴望的是'常常去治愈'……"

与未来同来

陈志宏

一个名叫"千年虫"的幽灵，像一团迷雾萦绕在人们通往新千年的路上，裹挟人类的命运，高悬于天，仿佛一个急降，碎成万片，世界为之覆灭。

人类为之捏了一把冷汗。

这个幽灵，源于计算机设计之初的一个小疏忽，采用"MM—DD—YY"格式计时，年份只预留了两位，1999 年是其无法逃避的终点。全世界的信息都记录在这样的硬件上，信息混乱像瘟疫一样即将大暴发，银行利息瞬间变负数，机场、铁路、公路等将乱成一锅粥……危机四伏，天下大乱。

然而，时间不紧不慢，来到了 1999 年 12 月 31 日 23 时 59 秒，再过一秒，火车没有相撞，飞机没有偏离跑道，银行利息仍安安稳稳躺在储户存折上，所谓的"世界末日"，并没来临。

如约而来的，是中国成千上万的"世纪宝宝"，给千万个小家庭带来欣喜和快乐，给古老的中国标注了新世纪的新元素。

人们习惯性称他们为"蛋蛋后"，圆滚滚，热乎乎，孕育家国复兴的希望和力量。

成长路上，他们见证了汶川惨烈的震荡，也感受到了北京奥运的绚烂。他们对天地同上一堂课，满心惊奇，对"村村通"公路的喜讯，满怀激情。他们渐渐地习惯不向父母伸手要钱，扫一扫，嘀一下，诸事搞定；他们喜欢出去走走看看，坐上高铁，陆上飞一飞，转瞬千里；他们要听什么歌，要见什么人，要做什么事，摇一摇，摇出人生如意。

他们是新中国成立以来，最幸福的一代，物质渐趋富足，精神渐抵富贵。

这一切，得益于一个字：通。

物质通，通富裕；人员通，通人情；信息通，通交流；网络通，通财富；爱心通，通博爱；天地通，通未来。

就连他们一日也不能省的快递，公司名字也是申通、中通、圆通，路路通，顺顺通，通达幸福终点。

中医有"痛则不通，通则不痛"之说，一个社会，因为畅通，走上富裕之道，便指日可待；一个民族，因为联通，踏上复兴之路，就在眼前。中华振兴，民族兴旺，一代接着一代干，到"00后"，就无比接近幸福的中心。

世纪宝宝，从物质蜜罐跳出来，而今成年，开始了与前辈们完全不一样的人生之旅，精心打造有"00后"标签的精神蜜罐，创立无愧于时代的中华复兴史。也许他们还有这样那样的问题，但是不要紧，说法像计算机"千年虫"问题那样，我相信时间会给出完美的答案。

十八年后的他们，承载着中华民族伟大复兴的希望，接过前辈们的接力棒，奔跑在路上；十八大以后的中国，凝心聚力，把富强民主文明和谐美丽之凤冠戴在每一个国人头上。

与未来同来，是幸福、文明、美丽……

2035的你，是我们未来最好的见证。

女人之美

鲁小莫

上完礼仪课我直接去了邮局。走进邮局的大门，我的脑子里还盘旋着礼仪老师的话：礼仪包括姿势、动作和表情，女人应该保持一种洒脱、自信的形象。

我到邮局大厅的一张桌前填汇款单。桌前已经有一位女人坐在那里。我瞥了她一眼。她的衣着普通，短发，几缕头发披散下来，遮住大半个脸，一个布包放在桌上，半旧的样子。我在心里为她开脱：不是每个女人都有精力与能力顾及自己的形象的。我看了一眼她手里的笔，心里不由得"呀"了一声。她手里的笔，是用一张白纸卷住一个圆珠笔芯制成的。这样的制作游戏我在中学时常玩。我在心里暗暗批评：不注意细节！一支圆珠笔，不过一两块钱。

我往她的另一侧挪了挪身子，开始填单。却不料桌面上粘贴的一支笔写不出字。我摸摸包，不巧，今天没带笔。我只好求助地看着她，看着她手里的那支白纸自制圆珠笔。她感觉到了，抬头看了看我，微微一笑。她三十多岁，皮肤不是很细致，却有一种自然的光泽。她迅速填好手里的单，将笔推给我。我说声"谢谢"，埋头填单。

填好单，找钱，交营业员，收回执单，我大步流星走出邮局。家里还有一大堆家务等着我。女人忙工作，忙家庭，成天忙得滴溜溜转，保持良好的风度谈何容易。我恨不得撒开腿往家里跑。可是礼仪老师说了，宁可大步走，也不

要小跑，小跑破坏风度，大步走给人一种利落忙碌的印象。我甩着胳膊走，胸前水绿色的丝巾被风吹到脑后，与长发一起飞扬。

"前面的妹妹，等等——"好像有人在叫我，我回过头。刚才在邮局见过的那女人向我追来。她的短发随着跑的节奏上下起舞，被风一吹，更乱了。她跑得气喘吁吁，面色通红。

我看着她，有些疑惑。忽然之间，我恍然大悟。她的那支白纸自制圆珠笔我忘了还她。我有些愧疚，同时，心里隐隐生出一些不屑。

她跑近了，我把白纸自制圆珠笔递给她，有些冷漠，我想说，我不是故意的。话未到嘴边，我愣住了。我看见她手里拿着一个钱包，我的枣红色钱包！那是一个朋友送给我的生日礼物，里面除了钞票，还有工资卡、医疗卡。我不知道那一刻我的表情怎样变换。不屑，惊讶，惭愧，感激，还有一种我说不出来的情愫。我都忘了是否跟她说了谢谢。她把钱包放在我手里，笑了笑。她的笑容和善而美好，她的眼神像一片不掺杂质的晴空。她接过她的白纸自制圆珠笔，又一路小跑离开。我看着她跑远的身影，半天醒过神来。一霎时，我的眼前升起一团朦胧的雾水。

那一刻我明白，本色，诚实，质朴，那是一个女人美的灵魂。

和自己的心灵对话

李雪峰

那时他刚刚参加工作，场领导决定让他和其余五个年轻人去森林深处做护林员。他愉快地背着行李进驻到了莽莽原始森林的深处。

那是怎样原始而远离尘世的森林啊！每一棵树都生长了几百年，林间的落叶堆积得厚厚的，弥漫着一缕缕远古的腐殖质腥臭，许多粗大的树干上都生满了斑斑驳驳的青苔，那些草鹿和狼等动物还没有见识过人，它们对他一点也不惊慌，只是好奇地远远望着他。他们每一个人看护的林地有方圆三十多千米那么大，林区没有一户人家，也没有一条路，到这里生活，自己像突然被抛弃到了世界之外，同那些参天的古树一样，从现代社会里被剥离出来，一下子成了原始人。

临走之前，熟悉的人对他说，到原始森林里去生活，最重要的是要时常记住自己和自己说话，要不，三五年过去，一个人就连话也不会说了。他听了，心里觉得很好笑，一个说了二十多年话的人，怎么会突然不会说话了呢？但刚到这原始森林里生活了半月，他就明白了，人们告诫他的并不是骇人惊闻，因为这里远离尘世，没有人和他说话，来了半月，除了自己面对莽莽林野吼过几首歌外，自己连半句话也没有说过。如果这样下去，总有一天，自己会变成一个不会说话的哑巴的。他害怕了。于是，他开始尝试着同自己说话。

他对着自己的影子说："你好！"

他对着大树滔滔不绝地说话，对着林间啁啾的小鸟说话，对林地里的小草和野花说话，对汩汩流淌的小溪说话。夜里，躺在窝棚里，他一个人对着自己的心灵说话，开始的时候，任他怎么说，自己的心灵只是那么默默地倾听，一句话也不说，一点反应都没有，过了一段时间，他发觉心灵会同自己对话了，就像一个耐心的朋友，有时他说话，他的心灵在倾听，有时，他的心灵在说话，他的耳朵在倾听。

两年多后，他和其他五个护林员回到林场里，他惊讶地发现，除了自己，他们五个人已经不会说话了。别人同他们说话，他们只是沉默地瞪着眼睛听，然后不声不响地转身走了，成了并不残疾的哑巴。但他却不同，他不仅话语流畅，而且每句话都清楚而充满哲思，后来他用笔把自己的话记录下来，成为字字珠玑的灵性散文，频频发表在报纸杂志上，他成了一位小有名气的作家。

人们很奇怪，同在大森林形影相吊地孤独生活，那些人成了哑巴，而他却成了一位充满哲思的作家，人们问他为什么，他笑笑说："因为我常常和自己的心灵对话，而他们却没有。"

是啊，哪一位伟人不是常常和自己的心灵对话呢？只有和自己的心灵对话，你才能够听到上帝的声音；只有和自己的心灵对话，你才能够听到生命和灵魂的声音；只有和自己的心灵对话，你才能够常常自省，才能听见自己渐渐走近成功的声音。

美善无翼自在飞

陈志宏

掌灯时分，指导孩子写作业，随手一翻，看到这么一段文字："有一棵大树，枝繁叶茂，浓荫匝地，是飞禽、走兽们喜爱的休息场所。飞禽、走兽们谈论着自己去各地旅行的经历。大树也想去旅行，于是请飞禽、走兽们帮忙。飞禽瞧不起大树没有翅膀，拒绝了。大树于是想请走兽帮忙。走兽说，你没有腿，也拒绝了。于是，大树决定自己想办法。它结出甜美的果实，果实里包含着种子。果实被走兽们吃了后，大树的种子传播到了世界各地。"

情不自禁，思绪随大树的种子在夜里飘飞。是啊，世上不存在轻轻松松的收获，也没有无缘无故的成功。通往成功的路上，收获季到来之前，人人都要吃苦，个个都在努力。

老子曰："将欲取之，必先予之。"

一个人想拥有什么，必定要有与之对等的符合规则的付出，就像《伊索寓言》故事里的太阳那样，给予人温暖，才如自己所愿。

北风和太阳打赌，看谁能让路上的行人先脱下衣服。北风先冲上去，对行人一阵猛吹，行人感觉冷，把衣服裹得更紧了。不服气的北风使出更大的力气呼呼直吹，行人从包里又拿了新衣服穿上了。北风失败了。轮到太阳上场，丝丝阳光，融融暖意，行人热得冒汗，情不自禁地脱下外衣……

北风想凭借自己的威力，吹落行人身上的衣服，结果以失败告终。太阳以其和善的方式，遍洒温暖，行人则以脱衣之礼回赠。对比结果，方式的高下立判。

大树想去远方旅行，恳请飞禽、走兽帮忙，其行事方式正如北风，从自我出发，行一己私心，当然难了心愿。失败之后，大树改变策略，心怀助人之意，自然达成自助之愿。

这是大树的哲学，其精髓是——利他！

利他是美善不朽的本质。花不为己开，河流不为己弯，雨不为己落，霞光不为己亮……美善不带私心杂念，犹如风行水上，月隐山林，自然生发，自成一景。

美善处处有，无翼自在飞。

人们歌颂美善，渴望美善，世上偏偏有那么多人和事与之背道而驰。骗人者有之，害人者也不少。我们一边念着"害人之心不可有"的咒，一边在内心绷紧那根"防人之心不可无"的弦。我们渴望别人打开心扉，自己却严闭心门；我们指望别人施予善意，却吝啬自己的良善……结局就像矛盾的大树，想让别人带自己去远行，屡遭拒绝，无果而终。

有人说，人不为己，天诛地灭。利己谁都会，连刚出生的孩子都知道拽紧自己心爱的宝贝。利己有眼前的好处，看得见的触手可及的实惠，但从长远来看，利己是一条永远也没有出路的死胡同。人人为己，那么他人即地狱，个个处在地狱的包围之中，其结果是八层嘲笑十八层，无人能逃脱惩罚。

如果个个私心膨胀，这个世界早就被诛灭了。

人间美善，非不能也，是不为也。

世上事，有所为，有所不为，所为只为圆满美善，不为是为呵护美善。

人间情，要有舍，方可有得，舍去细枝末节，守来春暖花开。

曹雪芹在《红楼梦》中借薛宝钗之口说——"好风凭借力，送我上青云。"世上美善当如是，无翼自在飞。

五张纸条

周海亮

暴风雪袭来时，卡车却在茫茫戈壁滩中抛锚。天地间霎时昏暗混沌，只剩下狂风、雪尘与彻骨的酷寒。似乎连空气都冻成冰刃，嘶嘶叫着，从每个人的脖子上划过去。六个人缩在狭窄的车厢里瑟瑟发抖，血和呼吸仿佛早已凝固。死神一步步迫近，每个人的心里，都有了恐惧。

那是一个很小的剧团，要去戈壁滩的深处慰问一支驻扎部队。六个人里，年纪最大的四十二岁，是团长；年纪最小的十八岁，是剧团新成员。他们是一对父子。

六个人在暴风雪里坚持了一天一夜。周围除了风雪，连飞鸟都见不到一只。天气越来越恶劣，死神近在咫尺。也曾试图丢下车子徒步前行，可是这打算很快被他们放弃。走进这样的漫天风雪，几乎等同于选择死亡。挤在车厢里，等风雪过去或者被救援人员发现，或许还有一丝生还的可能。

又熬过一天。风雪仍然肆虐，只剩一辆被埋起半截的卡车。所有人都知道，假如黄昏以前仍然没有人发现他们，他们将会被无声无息地冻死在夜的戈壁滩。

终于决定让一个人离开，徒步走进暴风雪寻找救援。他们认为这是最后的希望。假如运气好的话，那个人可以找到救援队并顺利返回，也许他们能够得救。团长宣布完这个决定，静静地看着每一个人。

没有人主动站出来。都知道一旦离开车子，生命会脆弱得如同高空中落下的鸡蛋——留在车厢里生还的机会，远比一个人在风雪中独行要大得多。

可是必须有人走出去——或者找到救援，或者在雪地里死去。

车厢里死一般静。每个人都面无表情。团长看看儿子，儿子急忙低下头——他的身体是六个人里最好的，或许他不能找来救援，但他可以在暴风雪里走得最远活得最长——他是寻找救援的最好人选。

团长说现在必须做出决定。选到谁，谁就走出去。

仍然没有人说话。

团长说那么大家写在纸上吧，票数最多的人走出去。他掏出一张纸，撕成大小均匀的五个纸条。他将纸条分别递到五个人手里，说，写下来以后，交给我。

大家用冻得僵硬的手在纸条上郑重地写下一个名字，然后将纸条小心地折好，交回团长。

团长将五个纸条依次打开，表情越来越严峻。纸条全部看完，他长叹了一口气，把纸条递给他的儿子。他说，大家的意思，改不了。

儿子从父亲手里接过纸条，一张一张慢慢地看。看完抬头，看了父亲一眼，再看其余每个人一眼，然后推开车门走了出去。他没说一句话。他的眼睛里饱含泪花。他的表情很是壮烈。他深知走出车厢意味着什么。狂风裹挟着雪尘刹那间涌进车厢，车厢里的温度骤然变得更低。再寻找他，风雪里只剩一个越来越小的暗灰色影子——他在瞬间将自己淹进雪的海洋。

剩下的五个人缩在风雪里，开始了一生中最漫长的等待——等待被救，或者等待死亡。

他们还是得救了。不是因为团长的儿子领回救援人员，而是因为暴风雪终于过去。救援直升机在空中发现他们抛锚的卡车，又在三个小时以后，在雪地里找到团长的儿子。

他走出去很远。那绝对是别人不能够达到的速度和距离。事实证明他的确是六个人里面最合适的人选。他努力了，可是没有用。他没有完成任务。他不是神，他只是一位十八岁的少年。

人们没能将他救活。他的死去，看起来，毫无价值。

整理遗物的时候，有人在他的口袋里发现五张对折的小纸条。

五张纸条上，写着五个不同的名字……

冬日负暄向暖

何志坚

冬天曾经是我最不喜欢的季节，因为它代表萧瑟，苍凉，黑暗，冷峻，刻板等负面的一切。可当读到白居易的"负暄闭目坐，和气生肌肤"，才想起冬日暖阳犹如萧瑟寒冬里一支神来点睛之笔，那种和煦温柔的暖意让人总是心向往之。

负暄就是晒太阳，这是古人的说法。唐代诗人白居易在《负冬日》中写道："杲杲冬日出，照我屋南隅。负暄闭目坐，和气生肌肤。初似饮醇醪，又如蛰者苏。外融百骸畅，中适一念无。旷然忘所在，心与虚空俱。"从诗中可以看出，白居易非常喜好冬日负暄这种养生之道，并深得其惠。

年岁渐长，病痛缠身，冬日里更喜欢一个人安静地坐在窗台上沐浴阳光。看着影子在阳光中拉长或变短，仿佛那些污秽之气也渐渐消散在阳光底下，温暖逐渐从五脏六腑向四肢蔓延。

《精神健康讲记》这本书中曾说到，要提升自身的能量，就要多接触大自然、植物以及阳光。从中医学的角度说，阳光可以疏通经脉，温中散寒，特别是冬日的阳光，紫外线很弱。更有强身固元之功，且可以缓解焦虑抑郁的情绪。所以在冬日里负暄取暖必是养生不可或缺之妙方。

法国作家儒勒·米什莱在他的一篇文章中写道："阳光使在黑暗中追逐我们的恐怖却步，使梦幻的烦恼和痛苦消失，使困扰灵魂的骚乱思绪逃遁得无影无踪。"的确，任何人在阳光下都会有一种安全感，都会保持一种愉快的心情，都会留恋自己生活着的这个世界，并由此变得可爱和令人尊重。我喜欢阳光，自然更喜欢冬天的阳光。

想起家附近有个公园。平日里很少去，因为旁边在搞基建，异常嘈杂。幸好这段时间工地放假，公园里难得的静谧，我自然不能错过如此美好的时光。

于是某日精神稍微爽利时，独自上公园漫步。阳光和煦，人间和暖，从没有过的惬意。在阳光温柔的抚慰下，那些瘀阻的疼痛仿佛也渐渐释放。整个花园似乎都是我的，陪伴我的只有那啾啾的鸟鸣，挂在枝头的红灯笼，摇曳的婆娑树影，随风飘舞的黄叶，湖中追逐嬉戏的锦鲤……这一切在冬日的阳光里是那么温馨，那么美好，令人心旷神怡。碧空如洗，暖阳像挂在天空的一盏暖炉。

长期在黑暗冷寂中熬日的我，仿佛进入了世外桃源。

漫步在园中小道上，一缕明亮的阳光穿过树丛映照在我的脸庞。接着迎面拂来几丝微风，我展开双臂，享受着阳光的温暖。我情不自禁朝着阳光的方向走去，闭上双眼，感到冬日里的阳光的美丽慈祥。阳光从我的对面照过来，用母亲怀抱般的温暖将我层层包裹，一寸寸切进我的肌体，正如寒风侵入我的血液那样，向我的四肢百骸蔓延。

虽然已过立春，但阳光还是冬日的，它并不灼人，刺眼，而是十分的温和。阳光映在脸上，像母亲的手轻柔地抚摸你的面颊；阳光洒在身上，如慰藉万物的温床；阳光映在湖面上，波光粼粼，如冬姑娘眼中的秋波；阳光照在树叶上，如同输送养料的辛勤园丁。

这样的阳光是和蔼可亲的，淡淡的，舒舒的，不带一点暴戾骄横，犹如兰花幽幽飘散着淡雅芳香，将你的身体拥着，软和和的。

冬天的阳光更是伟大的，尽管它的温暖很有限，但它总是不遗余力地驱赶着严寒。我相信，冬日是上天的恩赐。

如今坐在窗台上，沐浴着晨曦旭日，读着余秀华的诗歌。突然想起黄庭坚的"叹息西窗过隙驹，微阳初至日光舒"，再比余秀华的"你知道我很困难，我拔光了自己的羽毛／赌气似的。却不能与这个冬天为敌……"，忽然领悟，如果把冬天比作人生的低谷，那么冬天的阳光就是黑暗中的一盏明灯，让你在病痛和苦难的敲打中踽踽独行，依然有希望相随。冬日负暄向暖，何惧人生苍凉！

假如岁月可回头

刘云利

七月夏日，多年未曾谋面的同学老何，来我所在的城市参加新媒体业务培训，由于他们课程安排得很紧凑，我们相约晚餐后在他所在的宾馆叙旧。

如约而至，没承想见面的第一句话，竟然异口同声地说："这两年你可胖了不少啊！"随后四目相视，坦然一笑。是啊，岁月不仅改变了我们的容颜，更重要的是改变了我们的体重，仿佛谁不增长个几斤几两，算是蹉跎了岁月。

自然，叙旧的话题是从大学生活开始的，聊那时的校园，聊那时的老师，聊毕业后散落四面八方的同学，不时被一些刚刚得知的新鲜消息所触动，谁谁谁四十多岁当上处级领导了，谁谁谁已经坐上校长职位了，谁谁谁离婚又结婚了等，各种话题如泉涌，真是有点"喟然不觉令吾叹"的意思。

话题轮换一圈，终于说到我们自己，不禁彼此慨叹、彼此艳羡起来。

老何毕业后选择在一个县城中学担任教师，那时教师编制还不像现在卷得这么厉害，他在寒来暑往中送走一届又一届毕业生，除了完成教学任务之外，就是为职称殚精竭虑。用他的话说，日子就像天空云卷云舒，就像大海波澜不惊。

而我却选择了另外一条道路，毕业后先在一所民办职业学校干了两年，后来又在一家地市级媒体干了两年，再后来又跳槽到一家企业从事宣传企划工作。可谓几经辗转，游离于外。用我的话说，颠沛流离何时休，风霜雨雪熬春秋。

我们聊彼此的生活，聊各自的家庭，说来说去相互羡慕不已。老何羡慕我的阅历丰富、敢于拼搏，我羡慕老何的云淡风轻、淡泊宁静。也许，我俩都在艳羡对方工作中的长处和优点，谁又能体味到其中的酸楚呢？不过，老何的一句话颇有几分禅意，"久居其中，不识其美"。羡慕归羡慕，但说实在的，人到中年，被生活洗礼过后，都已经没有了"推倒重来"的胆识和魄力了。

聊了一会，我驾车和老何一起游览了网红打卡地养马岛。渤海湾畔，海风漫漫，清爽无比，岛上山海相连，树木繁盛，景色宜人。老何赞叹不已，连说真是个福地宝地。其实，我又何尝不羡慕老何家乡的农家小院？种树种花，藤下纳凉，喝酒品茶，惬意随性。

伫岛凝望，沧海茫茫，感慨万千。我对老何说，假如岁月可回头，我宁愿选择你的生活方式，教书育人，桃李芬芳。然而，老何却对我说，我倒想和你一样，沉浮职场，历练人生，你知道我的学生有多少人毕业后回到家乡了吗？他们都在逃离小地方，奔向大地方，他们在重复我们昨天的故事。

顿时，我们都陷入沉思，是啊，四季轮换，人生轮回，不满是向上的车轮，也许不完美才是人生的主旋律。假如岁月可回头，但愿问己问心，无怨无悔。

生命的尊严颂

- W I N T E R -

小动物们

老 舍

　　鸟兽们自由的生活着，未必比被人豢养着更快乐。据调查鸟类生活的专门家说，鸟啼绝不是为使人爱听，更不是以歌唱自娱，而是占据猎取食物的地盘的示威；鸟类的生活是非常的艰苦。兽类的互相残食是更显然的。这样，看见笼中的鸟，或柙中的虎，而替它们伤心，实在可以不必。可是，也似乎不必替它们高兴；被人养着，也未尽舒服。生命仿佛是老在魔鬼与荒海的夹缝儿，怎样也不好。

　　我很爱小动物们。我的"爱"只是我自己觉得如此；到底对被爱的有什么好处，不敢说。它们是这样受我的恩养好呢，还是自由的活着好呢？也不敢说。把养小动物们看成一种事实，我才敢说些关于它们的话。下面的述说，那么，只是为述说而述说。

　　先说鸽子。我的幼时，家中很贫。说出"贫"来，为是声明我并养不起鸽子；鸽子是种费钱的活玩艺儿。可是，我的两位姐丈都喜欢玩鸽子，所以我知道其中的一点儿故典。我没事儿就到两家去看鸽，也不短随着姐丈们到鸽市去玩；他们都比我大着二十多岁。我的经验既是这样来的，而且是幼时的事，恐怕说得不能很完全了；有好多鸽子名已想不起来了。

　　鸽的名样很多。以颜色说，大概应以灰、白、黑、紫为基本色儿。可是全灰全白全黑全紫的并不值钱。全灰的是楼鸽，院中撒些米就会来一群；物是以缺者为贵，楼鸽太普罗。有一种比楼鸽小，灰色也浅一些的，才是真正的"灰"，但也并不很贵重。全白的，大概就叫"白"吧，我记不清了。全黑的叫黑儿，全紫的叫紫箭，也叫猪血。

　　猪血们因为羽色单调，所以不值钱，这就容易想到值钱的必是杂色的。杂色的种类多极了，就我所知道的——并且为清楚起见——可以分作下列的四大类：点子、乌、环、玉翅。点子是白身腔，只在头上有手指肚大的一块黑，或紫，尾是随着头上那个点儿，黑或紫。这叫作黑点子或紫点子。乌与点子相近，不过是头上的黑或紫延长到肩与胸部。这叫黑乌或紫乌。这种又有黑翅的或紫翅的，名铁翅乌或铜翅乌——这比单是乌又贵重一些。还有一种，只有黑头或紫头，而尾是白的，叫作黑乌头或紫乌头；比乌的价钱要贱一些。刚才说过了，乌的头部的黑或紫毛是后齐肩，前及胸的。假若黑或紫毛只是由头顶到肩部，而前面仍是白的，这便叫作老虎帽，因为很像廿年前通行的风帽；这种确是非常的好看，因而价值也就很高。在民国初年，兴了一阵子蓝乌和蓝乌头，头尾如乌，而是灰蓝色儿的。这种并不好看，出了一阵子锋头也就拉倒了。

环，简单的很：全白而项上有一黑圈者叫墨环；反之，全黑而项上有白圈者是玉环。此外有紫环，全白而项上有一紫环。"环"这种鸽似乎永远不大高贵。大概可以这么说，白尾的鸽是不易与黑尾或紫尾的相抗，因为白尾的飞起来不大美。

玉翅是白翅边的。全灰而有两白翅是灰玉翅；还有黑玉翅、紫玉翅。所谓白翅，有个讲究：翅上的白翎是左七右八。能够这样，飞起来才正好，白边儿不过宽，也不过窄。能生成就这样的，自然很少，所以鸽贩常常作假，硬插上一两根，或拔去些，是常有的事。这类中又有变种：玉翅而有白尾的，比如一只黑鸽而有左七右八的白翅翎，同时又是白尾，便叫作三块玉。灰的、紫的，也能这样。要是连头也是白的呢便叫作四块玉了。四块玉是较比有些价值的。

在这四大类之外，还有许多杂色的鸽。如鹤袖，如麻背，都有些价值，可不怎么十分名贵。在北平，差不多是以上述的四大类为主。新种随时有，也能时兴一阵，可都不如这四类重要与长远。

就这四大类说，紫的老比别的颜色高贵。紫色儿不容易长到好处，太深了就遭猪血之诮，太浅了又黄不唧的寒酸。况且还容易长"花了"呢，特别是在尾巴上，翎的末端往往露出白来，像一块癣似的，把个尾巴就毁了。

紫以下便是黑，其次为灰。可是灰色如只是一点，如灰头、灰环，便又可贵了。

这些鸽中，以点子和乌为"古典的"。它们的价值似乎永远不变，虽然普通，可是老是鸽群之主。这么说吧，飞起四十只鸽，其中有过半的点子和乌，而杂以别种，便好看。反之，则不好看。要是这四十只都是点子，或都是乌，或点子与乌，便能有顶好的阵容。你几乎不能飞四十只环或玉翅。想想看吧：点子是全身雪白，而有个黑或紫的尾，飞起来像一群玲珑的白鸥；及至一翻身呢，那黑或紫的尾给这轻洁的白衣一个色彩深厚的裙儿，既轻妙而又厚重。假若是太阳在西边，而东方有些黑云，那就太美了：白翅在黑云下自然分外的白了；一斜身儿呢，黑尾或紫尾——最好是紫尾——迎着阳光闪起一些金光来！点子如是，乌也如是。白尾巴的，无论长得多么体面，飞起来没这种美妙，要不怎么不大值钱呢。铁翅乌或铜翅乌飞起来特别的好看，像一朵花，当中一块白，前后左右都镶着黑或紫，他使人觉得安闲舒适。可是铜翅乌几乎永远不飞，飞不起，贱的也得几十块钱一对儿吧。玩鸽子是满天飞洋钱的事儿，洋钱飞起却是不如在手里牢靠的。

可是，鸽子的讲究儿不专在飞，正如女子出头露脸不专仗着能跑五十米。它得长得俊。先说头吧，平头或峰头（峰读如凤；也许就是凤，而不是峰）便决定了身价的高低。所谓峰头或凤头的，是在头上有一撮立着的毛；平头是光葫芦。自然凤头的是更美，也更贵。峰——或凤——不许有杂毛，黑便全黑，紫便全紫，搀着白的便不够派儿。它得大，而且要像个荷包似的向里包包着。鸽贩常把峰的杂毛剔去，而且把不像荷包的收拾得像荷包。这样收拾好的峰，就怕鸽子洗澡，因为那好看的头饰是用胶粘的。

头最怕鸡头，没有脑杓儿，愣头磕脑的不好看。头须像算盘子儿，圆忽忽的，丰满。这样的头，再加上个好峰，便是标准美了。

眼，得先说眼皮。红眼皮的如害着眼病，当然不美。所以要强的鸽子得长白眼皮。宽宽的白眼皮，使眼睛显着大而有神。眼珠也有讲究，豆眼、隔棱眼，都是要不得的。可惜我离开鸽子们已廿多年，形容不上来豆眼等是什么样子了；有机会到北平去住几天，我还能把它们想起来，到鸽市去两趟就行了。

嘴也很要紧。无论长得多么体面的鸽，来个长嘴，就算完了事。要不怎么，有的鸽虽然很缺少，而总不能名贵呢；因为这种根本没有短嘴的。鸽得有短嘴！厚厚实实的，小墩子嘴，才好看。

头部以外，就得论羽毛如何了。羽毛的深浅，色的支配，都有一定的。老虎帽的帽长到何处，虎头的黑或紫毛应到胸部的何处，都不能随便。出一个好鸽与出一个美人都是历史的光荣。

身的大小，随鸽而异。羽色单调一些的，像紫箭等，自然是越大越蠢，所以以短小玲珑为贵。像点子与乌什么的，个子大一点也不碍事。不过，嘴儿短，长得娇秀，自然不会发展得很粗大了，所以美丽的鸽往往是小个儿。

大个子的，长嘴儿的，可也有用处。大个子的身强力壮翅子硬，能飞，能尾上戴鸽铃，所以它们是空中的主力军。别的鸽子好看，可供地上玩赏；这些老粗儿们是飞起来才见本事，故尔也还被人爱。长嘴儿也有用，孵小鸽子是它们的事：它们的嘴长，"喷"得好——小鸽不会自己吃东西，得由老鸽嘴对嘴的"喷"。再说呢，喷的时候，老的胸部羽毛便糙了；谁也不肯这么牺牲好鸽。好鸽下的蛋，总被人拿来交与丑鸽去孵，丑鸽本来不值钱，身上糙旧一点也没关系。要作鸽就得美呀，不然便很苦了。

有的丑鸽，仿佛知道自己的相貌不扬，便长点特别的本事以与美鸽竞争。有力气戴大鸽铃便是一例。可是有力气还不怎样新奇，所以有的能在空中翻跟头。会翻跟头的鸽在与朋友们一块飞起的时候，能飞着飞着便离群而翻几个跟头，然后再飞上去加入鸽群，然后又独自翻下来。这很好看，假若他是白色的，就好像由蓝空中落下一团雪来似的。这种鸽的身体很小，面貌可不见得美。他有个标帜，即在项上有一小撮毛儿，倒长着。这一撮倒毛儿好像老在那儿说："你瞧，我会翻跟头!"这种鸽还有个特点，脚上有毛儿，像诸葛亮的羽扇似的。一走，便扑喳扑喳的，很有神气。不会翻跟头的可也有时候长着毛脚。这类鸽多半是全灰全白或全黑的。羽毛不佳，可是有本事呢。

为养毛脚鸽，须盖灰顶的房，不要瓦。因为瓦的棱儿往往伤了毛脚而流出血来。

哎呀! 我说"先说鸽子"，已经三千多字了，还没说完! 好吧，下回接着说鸽子吧，假若有人爱听。我的题目《小动物们》，似乎也有加上个"鸽"的必要了。

小黑狗

萧 红

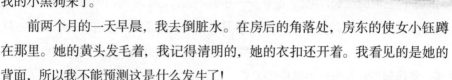

像从前一样，大狗是睡在门前的木台上。望着这两只狗我幽默着。我自己知道又是想起我的小黑狗来了。

前两个月的一天早晨，我去倒脏水。在房后的角落处，房东的使女小钰蹲在那里。她的黄头发毛着，我记得清明的，她的衣扣还开着。我看见的是她的背面，所以我不能预测这是什么发生了！

我斟酌着我的声音，还不等我向她问，她的手已在颤抖，唔！她颤抖的小手上有个小狗在闭着眼睛，我问：

"哪里来的?"

"你来看吧?"

她说着，我只看她毛蓬的头发摇了一下，手上又是一个小狗在闭着眼睛。

不仅一个两个，不能辨清是几个，简直是一小堆。我也和孩子一样，和小钰一样欢喜着跑进屋去，在床边拉他的手：

"平森……啊，……喔喔……"

我的鞋底在地板上响，但我没说出一个字来，我的嘴废物似的啊喔着。他的眼睛瞪住，和我一样，我是为了欢喜，他是为了惊愕。最后我告诉了他，是房东的大狗生了小狗。

过了四天，别的一只母狗也生了小狗。

以后小狗都睁开眼睛了。我们天天玩着它们，又给小狗搬了个家，把它们都装进木箱里。

争吵就是这天发生的：小钰看见老狗把小狗吃掉一只，怕是那只老狗把它的小狗完全吃掉，所以不同意小狗和那个老狗同居，大家就抢夺着把余下的三个小狗也给装进木箱去，算是那白花狗生的。

那个毛褪得稀疏，骨骼突露，瘦得龙样似的老狗，追上来！白花狗仗着年青不惧敌哼吐着开仗的声音。平时这两条狗从不咬架，就连咬人也不会。现在凶恶极了，就像两条小熊在咬架一样。房东的男儿，女儿，听差，使女，又加我们两个，此时都没有用了。不能使两个狗分开。两个狗满院疯狂的拖跑。人也疯狂着。在人们吵闹的声音里，老狗的乳头脱掉一个，含在白花狗的嘴里。

人们算是把狗打开了。老狗再追去时，白花狗已经把乳头吐到地上，跳进木箱看护它的一群小狗去了。

脱掉乳头的，血流着，痛得满院转走。木箱里它的三个小狗却拥挤着不是自己的妈妈在安然的吃奶。

有一天把个小狗抱进屋来放在桌上，它害怕得不能迈步，全身有些颤，我笑着像是得意，说：

"平森，看小狗啊！"

他却相反，说道：

"哼！现在觉得小狗好玩，长大要饿死的时候，就无人管了。"

这话间接的可以了解，我笑着的脸被这话毁坏了，用我寞寞的手，把小狗送了出去，我心里有些不愿意，不愿意小狗将来饿死。可是我却没有说什么，面向后窗，我看望后窗外的空地，这块空地没有阳光照过，四面立着的是有产阶级的高楼，几乎是和阳光绝了缘。不知什么时候，小狗是腐了，烂了，挤在木板下，左近有苍蝇飞着。我的心情完全神经质下去，好像躺在木板下的小狗就是我自己，像听着苍蝇在自己已死的尸体上寻食一样。

平森走过来，我怕又要证实他方才的话，我假装无事，可是他已经看见那个小狗了！我怕他又要象征着说什么，可是他已经说了：

"一个小狗死在这没有阳光的地方，你觉得可怜么？年老的叫化子不能寻食，死在阴沟里，或是黑暗的街道上。女人，孩子，就是年青人失了业的时候也是一样。"

我愿意哭出来，但我不能因为人都说女人一哭就算了事，我不愿意了事。可是慢慢的我终于哭了！他说："悄悄，你要哭么？这是平常的事，冻死，饿死，黑暗死，每天有这样的事情，把持住自己！渡我们的桥梁吧！小孩子！"

我怕着羞把眼泪拭干了，但，终日我是心情寞寞。

过了些日子，十二个小狗之中又少了两个。但是这些更可爱了！会摇尾巴，会学着大狗叫，跑起来在院子就是一小群。有时门口来了生人，它们也跟着大狗跑去，并不咬，只是摇着尾巴，就像和生人要好似的，这或是小狗还不晓得它们的责任，还不晓得保护主人的财产。

天井中纳凉的软椅上，房东太太吸着烟，她开始说家常话了。结果又说到了小狗：

"这一大群什么用也没有，一个好看的也没有，过几天把它们远远的送到马路上去。秋天又要有一群，厌死人了！"

坐在软椅旁边的是个六十多岁的老更倌。眼花着，有主意的嘴吃着说：

"明明……天，用麻……袋背送到大江去。"

小钰是个小孩子，她说：

"不用送大江，慢慢都会送出去。"

小狗满院跑跳。我最愿意看的是它们睡觉，多是一个压着一个脖子睡，小圆肚一个个的相挤着。是凡来了熟人的时候都是往外介绍，生得好看一点的抱走了几个。

其中有一个耳朵最大，肚子最圆的小黑狗，算是我的了！我们的朋友用小提篮带回去两个，剩下的只有一个小黑狗和一个小黄狗。老狗对它两个非常珍惜起来，争着给小狗去舐绒毛，这时候，小狗在院子里已经就不成群了！

我从街上回来，打开窗子。我读一本小说。那个小黄狗它挠窗纱，和我玩笑似的竖起身子来，挠了又挠。

我想：

"怎么几天没有见到小黑狗呢？"

我喊了小钰。别的同院住的人都出来了，找遍全院，不见我的小黑狗。马路上也没有可爱的小黑狗，再看不见它的大耳朵了! 它忽然是失了踪!

又过三天，小黄狗也被人拿走。

没有妈妈的小钰向我说:

"大狗一听隔院的小狗叫，它就想起它的孩子。可是满院急寻，上楼顶去张望，最终一个都不见。它哽哽的叫呢!"

十三个小狗一个不见了! 和两个月以前一样，大狗是孤独的睡在木台上。

平森的小脚，鸽子形的小脚，栖在床单上，他是睡了，我在写，我在想，玻璃窗上的三个苍蝇在飞……

树木起舞

安 宁

在沂水河畔的王羲之故居，我停留了一个下午，并爱上了园中两株缠绕而生的树。

这是冬天。50万年以前，人类的祖先就在此地繁衍栖息，并创造了远古熠熠生辉的东夷文化。冬日稀薄清冷的阳光穿过阴郁厚重的云层，悄无声息地洒落在居于老城一角的园林里。垂柳、竹林、楼阁、古刹、砚台、水塘、石碑，一切都静默无声，仿佛千万年的苍茫云烟横扫而过，这座古城却波澜不惊，这里依然是孕育了曾子、荀子、王羲之和颜真卿等风流人物的琅琊古郡，依然活在嗜酒暴烈的东夷荒蛮时代。

园林里人烟稀少。古城里的人们，在忙着生计，忙着追逐，忙着琢磨，忙着繁殖。进入园林之前，我在被大坝拦腰截住的一段浩荡的沂河水域上，还看到一些漂浮在水面上的死鱼，它们惨白的肚皮，向着灰扑扑的天空，发出生命最后的尖叫。秋天里飘落的树叶，鸟儿衔来的草茎，大风卷来的尘埃，某个男人扔下的烟头，这些原本无缘聚合的人间事物，此刻，它们簇拥着一条条怒目圆睁的鱼儿，发出低低的哭泣。河水一遍遍冲刷着高高的堤坝，瑟瑟冷风带来冬日干枯草木的气息。没有人关心一条鱼的死亡，正如一条鱼永远不懂得人类的悲欢。一道栏杆，将烟波浩渺的水面与冰封的大地隔开，也将不同生命间互相抵达的通道隔开。而在大坝的右侧，河水正如谦卑的旅者，以千百年来未曾改变过的自由的姿态，缓慢地流经平原、山丘、湿地，并一路向南、向东，最后汇入黄海。

一条河将根基扎进大地，却将它的一生，放逐在路上。一株树的一生，则始终驻守在脚下，至死都不会离去。一条河把爱与柔情交付给大地、水草、游鱼、云朵、风雨，一条河也可以与另外的一条，汇聚于大海，相守于汪洋。而一株树，却要以合适的距离，在很多很多年中，不停地向着大地和天空伸展，才能与另外的一株，枝叶相触在云里，根基痴缠在地下。否则，它们终生都只能遥遥相望，依靠一只只偶然飞落的鸟儿，传递呼吸，浸染绿意。

可是，就在这片午后寂静的园林里，我却在一个角落，发现了两株深情相拥的树。我不知道它们叫什么名字，在沉寂的冬日，它们一览无余地站在那里，犹如刚刚降临大地的婴儿，全身赤裸，枝干洁净，嫩叶尚未萌发，花朵也无征兆。或许，它们根本就没有花朵和果实。它们可以被叫作桃树、杏树、李树、槐树、榆树，或者女贞。它们素朴简洁的枝干，犹如隐入人群便消失不见的普通人。它们出现在你的面前，又立刻混入千万株树木，让你忘了它们是其中的哪一株。如果你回来寻找，一定会在园林中怅惘失神，仿佛它们已经从大地上消失，仿佛它们从未出现在这个星球上。你只听见风化作游蛇，穿过冰冷的树干，从枝蔓横生的法桐，到直插云霄的白杨，再到窸窣作响的竹林，还有尚存一丝绿意的草地。最后，风席卷了你的身体，你看到满目萧瑟，却只有易碎的阳光，遍洒大地。

但我却决定为两株不知名姓的树，停留下来。因为，我的双脚被它们起舞时发出的幸福的尖叫阻止，似乎前方是满地荆棘，我不得不惊慌地收住前行的脚步。如果两株树遥遥相望，一个居于普照寺旁，每日沐浴晨钟暮鼓，另一个长于洗砚池边，在鹅叫声声中，临水静默，我必会将它们忽略。但它们却簇拥在一起，仿佛从一粒种子时，就相约不弃不离。也或许，人们刚刚将其中的一株移植到园中，另外一株饱满的种子，便被鸟儿衔着，从远方风尘仆仆地赶来。此时的春天，刚刚抵达临水的古城，万物在鸟雀的鸣叫声中，睁开惺忪的睡眼。一切都是新鲜蓬勃的。煦暖的阳光慵懒地洒满园林，迎春的花朵早已开到荼蘼。僧人诵经的声音，让人想要倚在春天的墙根上，舒适地眯眼睡一会。这只从南方飞来的鸟儿，在这璀璨的春光里有些眩晕，于是它张开喉咙，放声歌唱。那粒种子，就这样悄然滑落，隐入泥土。没有人在意一粒种子的消失，就连当初千里迢迢带它来到此地的鸟儿，也呼啦一声飞入高空，将它忘记。于是它在春雨中，永不停歇地向着泥土的深处伸展，又在春天的声声呼唤中，越过其中一株盘绕的根基，在某一个清晨，顶着晨露，破土而出。

许多年后的某一天，我无意中途经此地，便看到了这两株将生命舞成热烈的"8"字形的树。夏天时满树氤氲的绿色，已经零落成泥。瘦削的树枝在干冷的草坪上，投下恍惚的影子。它们有着相似的冷寂与淡然，园林中的一切，钟声、鸟鸣、人语、水声，全都化为可有可无的背景。就连日月星辰，也都无关紧要。它们就这样日复一日地相爱，起舞，如痴如醉，物我两忘。一阵风过，它们亲密挽着的手臂，也只是发出细微的颤抖。

它们是如何在漫长的岁月中，执拗地相爱，沉默地起舞，义无反顾，不弃

不离?一墙之隔的洗砚池小学校园里,每日传来孩子们的欢声笑语。大雄宝殿里僧人念经的声音,日日穿过故居围墙,散落书院街巷。故居对面的天主教堂,在商贩的叫卖声中肃穆地静立。世间的一切事物,都在这个古城里,按照生命的法则,落地新生,或者衰老死亡。唯有这两株无名的树,世人将它们忘记,它们也忘记世人,它们只为爱情而生。于是,在日夜星辰周而复始的交替中,它们默默地积聚着力量,最终跳出这场惊心动魄的生命之舞。

这是两株树无声无息的舞蹈,没有音乐,没有观众,没有掌声。它们指向天空的枝干,正引吭高歌。歌声比水塘中任何一只肥美的大鹅发出的声响,都更高亢嘹亮。它们旁若无人地起舞、私语、倾诉、凝视。以天为幕,以地为席,根基缠绕着根基,枝叶牵引着枝叶,额头轻触着额头。一曲终了,便继续新的。它们要将自己嵌入对方的身体,于是舞蹈便永无休止。

我站在那里,因为这一场盛大的舞会而身心震动。我知道除了人力拔除,没有谁能阻止这一场树与树的深爱。它们来自完全不同的生命,却奇异地相拥在一起,成为完美和谐的一体。这大自然鬼斧神工的造化,终于臣服于两颗心发出的强大的呼喊。

一株树爱上了另一株树,于是它们忘记一切,决定起舞。

我这样想着,深情地再看一眼它们,便转身离去。

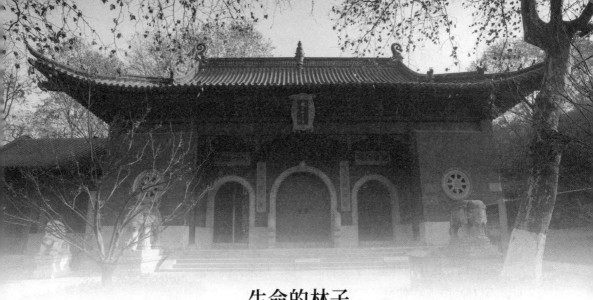

生命的林子

李雪峰

唐玄奘刚刚剃发的时候，在法门寺修行。法门寺是个香火鼎盛、香客络绎的名寺，每天晨钟暮鼓，香客如流。玄奘想静下心神潜心修佛，但法门寺法事应酬太繁，自己虽青灯黄卷苦苦习经多年，但谈经论道，自己远不如寺里的许多僧人。

有人劝玄奘说："法门寺是个名满天下的名寺，水深龙多，纳集了天下的许多名僧，你若想在僧侣中出人头地，不如到一些偏僻小寺中阅经读卷，这样，你的才华便会很快就锋芒毕露了。"玄奘自忖了许久，觉得这话很对，便决意辞别师父，离开这喧喧嚷嚷高僧济济的法门寺，寻一个偏僻冷落的深山小寺去。于是玄奘就打点了经卷、包裹，去向方丈辞行。

方丈明白玄奘的意图后，问玄奘说："烛火和太阳哪个更亮些？"玄奘说当然是太阳了。方丈说："你愿做烛火还是太阳呢？"

玄奘认真思忖了好久，郑重地回答说："我愿做太阳！"于是方丈微微一笑说："我们到寺后的林子去走走吧。"

法门寺后是一片郁郁葱葱的松林。方丈将玄奘带到不远处的一个山头上，这座山头上树木稀疏，只有一些灌木和三两棵松树，方丈指着其中最高大的一棵说："这棵树是这里最大的也是最高的，可它能做什么呢？"玄奘围着树看了看，这棵松树乱枝纵横，树干又短又扭曲，玄奘说："它只能做煮粥的薪柴。"

方丈又信步带玄奘到那一片郁郁葱葱密密匝匝的林子中去，林子遮天蔽日，棵棵松树秀颀、挺拔。方丈问玄奘说："为什么这里的松树每一棵都这么修长、挺直呢?"玄奘说:"都是为了争着承接天上的阳光吧。"方丈郑重地说:"这些树就像芸芸众生啊,它们长在一起,就是一个群体,为了一缕的阳光,为了一滴的雨露,它们都奋力向上生长,于是它们棵棵可能成为栋梁。而那远离群体零零星星的三两棵树,一团一团的阳光是它们的,许许多多的雨露是它们的,在灌木中它们鹤立鸡群,没有树和它们竞争,所以,它们就成了薪柴啊。"

玄奘听了,便明白了。玄奘惭愧地说:"法门寺就是这一片莽莽苍苍的大林子,而山野小寺就是那棵远离树林的树了。方丈,我不会再离开法门寺了!"

在法门寺这片森林里,玄奘苦心潜修,后来,终于成为一代名僧,他的枝叶,不仅伸过云层,伸过了天空,而且,承接了西天辉煌的佛光。

是的,一个成才的人是不能远离社会这个群体的,就像一棵大树,不能远离森林。

豆腐迷人

胥加山

豆腐真可谓真正的淳朴菜，像静美的村姑一样迷人。

豆腐无论与荤素搭配，还是独自凉拌，始终保持温婉如玉的从容，丰俭自如的镇定。

搭配，不抢风头，不减其味，只增其鲜；主打，耐得寂寞，恪守本真，释放光华。

五星酒店、街边小摊、百姓餐桌，豆腐做的菜处处呈现；中国人离不开豆腐，也成就了一座城就是一座豆腐城、一个村庄就是一座豆腐村庄的佳话。城市菜市场里豆腐摊儿，一溜儿一板一板的豆腐，安适地躺在纱布上，散发出袅袅婷婷的香气；乡村的豆腐担儿，一块块方方正正如玉钻的豆腐漾在清水里，饱满恬静，随着担担人抑扬顿挫的吆喝声"卖豆腐喽！"把清晨仍在沉睡的村庄唤醒了，豆腐摊、豆腐担上必定搭配着叠起的一张张白的卜页、垒起的一摞摞黄的茶干，迎合着一双双或粗糙如树皮或细腻似葱白的手，小心地托起，用碗碟盛着或用袋子提着，走向千家万户充满烟火气的厨房。

始终记得小学同桌张华军家做豆腐，每天我像一个婴儿贪恋母乳般喜闻华军身上散发出的豆腐香，不止一次央求华军带我到他家观摩一次他父母做豆腐的过程。或许华军经不住我的软磨硬泡，同意我到他家做一次客。华军早已习惯了父母起早做豆腐，而我一夜的绚丽豆腐梦，被华军父母轻微的声响唤醒。那时候，华军父母做豆腐纯手工，他们将头一天浸得发胀饱满的豆子提到石磨边。华军妈舀着豆子和水放进石磨里，华军爹卖力地推磨，奶白的浆液从石磨中满溢出来，温顺地淌进等待的木桶里。华军妈不等华军爹推磨推得大汗淋漓，便心疼地来替换，几十斤黄豆磨完，他们早已气喘吁吁。雄鸡打第三次鸣，天已蒙蒙亮。华军爹架起大灶，把豆浆倒入容得下两个人洗澡的大铁锅里，紧赶着添柴，火焰熊熊，个把小时，豆浆才在锅中翻滚起来。这期间，爱喝豆浆的乡邻赶早轻轻推开华军家的豆腐坊的木门，一边和华军爹妈问好，一边自个儿丢下五分、一角毛票，便往茶瓶里灌豆浆，瓶满了，习惯着舀小半勺豆浆，不怕烫，吸溜着嘴下肚，而后一句"味浓色白，豆腥味儿十足，顺滑爽口"满足地离开了豆腐坊……

华军爹顾不上跟老乡邻搭话，拿起水瓢，转身到旁边坊里舀起满瓢的酸浆，连瓢放到豆浆里，用手划着水瓢，轻轻慢慢地四处游走，把酸浆一点一点地倒进豆浆里。游完三四瓢豆浆，又舀了两三瓢豆浆回酸浆坊里发酵待用。这边坊里的豆浆发生了神奇的变化，液态的豆浆慢慢凝结成一小块一小块，像一朵朵盛开的白茉莉花，这花，也是乡邻的一道老少皆宜的美味——豆腐花。舀到青花瓷碗里，喜甜则放糖，爱咸的洒点酱油香油缀有香菜虾皮，顺滑嫩腻得几乎不经喉咙便熨帖到心坎里了……

华军妈早已摆好十字木架，放上一块豆腐板，上置一正方形木框，里面摊好纱布。华军爹手疾眼快，舀起一瓢瓢滚烫的豆腐花倒在纱布上，让豆腐花慵懒舒适地卧在框内，不等溢出，便将四周的纱布往中间一围，忙又放上另一块豆腐框，另做一板豆腐。如此叠加下去，底下受到重压的豆腐水兴奋地推着挤着跑出来，里面的豆腐便渐渐定型。华军爹妈再将上面的豆腐板搬开，从最底下的那板豆腐开始，用块木板作尺，用刀把豆腐划成均匀见方的豆腐，放到井水里漾着，一块豆腐才算真正出落得水灵标致。

我偷看华军爹妈做豆腐的全过程如痴如醉，甚至幻想不用去上学，一门心思跟他们学徒。

豆腐做好了，华军妈准备好豆腐担子，华军爹喝一大海碗豆浆，哈哈气，挑起担子，踩着晨光和清霜卖豆腐去了，华军妈开始打扫起豆腐坊的卫生……

那时，华军家卖豆腐五分钱一块，如果买五角钱还另赠送一块，不像别村卖豆腐的从来不赠送，华军家的豆腐无须到庄上的集市停留着等卖，华军爹喜欢走村串舍吆喝着卖，一庄人熟悉华军爹美妙的吆喝声，更喜欢华军家的豆腐香味，往往不到九点钟，一担豆腐就卖光了……

和华军玩铁了感情，我偷偷告诉他我想学做豆腐的手艺，华军一下子怔住了，而后像个大人告诫我，世上三件苦，撑船、打铁、磨豆腐，你吃不了这份苦的！或许华军早已懂得父母做豆腐的不易，以至于他15岁就考到省里的中专校读书。

豆腐的吃法花样繁多——做羹，豆腐是主角，把豆腐切成一厘米的小方块，融合芋头丁、肉丁、香菇丁、虾皮一碗炖，炖得略带黏稠状，加盐糖，再用淀粉起稠，洒上麻油、香菜、葱花、青蒜碎和胡椒粉，一碗滚热喷香鲜浓稠"把根留住"的羹菜直吃得人欲罢不能，齿颊留香……红白豆腐菜，做起来简单，吃起来下饭助酒，一块豆腐、一块猪血，食材如此简单，豆腐、猪血都切成薄片，油煎至半焦，红白两色交相辉映，猪血补铁且除腹内之杂，豆腐润喉养胃……母子相会菜，有点清淡，青豆和豆腐块清煮，豆有嚼头，豆腐绵软，吃了大荤之菜后，来一盘母子相会菜去荤，提神养气……麻婆豆腐是名菜，平常人家闻其名，望而却步，到饭店酒肆，订一盘，吃得大汗淋漓，回味

无穷……泥鳅钻豆腐菜，闻其名，只道残忍，据说做此菜，把活脱脱的泥鳅洗干净和一块块豆腐伴水同煮，泥鳅经不住水温升起，一条条争先恐后钻进豆腐里，待水开，块块豆腐如花盛开，那千姿百态垂死挣扎的泥鳅临死前的身姿各异，像金黄的花蕾……此菜听说很鲜，但我始终拒之……青菜豆腐汤，达官贵人、平常百姓，一餐后，来碗一清二白的青菜豆腐汤，谁都能喝出返璞归真的生活滋味……

　　一块豆腐，就是一段人生；一盘豆腐菜，凝聚着做菜人和食客的百味心态。

雪尽后再看梅花

李艺群

　　25岁才考上北影的张颂文，专业能力优秀，每次校外导演来校选角，老师都把他排到第一位。但由于外表条件不出众，导演几乎从来都不看他一眼。从电影学院毕业后，张颂文曾去过无数个剧组试戏，但总是被各种荒唐的理由拒之门外，有的导演甚至当面嘲讽他像个侏儒，建议他别吃这碗饭。然而张颂文依然不气馁，坚持不懈地跑剧组寻找机会，还在日记上记下每次导演的评价。一直坚持到第三年，才终于获得一些小角色，那时的他已被800多个剧组拒绝过了。拍摄《革命者》，脖子套上绞刑绳，挑战生理极限，为的是演绎革命悲壮；拍摄《隐秘的角落》，绝食三天，缩减睡眠时长，为的是呈现丧女之痛；拍摄《狂飙》，蹲守鱼市，捕捉细节，为的是还原鱼贩真实。47岁的张颂文以炉火纯青的演技征服了观众，最终火出圈。

　　八旗子弟出身的德克金，中举后任河南省太康知县。因他酷爱京剧，上任时除带行李外，携一把京胡，常拉起胡琴唱几段京剧。据传，他厌恶官场礼节，在衙门里公干时，口里经常低声哼"过门"带唱段，人们皆以狂生目之。后终因秉性刚直不阿，得罪当地豪绅，被罢黜官职。他随后返京，从此潜心学戏。某日，他求教当时的名伶汪桂芬。汪桂芬对他并不看好，听罢他的唱后，笑笑表示："你要演戏，谈何容易！"他见汪桂芬笑话自己，心中不快，竟自此改名为"汪笑侬"（侬即我，意为"汪桂芬笑话我"），激励自己奋进。经历了诸多磨砺，汪笑侬都未曾向现实低头，终成了享誉梨园的京剧表演艺术家与剧作家，将艺术的芬芳留存于词曲之间。

　　江梦南，清华大学生命科学学院博士研究生。半岁时因药物导致失聪，在父母的帮助下，通过读唇语学会了"听"和"说"。摸着喉咙感受声带振动，仔细辨别每个词气息的差别，对着镜子一遍遍练习嘴型，她学会的每一个字，都付出了数倍于常人的艰辛。成长和学习的考验接踵而至，因为无法一直看到老师的嘴型，她只能通过看板书和课后自学跟上进度。因为听不到闹铃的声音，睡觉时她会把手机放在手里，靠振动唤醒自己。生活、成长、求学，每一步都是"困难模式"。她凭借顽强毅力和不懈努力，考入吉林大学，顺利完成本科学业，并如愿被清华大学录取。江梦南从无声世界突围，2022 年入选"感动中国2021 年度人物"。

梅花的成长需要经历三个阶段：发芽、抽茎、开花。种子播种十天左右即可发芽，当年幼芽可长到 20 厘米左右，然后幼芽就一直处在抽茎长叶状态，抽茎长叶要持续三年左右，时间长的可能还需要八年左右。开花的那一年，还需要经历彻骨的严寒，才能有扑鼻的梅花香。人的成长亦如梅花。成长的道路没有人能永远一帆风顺，事业的征途也充满崎岖艰险，生活不会时时厚待我们，会有挫折，会有失败。熬过了人生中的疾风骤雨，酷暑严寒，一定会得到最好的回馈。正如吴汝纶在《百字铭》中这样写道：且挨过三冬四夏，暂受些此痛苦，雪尽后再看梅花。

雪尽后的梅花，是破茧之蝶，是怒放的魂魄；雪尽后的梅花，是涅槃之凤，是奔赴的生灵。梅花如此，我们亦如此，要见到它，需挨过一场最凛冽的风雪。

一阕山水半生情

顾晓蕊

夏日熹微的晨光中，我沿着泛青的石板路，穿行在历史老街平江路上。窄窄的河道穿街而过，座座石桥贯通两岸，岸边绿柳婆娑，花团丛簇。澄碧的河水缓缓流淌，摇橹船穿桥而过，船上游人悠然安坐，听船娘吟唱江南小调，脸上漾着闲恬的微笑。

这就是我梦中的姑苏老城，古巷小桥，流水人家，处处透着如诗画般的清雅风韵。这条南宋《平江图》上记载着的延传至今的老街，暗合了我对江南水乡的美好印记。

记得初次来苏州，正是最好的年纪，那时我读大学，临毕业前在上海某电厂实习，几位同学相邀出游，乘着绿皮火车到这里。适逢梅雨时节，一行人穿街绕巷，从烟雨蒙蒙中望山看水，游园林，访古桥，听路边老茶馆传出的评弹声。

渐渐地，我和他落在后面，有一种说不出的情愫，在雨雾里悄然滋长。巷子里遇见卖花的阿婆，篮筐里有穿好的白兰花、茉莉花，他跑上前买了些递给我。那馥郁的香气缠绕着，飘荡着，像极了我们隐秘的心事。

毕业后，我们从同学变成恋人，接着结婚生女。一晃小半生过去，在无数的梦中，我漫步徘徊在幽长的小巷，而再来苏州，竟相隔二十余年光阴。

正如倪弘毅的《重逢》中那句"你尽有苍绿"，经年之后，起初的浓情深意在时光的浸染下，已成为朴素纯粹的亲情，如长在心上的青苔，化成一片苍绿。那深沉的苍绿中，有老爱情的味道，亦藏有苏州的气息。

几千年的光阴里，一座老城端坐在时光深处，经受着岁月的风吹雨浸。老旧的墙砖间、屋檐上、水井边，甚而潮湿的青石隙间，漫敷出一片片、一蓬蓬的苔藓，那么绿，如一汪凝玉，婉约中透着清凉的古意。

这次到苏州，我们住进平江路附近胡同里的一家民宿，名为"前堂后院"。两层小楼由民居改建而来，修旧如旧，古朴中透着静雅，完好保留老建筑的苏式格局。每间客房都有好听的名字，采莲、心悦、竹露、萱草、穿花等，显现出诗意的细节之美。

晨起，沿胡同向前走一两百米，就到平江路老街。街边店铺林立，过了八点钟，路上游人多起来，挤挤挨挨，喧声沸沸，一番热闹繁华的人间盛景。

我喜欢朝老街的支巷里走走，转身拐进大儒巷、丁香巷、胡厢使巷、东花桥巷等。弄堂里居住着枕河而居的老街人，清一色粉墙黛瓦的老宅旧院，青灰的外墙上有时光留下的斑驳痕迹。

河畔一架凌霄花丛下，有位老人倚在藤椅上，怀中的收音机放着昆曲，一听就是小半天。旁边的煤炉上，煮有"凤凰茶鸡蛋"，游人取用随意，费用自付，另有免费的清香雪片茶。老人沉在戏中也不抬眼，有相安岁月的随性自在。

街边拉家常的居民、水井边洗菜的妇人、穿蓝衫摇橹的船夫、桥头戏耍的孩子……这充满烟火气息的市井生活里，处处透出安然自足的从容。当地人的生活是慢的，他们将雅致清宁的生活美学，延伸到寻常日子的肌理里。

沿老街步行，拙政园、狮子林、耦园、随园皆相离不远。进入园中，目光所及，尽是苍绿。沿着幽曲小径兜绕一圈，看湖心凉亭，看庭院长廊，看假山鱼池，看竹林花间，几步一景，静美如画。园林布局精巧，温润而精致。

园林的精妙之处在花窗，有牡丹花、荷花、海棠花、梅花、葵花、竹节等图案，还有镂空而成的飞鸟、游鱼、走兽，又或是凤戏牡丹、鱼戏莲叶、喜上眉梢、松鹤延年等寓意吉祥的雕花，古风古韵，且构作精巧。

窗后是另一番更美的风景，芭蕉、竹石、蔓藤、花枝，半绽半隐，无限意趣，令人诧然之下，难免遐思翩飞。临窗望去，花影绰绰映在粉墙上，亦别有幽致。

想起帖书上的一句，"花气薰人欲破禅，心情其实过中年"。园林更贴合中年人的心境，惯看秋月春风，有了阅历，有了沧桑，反而气蕴于内，自有一种清远深美的意味。

从园林出来，已是月色黄昏。沿青石小路朝回走，澄澈的月光落在河面上，鳞波闪动。老街上灯火阑珊，迷蒙夜色中，苏州人将从前慢的精致生活，延续到俗常日子的烟火里。

老街人懂得日子是过给自己的，不将就，不凑合，他们舍得花时间和心思，巧手弄美味，在一箪食、一豆羹中，品味滋足味润、余韵悠长的生活。苏州老厨人的心思玲珑，也使得苏式小吃名扬天下。

走累了，寻一处小店坐下。点上些当地名吃，桂花赤豆糖粥、桂花鸡米头、泡泡小馄饨、酒酿小圆子、哑巴生煎……食物的香气在唇齿间弥漫，入口鲜香甘滑，令人回味许久。

这承载着苏州人记忆与情怀的美食，是萦绕在当地居民灵魂深处的家乡味道，也给予我这般外来客以妥帖的抚慰，令一日的疲累全消。

有的传统老店里，还可以边吃边听评弹，在一曲曲软侬清音中，体会美食与时光的缱绻交错。苏州评弹是评话和弹词的合称，旧时又称说书、南词，那如雨滴般清润柔婉的声音，穿透数百年的光阴，依旧令每一位听书人醉心荡魄。

朱红色的老戏台上，桌两边坐着一男一女，男持三弦，女抱琵琶，弹唱曲目有《白蛇传》《珍珠塔》《玉蜻蜓》，是痴绝缠怨的爱情故事。我虽听不太懂唱词，但早已沉醉在那一唱三叹，以及轻拢慢捻的韵律里。

走出店时，空中飘起丝丝细雨。微雨落在身上，打湿了衣襟，而我神思飘忽，心仍沉在戏中。仿佛自己便是那为爱低眉的女子，倾心相许，偏又纠缠交错，迷失在时光巷陌里。戏里戏外，早已辨不清真假。

那夜我回到房间，斜倚在床边，听微雨敲窗，听雨打芭蕉，声声入韵，如一阕清词。夜雨潇潇中，烟雨如画的姑苏城，宛如白莲花般在我的心底盛开，瓣瓣流香。

这便是苏州，令我半生牵念，无限痴迷留恋的千年古城。那一份宁静淡然，是浸润在骨子里的风雅。让人来了便不忍离开，甘愿沉溺其间，静听风雨，淡看烟云，任时光悠悠然然地淌过。

给人生加一道花的篱笆

王继颖

盛夏，全家去吉林省大山深处，迷了几次路才找到一个小村庄。那是八十多岁的老公公阔别多年的故乡。村外公路狭窄，一家又一家石头加工厂白烟升腾、机器轰鸣。村里房屋低矮，住户稀疏，才下过雨，蜿蜒的土路泥泞。村中只有一户远房亲戚，亲戚家两个男人，老父亲几年前出了车祸，行动依靠拐杖；壮年的儿子新近被石头砸伤了脚，走路一瘸一拐。

落脚村中，回想高速上驱车进入东北境内，一路天蓝云白，植被茂密的群山绵延起伏，线条优美的绿意润泽无边，强烈的反差冲淡了心中的亢奋。

东北归来，却常常记起那个小村，因为一张模样模糊的笑脸，一道鲜花盛开的篱笆。笑脸是亲戚邻居的。瞬间一瞥，匆匆交谈，加上初见的腼腆，没细辨他的眉眼。他家院落并不宽敞，院子东西是别家的石墙。院子北面，繁花似锦的各色六月菊，密密麻麻交织成两道五彩缤纷的花篱笆；两道花篱间，藤条弯成的月亮门，缠绕着凌霄的绿叶红喇叭；月亮门向外的路两边，妖娆着数不清的粉紫大丽花。繁枝茂叶的绿背景，烘托出成千上万朵绚丽的花。主人大概常浇水喷洗，所有的花，都清丽明净，如刚沐浴过的婀娜女子。

邂逅这么多美艳动人的花，我欣喜地驻足，看不够，就用手机拍。一张笑脸从月亮门里迎出来，朴素的、热情又亲切的笑脸。迎出来的是个五六十岁，中等身材的男人。

"你们是远道来的吧，去老钱家？"他望着前面老公公的背影，指着近旁一户人家。

我的心全在花上："这么多花儿，太漂亮啦！全是您养的？"

"是啊，每年都养，习惯了。花儿也一年比一年好看。要是喜欢，走的时候拣大朵的，摘些带回去。"男人语调不高，温和的声音里透着欣喜。他含笑看花的眼神，像是在看自己的一群美丽女儿。

从亲戚家出来，我又驻足流连天然篱笆上的花。男人还站在月亮门外，依旧一张朴素的笑脸相迎："看哪朵好看，尽管摘，回去插花瓶里，也能开几天。"

我没带走一朵花儿，那绚丽缤纷的花篱笆，却洋溢着美丽温善的芬芳，在我记忆里扎了根。这花的篱笆，总让我默诵起陶渊明"采菊东篱下，悠然见南山"，联想到老舍"青松作衫，白桦为裙，还穿着绣花鞋……"，虽生活在石粉包围的偏远山村，因为这鲜花盛开的明媚篱笆，男人平凡的日子和生命，一定不缺少希望和滋味儿。

归路上，我们绕道丹东，坐船游鸭绿江。在中朝交界的水域，皮肤黝黑的朝鲜老乡驾简陋的小船靠近游船，售卖烟酒等物品。交易结束，朝鲜老乡望着游客们，指指自己的嘴和肚子。导游解释，他饿了，哪位游客有吃的喝的，可以送他一点儿。游艇上很快伸出两只纤细白嫩的手，那是一双年轻女子的手，左手一袋煎饼，右手两只鸡蛋。女子的身姿和脸庞隐在人丛中，却不妨碍她那双送出关切的手定格成永恒的镜头。

这女子关切之手送出的善意，宛如大山深处鲜花的篱笆。鲜花的篱笆，又与一段视频关联起来。那是几年前一个文艺节目的片段，至今还在被人们转载。拾荒歌者幼小丧父，少年外出打工，因贫穷和知识贫乏找不到正式工作，除了打零工，更多是在城市的垃圾桶前翻找生活。常夜宿街头的他，到中年还未成家，甚至不知自己确切年龄。他却一直热爱读书和唱歌，热心照顾朋友的家人。"我一直相信，世界上有很多美丽的东西，我也想成为其中一部分。"他干净的眼神、纯粹的歌声和绚烂的梦想，编织出的也是一道花的篱笆。我们无法洞悉拾荒歌者的人生，在视频里邂逅，却被他的善良和执着感染，一下子沉静下来，对世界多了敬畏之心。

白驹过隙，忙忙碌碌间，除了至亲好友，我们很难走进更多人生命的院落，也难以邀请更多人走进我们生命的居所。然而，作为世间众生，我们却可以美好的情趣，以温暖的善意，以热爱和执着等，为生命加一道花的篱笆，让路过我们生命的人，分享一片明丽，一缕馨香。

浮生一梦菩提心

郝　良

　　窗外，月色宁静，对着手上的菩提子手串默默地凝视半晌，拿起剪刀，剪断串线，将这相伴了十年、裂痕遍布的菩提子放到了小盒子里，心里有一双手在合十默念：菩提伴我，匆匆十年，唯愿此生，安然而过！

　　日子可以尘封，记忆却总是在某一刻会毫无理由地鲜活起来。

　　十多年前的一个四月，在拿到华西医院的淋巴癌确诊书后，我来到了龙爪塔寺。凡人一个，大苦大难临头时，除了求救于现代的医疗技术外，求佛拜神也是必不可少的一件事。那时，平时和我有往来的陈居士还在龙爪塔代管寺庙，得知我的来意，陈居士拿了一串菩提子手串和一个念佛机给我："戴上这手串，一有时间就跟着念佛机唱诵阿弥陀佛，愿菩萨保佑你！"

　　来到省肿瘤医院。刚进病房，就看见同室的病友拿着一串佛珠闭目养神，床头柜上的念佛机里传来阵阵"南无阿弥陀佛"的诵佛歌声。看到自己手上的菩提子，我和妻子不禁相视一笑，当真"不是一家人，不进一家门"呢。一进这肿瘤医院，病人以及病人家属之间是自来熟，三言两语间便相互亲近熟悉了。这位姓邬的大哥得的肺癌，以前在做生意，家境殷实，几年前查出肺癌，做了手术，如今不幸复发。我虽然是第一次和癌症打交道，但我明白一旦复发就岌岌可危了，于是，我在看他时，眼神中多了几分悲伤，而邬大哥看到我年纪轻轻就得了这样的病，他看我时，眼神中也是多了几分痛惜。

　　为了少听到晚期病人痛苦的哀号，同时也为了节省费用，我搬到了相对偏僻安静一点的陪护房，输液的时候才去病房待一天。一个多月后，再次见到邬大哥的妻子，却是她领着邬大哥的灵魂回归故里，邬大哥那么虔诚地念佛诵经，还是无人能佑，我心里顿时灰暗了好几天。

在化疗到第三个疗程时，我和妻子吃过晚饭在医院内散步，走到草坪处，突然，手上的菩提子手串一下断裂，十八颗菩提子四散开来，旁边还有几个张开大嘴的下水道口子。虽然已经度过了最初的恐慌期，但心里对有些事还是特别敏感："这预兆不好啊！"赶紧和妻子蹲下来在朦胧的夜色中到处找那些菩提子。一番找寻之后，十八颗菩提子居然全部找了回来，捧着这些菩提子，长吁一口气，这是不是预示着我历经劫难后最终会安然无恙！

经过这次惊吓之后，干脆重新去换了不是松紧带的那种很结实的线，套在手腕后除非把线剪断才能取下来。于是，这菩提子手串就时刻和我相依相伴了。

一个物件，如果长期相伴，天长日久，也便成了你身体的一部分，有时静坐摩挲着这菩提手串时，便想这菩提子戴在手上，每天摩挲好多遍，人生真有这么一串烦恼，是不是也给磨秃平了？或者，至少经过汗液浸润，珠粒最后能泛起愉悦的生活光华来呢？

以前对菩提子一无所知，以为就是一种名叫菩提的树结的果实，还在纳闷着"菩提本无树"究竟从何而来。后来翻阅资料，方知自己头发短见识更短。菩提子种类繁多，我这菩提子应该是最普通、最便宜的那种，因为当初在龙爪塔寺大门口的小卖部我就留意过像我戴的这种菩提手串，价格才十多元。这菩提子与我结缘后，好几次有朋友提醒我换一个菩提手串，但我却坚持着不愿换。患难之时陪伴共度的那种情愫，哪里是说丢就能丢下的？

保养菩提子的大忌就是沾水，而我把菩提子手串固定在手腕后，汗水、雨水、自来水，每天都会侵袭着它，菩提子散裂开来也就在所难免了。大凡身外之物，在和你身体融合的同时也暗示着一种忽视。直到有一天才猛然惊觉已经有两颗菩提子在不知不觉间掉离而去，什么时候掉落的，毫无察觉！不过，这时心里已经没有了丝毫的惊惶，掉了就掉了吧，就好比我自己对癌症病痛的感受一样，时间一久，就常常忘记了自己曾经"癌"过，就算是提到癌症，也是把它当作牌桌之上或是茶余饭后的笑谈："莫和我的牌哈，否则，我就把癌细胞直接传染给你！"

掉了几粒菩提子后，缠在手腕上的线便空出了一小节。再加上十年光阴，那线也快被磨断了。如果再戴下去，肯定是线断珠散。于是，将这相伴十年的菩提子手串剪开来好好存放起来便成了最好的选择。

在我眼里，当初戴着这菩提子手串时，是奔着陈居士那句"能保佑我"而去的，凡心弥漫，虽和菩提子结缘，断然没有达到林清玄先生在摩挲他手中的凤眼菩提时的"每一回数它的时候，心念就飞升到空明纯粹的世界，仿佛走在精致优雅的路上，一路上有花皆香，有树皆绿，风里流着音乐，云都散得干净"那种境界，但即便没能修心净性，心里对这菩提也是多了几分感情和喜欢的。

我能扛过那次病痛继续沐浴着生命的光华，这菩提子手串起了多大的作用？！佛祖究竟又佑了我几分？！很多事，不能去假设，也不能去心带执念，"最爱芳香何处，花落菩提深深，随缘即应，落花潋滟"。不管怎么说，这菩提子手串出现在我生命里便是缘，一切随缘，随缘而行，随行而遇，随遇而安，随安而乐。我存放着这菩提子，是念着它带着所有爱我的人的祈祷默然相伴，"许我一剪菩提光阴，伴我静好流年"，以后的岁月里，它没在我的手腕之上，却已种植在我的凡心之中。

在剪断这菩提子手串前，我拿着手机自拍了一张我和它的最后合影。前些天同事洪辉兄和老家院子的先道哥都在夜间睡梦之中猝然离世，更觉浮生一梦，睁眼闭眼之间，已是物是人非，还能祈求什么呢？菩提入心，愿活着的都能岁月安好！

芳 华

安 宁

在第四师六十三团的边防哨所，我被一个年轻英俊的士兵吸引。

他说一口南方风味的普通话，这让我心生好奇，问后得知，他来自贵州，毕业于贵州大学，两年前来到这里。我心生惊讶，一个名牌大学毕业的年轻人，怎么会义无反顾地放弃城市的繁华，远离父母家人，抵达这片干旱缺水的沙土地，每日眺望着对面的哈萨克斯坦，一站就是两年？

在这两年里，他一定熟知了这片哨所周围的一草一木，就像熟知每一个夜晚刮过的风。甚至去年的一只蝴蝶，穿过国境线自由奔走的野兔，在高高的岗亭上小憩的一只喜鹊，他也能准确地将它认出。因为，除了它们，又有谁来陪伴他呢？这漫山遍野的孤独啊，在他以满腔的热情抵达这片疆域之前，一定从未想过。

是的，孤独，这原本不属于年轻面孔的孤独感，此刻成为他的日常。七百多个无人陪伴的日日夜夜，他是怎么度过的呢？当他一个人听着大风掠过没有尽头的原野时，他又想些什么？冬天清冷的黎明，他走上岗亭，看到大雪覆盖的无边无际的大地，这片或许终将把他埋葬的地方，那时，他有没有生出对于命运的敬畏，或者后悔当初的选择？

想到这些，再去看那张已被晒得黝黑的脸，看到他质朴的笑容里，依然留

存的一丝宝贵的青春的气息，我忽然间为之动容。

六十年前，也有很多激情昂扬的年轻人，离开城市，唱着歌踏上这片无人开垦的荒野，为了守卫边境停留下来。这一停驻，就是漫长的一生。那时，人们在塔克尔穆库尔沙漠腹地，在荒草丛生、鼠洞遍布的沙土地上，像穴居的野兔一样，定居在简陋的地窝子里。他们说着天南海北的方言，怀着对未来的憧憬，将这片沙漠化严重的地方，命名为"幸福农场"。一望无际的戈壁滩，以严苛的自然法则，考验着幸福农场的人们。有时，人们在睡梦中，就会被席卷而来的风沙埋葬，如果不被及时发现，就会长眠在大漠之中，永远不会醒来。那一棵棵而今已经粗壮挺拔的白杨、红柳和法桐，是怀着一腔热血的父辈们，用小推车一车一车推来种下的。"不奋斗，哪里会有幸福"，而今已是九十多岁的老人们，这样向年轻的儿孙们感慨。一座又一座水库的修建，一片又一片防护林的栽种，终于让这片干旱少雨的土地，成为沙漠中的明珠。

在艰苦的岁月里，因为生活的普遍贫困，心怀信仰的人们，对于环境的忍耐，要比而今的年轻人更为持久。人们在荒芜的土地上播下希望的种子，栽下阻挡风沙的树木，但风暴很快袭来，将它们一一毁灭，人们便像古希腊的西西弗斯，抖落满身的风尘，在新的春天里，继续播下新的种子，植下新的树苗。

可是，而今在前辈植下的浓郁树荫里，吃着甜蜜的西瓜长大的一代人，被热闹喧哗的城市生活裹挟着，当他们站在寂寞的边境线上，用什么抵御猎猎大风吹来的无尽的孤独？

当我注视着一河之隔的哈萨克斯坦，边境线上威严耸立的界碑，以及可克达拉十多个团场可歌可泣的三代人，以绚烂的画笔在大地上涂抹的色泽，便仿佛看到历史的车轮正轰隆轰隆地驶过；这声响残酷而又悲壮，包括了人类与自然不息的抗争，精神与肉体永恒的搏斗。

想起在格登山下，看到一只来自哈萨克斯坦的野兔，它穿过边境线高高的铁丝网，站在中国茂密的野草丛里，好奇地注视着途经此处的人们。它的毛发在夏日的风里，犹如流动的黄褐色的汪洋。这是一只没有国籍的野兔，自由穿梭在这片水草丰美的大地上，每日倾听着哈萨克斯坦的小村庄里传来的鸡鸣狗叫的声音，也倾听着中国一个小小的庭院里一对守边夫妇的日常絮语。突如其来的游客将它变成一个孩子，一时间忘记了鲜美的苜蓿，直起身来，瞪着清澈的眸子，与人们好奇地对视。就在它的上空，无数的飞鸟拍打着翅膀，在没有边界的深蓝的天空上快乐地翱翔。蝴蝶、蜜蜂和蜻蜓则在它的脚下日日歌唱，仿佛这片土地与任何一个繁花似锦的角落，有着相似的荣光。

来去匆匆的旅者，远没有一只野兔或者飞鸟，对山脚下的守边夫妇更为热爱。风一样途经此地的人们，只是感慨着这对夫妇忍受孤独的毅力，并对他们简朴到除了一辆巡逻车就空空荡荡的庭院给予长久的注视，仿佛那里储存着星辰大海。有谁会坐下来，安静地倾听一对护边夫妇的故事呢？那些故事里植满了四季的风雨，以及边境线上的一草一木。他们用一生将这些草木逐一丈量，他们也将一生奉献给这片人烟稀少的土地。他们听着几百米外的一只小狗在哈萨克斯坦空旷的街道上，发出一连串寂寥的叫声。他们在巡逻车里，看到对面国家的炊烟正袅袅升起，知道又到了晚餐的时间，于是收起视线，对着秋天的芒草道一声晚安，便将车慢慢开回家去。他们的头顶，夕阳最后一抹热烈的光，正照亮中国的每一寸土地。

就在那样寂静的一刻，我忽然理解了来自贵州的年轻的士兵。他选择了一条背离大多数同龄人的道路，在这条道路上，没有高楼大厦，没有闪烁霓虹，甚至爱情也离他千里迢迢。他在清晨听到鹰隼穿过云朵，发出激越的鸣叫。他在夜晚看到漫天的繁星，将漆黑的丛林照亮。他在春天里学会识别空气中每一缕颤动的花香，他在冬日里被严寒席卷，倾听肉体与灵魂发出的孤独的碰撞。

这无边无际的孤独，让一个士兵在旷野中发出生命的呐喊，这是来自灵魂深处的呐喊，蕴蓄着对于孤独的对抗和接纳，也蕴蓄着在自然的洗礼中，生命瞬间闪现的芳华。

主动让人一步也无妨

雷 子

在人际交往的历程中，每个人都难以避免会遭遇一些僵持不下的敌对情境。

归根结底，这些敌对场面的形成，多是由于双方缺乏有效的沟通，且都自认为有理所致。实际上，有时候，只要我们彼此各退一步，敌对的局面便会自然消散。

要明白，争斗往往是徒劳无益的，反倒会损伤彼此之间的和气。主动让一步，局面就会截然不同。

曾经，我在杂志上看过一则发人深省的故事：

在一个原始森林中，一条巨蟒和一头豹子同时盯上了一只羚羊，它们各自在心中盘算。

豹子心想：倘若我要享用这只羚羊，就必须先铲除巨蟒。

巨蟒思索：倘若我要吞下这只羚羊，就必须先消灭豹子。

于是几乎在同一时刻，豹子猛扑向巨蟒，巨蟒也飞身扑向豹子。

豹子紧咬着巨蟒的脖子暗想：倘若我不用力咬，就会被巨蟒缠死。

巨蟒紧紧缠着豹子的身躯琢磨：倘若我不用力缠，就会被豹子咬死。

于是双方都拼命地使着力气。

最终，羚羊悠然自得地踱步离开，而豹子与巨蟒却双双倒地。

倘若巨蟒和豹子同时扑向猎物，而非扑向对方，然后平分食物，两者皆能存活；倘若两者同时离去，一同放弃猎物，两者皆能存活；倘若两者中一方离开，另一方扑向猎物，两者皆能存活；倘若两者在意识到事态的严重性时相互松手，两者同样都能存活。它们原本目标一致，可悲的是将本应具备的谦让转化为你死我活的争斗，同归于尽绝非一种有效的解决方式。

在开启与对方的交谈时，应当设法让对方说"是"。尽管这样做颇具难度，但一想到后续可能出现的争执，操作起来就相对容易许多。例如：此次谈话旨在对你们的合同达成一致，你就先对对方讲："此次合作的目的，我们均期望合作的项目能够成功，对吧?"对方必然会说："是的。"接着再说："此次讨论的目的，双方都期望达成一致的协议，是不是?"对方肯定会再次回应："是的。"有了这样的铺垫，双方紧张的敌对情绪得以缓和。如此行事，能让对方觉得你和他们存在诸多共同之处以及紧密相关的利益，沟通自然会更加顺畅。

如果将你的想法表述为他人的创见，让他产生些许优越感，也不失为一种良策。法国的一位哲学家曾言："倘若你想要树立一个敌人，那极为简单，你全力超越他、挤压他即可。然而，如果你想要赢得一些朋友，就必须做出一点小小的牺牲——那便是让朋友超越你，居于你之前。"其实这个道理浅显易懂，每个人的内心都渴望成为重要人物，一旦有人协助他实现或者让他体验到这种感受，他必然会对这个人满怀感激。当别人超越我们、优于我们时，可以赋予他们一种超越感。然而当我们凌驾于他们之上时，他们内心便会感到愤懑不平，有的产生自卑心理，有的则心怀嫉恨。

能够影响对方的是朋友而非敌人。在谈话之初就应当留意到这一点。倘若能让这次谈话拥有一个良好的开端，使其在舒缓愉悦的氛围中展开，在融洽的情境中结束，这对于双方而言，既达成了目的，又增进了情谊。特别是在清楚此次谈话无可避免地要与对方展开一番讨论的情况下，更应当通晓这一迎合对手、令对方满意的技巧。它会让你和对方在愉快的心境中达成一致的协议。

起身的饺子落身的面

周海亮

起身的饺子落身的面。这风俗令我幸福又忧伤。

年轻的父亲是一位石匠。石匠的概念在于健康并且强韧的身体，单调并且超负荷的劳动。石匠只与脚下的石头与手中的铁器有关，同样冷冷冰冰，让秋天的双手，裂出一道道纵横交错的血口。每个星期父亲都会回来一次，骑一辆旧金鹿自行车，车至村头，铃铛便清脆地响起了。我跑去村头迎接，拖两条鼻涕，光亮的脑瓢在黄昏里闪出蓝紫色的光芒。父亲不下车，只一条腿支地，侧身，弯腰，我便骑上他的臂弯。父亲将我抱上前梁，说，走咧! 然后，一路铃声欢畅。

那时的母亲，正在灶间忙碌。年轻的母亲头发乌黑，面色红润。鸡蛋在锅沿上磕出美妙的声响，小葱碧绿，木耳柔润，爆酱的香气令人垂涎。那自然是面。纯正的胶东打卤面，母亲的手艺令村人羡慕。那天的晚饭自然温情并且豪迈，那时的父亲，可以干掉四海碗。

起身的饺子落身的面。父亲在家住上一天，就该启程了。可是我很少看见父亲起程。每一次，他离开，都是披星戴月。

总在睡梦里听见母亲下地的声音。那声音轻柔舒缓，母亲的贤惠，与生俱来。母亲和好面，剁好馅，然后，擀面杖在厚实的面板上，辗转出岁月的安然与宁静。再然后是拉动风箱的声音，饺子下锅的声音，父亲下地的声音，两个人小声说话的声音，满屋子水汽，迷迷茫茫。父亲就在水汽里上路，自行车后架上，驮着他心爱的二十多公斤的开山锤。父亲干了近三十年石匠，回家，进山，再回家，再进山，两点一线，1500多次反复，母亲从未怠慢。起身，饺子;落身，面。一刀子一剪子，扎扎实实。即使那些最难熬的时日，母亲也不敢马虎。除去饺子和面的时日，一家人，分散在不同的地点，啃着窝头和咸菜。

父亲年纪大了，再也挥不动开山锤，然我，却开始离家了。那时我的声音开始变粗，脖子上长出喉结，见到安静地穿着鹅黄色毛衣的女孩，心就会怦怦地跳个不停。学校在离家一百多里的乡下，我骑了父亲笨重且结实的自行车，逢周末，回家。

迎接我的，同样是热气腾腾的面。正宗的胶东打卤面，盖了蛋花、葱花、木耳、虾仁、肉丝、绿油油的蔬菜，油花如同琥珀。学校里伙食很差，母亲的面，便成为一种奢求。好在有星期天，好在有家，好在有母亲。

返校前，自然是一顿饺子。晶莹剔透的饺子皮，香喷喷的大馅，一根大葱，几瓣酱蒜，一碟醋，一杯热茶，猫儿幸福地趴在桌底。我狼吞虎咽，将饺子吃出惊天动地的声音——那声音令母亲心安。

然后，毕业，我去到城市。那是最为艰难的几年，工作和一日三餐，都没有着落。当我饿得受不住，就会找个借口回家，然后在家里住上一阵子，一段时间以后，当认为伤疤已经长好，便再一次回到城市，再一次衣食无着——城市顽固地拒绝着一个来自乡村的只有职高文化的腼腆的单纯的孩子——城市不近人情，高楼大厦令我恐惧并且向往。

回家，坐在门槛上抽烟，看母亲认真地煮面。母亲是从我迈进家门的那一刻开始忙碌的，她将一直忙碌到我再一次离开家门。几天时间里她会不停地烙饼，她会在饼里放上糖，放上鸡蛋，放上葱花，放上咸肉，然后在饼面上撒上芝麻，印出美丽的花纹。那些烙饼是我回到城市的一日三餐，母亲深知城市并不像我描述的那么美好。可是她从来不问，母亲把她的爱和责任，全都变成了饺子、烙饼和面。母亲看着我吃，沉默。沉默的母亲变得苍老，我知道这苍老，全因了我。

起身的饺子落身的面，我真的不知道这样的风俗因何而来。也许，饺子属于"硬"食的一种吧？不仅好吃，并且耐饥，较适合吃完以后赶远路；而面，则属于"软"食的一种吧？不仅好吃，并且易于消化，较适合吃完以后睡觉或者休息。一次说给母亲听，母亲却说，这该是一种祝愿吧！"饺子"，交好运的意思；而"面"，意在长长久久。出门，交好运；回家，长长久久。很好的寓意，再图个什么呢？

想，母亲的话，该是有些道理的。平凡的人们，再图个什么？出门平安，回家长久，足够了。

然母亲很少出门，自然，她没有机会吃到我们为她准备的"起身的饺子落身的面"。可是那一次，母亲要去县城看望重病的姑姑——本计划一家人同去的，可是因了秋收，母亲只好独行。头天晚上，我和父亲商量好，第二天一早会为母亲准备一盘饺子，可是当我们醒来，母亲早已坐上了通往县城的汽车。

头一天晚上，我几乎彻夜未眠。我怕不能够按时醒来，我怕母亲吃不到"起身的饺子"。然我还是没能按时醒来，似乎刚打了一个盹儿，天就亮了。可是，父亲的那些年月，我的那些年月，母亲却从来未曾忘记未曾耽误哪怕一次"起身的饺子"。很多时候，我想母亲已经超越了一个母亲的能力，她变成一尊神，将我和父亲来守护。

　　然她却是空着肚子走出家门的。家里有她伺候了大半辈子的儿子和丈夫，却无人为她，煮上一碗饺子。

　　起身的饺子落身的面。这习俗让我忧伤且难堪。

　　母亲是在三天以后回来的。归来的母亲，疲惫异常。我发现她真的老了，这老在于她的神态，在于她的动作，而绝非半头的白发和佝偻的身体。走到院子里，母亲就笑了——她闻到了蛋花的香味，小葱的香味，木耳的香味，虾仁的香味——她闻到了"落身的面"。那笑，让母亲暂时变得年轻。

　　母亲吃得很安静，很郑重。吃完一小碗，她抬起头，看看我和父亲。母亲说，挺好吃。

　　三个字，一句话，足够母亲和我们，幸福并珍惜一生。

客人劝不劝

刘诚龙

文人诗酒风流，诗风流不说，酒风流是要家底打底的。设酒要设饭，设饭要设菜，饭不贵，菜贵，菜不贵，酒贵。袁枚居随园，不请则已，一请便是几十上百文朋诗友，诗人多日不能举火，到得桌上，风卷残云，大快朵颐，一碗猪脑壳肉，他一人端将起来，张嘴倒灌。袁枚款待一次客，得宰好几头猪吧。

席面大，不用劝甚客，走个程序，来敬杯酒，告吉。客人早已撸起袖子，放开肚子，筷子当挖机，三五下，一桌子鸡鱼肉，一扫而光，碗碗见底，做客三天不吃饭，做客吃饭饱三天。席面小，比如家宴，主人殷殷，客人惴惴，佳肴满桌，食指不动，主人便劝：莫客气莫客气。客气，客气是一股什么气？三天前开始缩食，肚子咕咕咕咕叫得慌，见肉如饿虎见羊鹿，却是一副富贵公子样，山珍海味，家里吃了个饱来的。饱不？看那口水流而咽，咽而流，是谓客气。

主客一体，既有客气，当有主气，仓颉没当过主人，一直当着客人吧，他造词便单造客气。客气，好里说，是矜持，差里说，是假惺惺；主气，好里说，是热情，差里说，是假惺惺。客人来了，不剁块新鲜肉，也要从梁上取块腊肉，蛋糕只是那么多，你吃了，我就没得了。客人不举筷，主人殷勤劝：吃吃吃，莫嫌弃，家里好菜的没有，粗饭可吃饱。这话粗听没问题，真诚呢，仔细听呢，不是个味：家里没好菜，好菜归了我吃，我还吃得下不？主人若有主气，客人就得客气。

方苞是不劝客的。方苞文章大家，开创了桐城派散文新路子，文坛上是宗师级人物，真真假假来方老家请教的，蛮多。是来请教方老，还是要方老请客？我晓得，你是前者，我也晓得，他是后者。他好久没喝酒了，嘴里淡出鸟来，不想鸟淡，便要啖鸟，他便趁开饭前半小时吧，赶趟去方老家请教。吃饭时候了哒，吃个饭再走。他未待方老师说第二句，赶紧凳子坐了，若客气说一句，"不呢，堂客家里煮了饭的"，方老说，"哦，那好吧"，那可是煮熟的鸭子飞了，鸭毛都没含一片。

他晓得，方老师是不劝客的，"有饮于方望溪先生者，先生绝不劝客"。留下来，你就吃，不留下，你就走，不会来扯你衣袖，但见你挥一挥衣袖，没带走半根骨头。留下来了，方老也不劝。这是一碗小鸡炖蘑菇，这是一碗老鸭煲参汤，这是一碗青辣椒炒肉，这是一碗剁辣椒蒸鱼。菜，便是语言，菜丰富便是主人语言丰富，语言丰富就是主人情感丰富。人家都把好酒好菜端上来了，对你的热情，看菜碗股股腾腾热气，清晰明了了，你还要人家说什么呢？大鱼大肉落菜碗，此时无声胜有声。

初到方老家做客的，硬是不适应，但听得方老话桑麻，谈文教，说掌故，没听得方老喊吃吃吃。斯时也，便是您老谈的"经国之伟业，不朽之盛世"，他也听不进耳，他一心想的是那个鱼脑壳，那个鸡屁股，何法进口。你生了手，持了筷，你夹哒。我是来你家做客哒，你不给我夹，就是你不想我吃嘛。可怜初来方老家做客的，本来饿了三天的，这回又饿了。

客人好生不解，做客几回，熟了，"疑而问之"，方老答曰："礼主人宴客，客将饭，主人必拦禁，以粗粝为辞，客必强飨之以为至美。今主人劝客，客反不飨，岂礼也哉？"这菜吃不得，有点馊了，莫吃莫吃，主人这么一说，客人作死地吃。主人劝他不吃，他吃得欢，主人劝他吃，他却不吃了。劝客者，是提醒他：你是客人。客人嘛，那就得客气，就得做姐姐妹妹，就得做不吃牛肉的相。

方老这话透了心底，他待客非冷漠，更非嫌弃，是蛮真诚的，是蛮热诚的。不合中国传统请客文化哒。方老解释，客人并不释然，说方老是假心假意，虚情待客，"无怪人以为诡也"。诡字论人，伤人心呢，方老翻箱倒柜，尽好的端上桌，就是没说吃吃吃，便把他一番真心意，当作了驴肝肺。劝客文化仿佛是，不说三声吃吃吃，便不是好主人，不夹一次红烧肉，便不是安真心。

主人待客，便一定要劝客，这是劝客文化第一课。劝客文化荦荦大端，盖言之，大概分两般，一者文劝，"略备薄酒，乞劳动玉趾，就寒舍小酌，万勿推却"。这般请客，古时是吃得的，是红色请柬，今世吃不得，是红色罚单。不提。说的是，客人上桌了，筷子不指客人，但指菜碗：吃咯吃咯，尝尝味道咯。客人不举也举箸了。故人具鸡黍，邀我至田家，农民没山珍海味，只有土鸡土鸭，老母鸡都杀了，炒一盘，蒸一碗，端上桌面，心还不真啊，礼还不诚啊？人道是，劝客文化基于诚，东道主把家当，当出来，呼童烹鸡酌白酒，不怕你吃，你喝，怕你不吃，不喝，一边喊你吃吃吃，吃菜，一边给你倒倒倒，倒酒，真心真意，诚心诚意。我道是，劝客文化起于穷，人家家当都端了，这餐饭吃不下，不忍吃，想吃也不吃，这就要做客嘛，这就是讲客气。只有李白才不管，人家请他吃，他嘴巴张得竹筒大，筷子伸得铁钳长，待在这里，不想走，当自个家，但使主人能醉客，不知何处是他乡。

文人席间，来首诗啥的，气氛上来了：劝君更尽一杯酒，西出阳关无故人。这酒不喝吗？一口酒，双眼泪，喝个杯见底。风吹柳花满口香，吴姬压酒劝客尝，主人口拙，请了美女或小女来陪酒，够情情了，你莫客气，当撕开襟，敞开怀，喝个山穷水尽：怡然敬父执，问我来何方。问答未及已，儿女罗酒浆。夜雨剪春韭，新炊间黄粱。主称会面难，一举累十觞。

文劝好，喝酒不喝醉，吃饱不吃撑。武劝，麻烦多了。搬一箱酒来，抬一坛酒来，喝，死里喝；喝不喝？不喝。来，按倒他，操铁铲，撬开嘴，用海碗，给我灌。主人情来得甚是猛烈，客人受得了不？武劝，蛮吓人的。王导与王敦去史上首富石崇家做客，富家摆阔，拿出十几万、几十万一瓶的酒，桌上一顿：来，今天喝个痛快，干完一箱来两箱。王敦不喝：小样，当我乡巴佬，以为我没吃过世界名酒啊。不喝。喝不喝？不喝。你不喝，我喝一杯，我就杀个美女给你看。石崇喝了一杯，王敦不端杯，石崇一声喝，杀了一个美女。喝不？不喝。石崇连杀三个美女，王敦就是不喝。王导急，眼泪与汗皆涔涔出，用脚去踢王敦脚，王敦无所动（已斩三人，颜色如故，尚不肯饮），完了，王导问王敦何故，答："自杀伊家人，何预卿事。"

劝客文化厚矣哉，文劝，勉强算是精华，武劝，当然是糟粕，劝，是热情，不劝，是情冷。劝文化中的情，是这样的不？情不情的或跟劝不劝，没多大关系。本来没情，去他家干吗？去了他家，办完事，赶紧回，死皮坐他家桌上，留作后来羞啊；有情，撩脚就去，去就吃饭，吃饭就自力更生，不要人给你捡菜，"将进酒，君莫辞，唯酒无量维制之"。吃饱喝足，"醉而归，乃君子"。人这样待你，你这样待人，主客易位，不易待客之道，之礼，之情，则主人是君子，客人也是君子。

月光茶

郝 良

秋意渐浓。

坐在办公室里，口淡无味，突然想到了那包被我冷落在一边的玫瑰花茶。

拿出玻璃杯，放进一小撮花茶，然后，看着她们在沸水里旋转、舞蹈、开放着。每一朵花茶开放了一两片花瓣，然后静静浮在水面。她们是花亦是茶，在水里绽放着茶的清雅。盯着茶杯中袅袅升起的热气，视线慢慢变得朦胧起来……

那些"柴米油盐酱醋茶"平凡琐碎的日子为什么最后偏偏是定格在一个"茶"字呢？也许"柴米油盐酱醋"是有声有色，是浓墨重彩，而"茶"，是安静的禅；也许所有的喧闹最后都会归于安静的尘；也许柴米油盐酱醋茶只是一个随意的安放，而我却因这一刻的心境，生出了这些怀想。茶禅一味，"三饮便得道，何须苦心破烦恼"？那些带着苦味的绿茶更能品味禅机，这清香的花茶想来是我潜意识里希望这平淡的日子里能多一点恬静、幸福的滋味吧。

天冷了，在某一刻总有一些凉在心底来来去去，也总有一些暖在回忆里浮浮沉沉。

捧着花茶，一边轻啜，一边想着时光真是太匆匆，如今已时过中秋。中秋的那一夜，我在故乡，站在坝子里，仰望天穹，此时，没有一丝的月光，闭上眼，心里却驻着一轮晓月，月光中一泓秋池，一朵洁白的荷花轻摇而舞，莲花开了，满世界都是菩萨的微笑，于是，我看得见母亲的容颜，看得见儿时在月光下疯跑的我，看得见遥隔千里凝视着我的双眸……那一刻，我想自己是通灵的，看到了一切我想看到的！

次日，回到城里，中秋的月，十六更圆，站在花窗之下，月色清澈透亮，倾泻进来，照着我手中的水杯，我便捧着一杯月光茶了！那一夜，我久久地伫立在窗口，独酌一杯月光茶，不管岁月如何流转，不管乌云如何遮挡，这一杯月光茶让我在那一晚彻夜透亮。

如今，一杯茶，暖暖地握着，或发呆或静想，闭上眼睛可以听见时光在耳边缓缓地、悠悠地流淌，不声不响从容自在，寂静欢喜，安然悠闲。暖暖的茶带着若隐若现的花香，暖了唇齿、暖了舌尖、暖了心底最柔软的地方。捧一杯暖茶，总给我悠长的暖，这暖是暖入心扉的暖，是张了双肩拥我入怀的暖。一杯花茶的暖，一杯月光茶的净!

秋深了。天，真的凉了，好在月光依然!

饸饹飘香

王文英

饸饹小吃名冠大西北，流传久远，据说可追溯到隋唐。古书谓之"河漏"。

幼时的塞北，饸饹饭可与当今汉堡、比萨相媲美，美味可见一斑。然而你可知那时在老家，吃上一顿饸饹饭较之现如今的外来快餐更是难了许多？

童年伴随着大集体时代的踉踉跄跄，家乡的饸饹饭也便像长在脑髓里的一颗痣，难以褪去。那时因母亲时常在大铁锅里熬煮玉米面稀饭，偶有几次看见笼屉上灶，热气腾腾，哥便会在炕上手舞足蹈："今天要吃笼屉蒸饭。"

这顿笼屉蒸饭通常是莜面饸饹。

春夏农忙时，从生产队下工后，母亲一进家门便洗净双手，先渗莜面。母亲将两碗莜麦面粉盛放在二号瓷盆里，再和以略温的水，用竹筷子搅拌成块垒状。而后母亲便进柴房里抱些柴棍，拢入灶膛；紧接着再从盛放土豆的筐里取些大小不等的干净土豆，削皮，切丝或细条，淘水后捞出，均匀地铺在两个衬了笼屉布的蒸笼里。

"刺——"母亲擦着火柴，点着灶膛的柴棍。大锅里添一瓢水，盖严。再净手，和面，在炕上支起木头饸饹床子，母亲将莜面搓成手电筒把那般粗细长短的剂子，塞进饸饹床子的窝子里。然后将压杆上的床芯子摁进窝子口处的面剂上，几剂子饸饹便在"嘎吱嘎吱"声中铺在了两个笼屉里。这时，灶膛里柴棍噼啪作响，大锅里的水已经滚沸，于是母亲将两个匼好的笼屉放在热锅沿上，重重的大木锅盖扣在笼屉上，大火猛蒸七八分钟。

"二娃子！""三妮子！"用饸饹床子压饸饹前，母亲会朝着大门吼几声。

我们偶尔听到后就会跑回来，帮母亲使上两胳膊一腿子的力气。或许生长在大西北之外的人们不了解，那种老式木制饸饹床子使用起来很费劲，一点儿也不溜。我们只好使出吃奶的力气，将大半个身子都压在床子的压杆上。老物件"嘎吱嘎吱"地叫唤个不停，如此五六拨儿"呻吟"过后，莜面丝细细匀匀地躺在了母亲缓缓挪动的笼屉里。

我们擦掉额头上渗出的毛毛汗，都笑。母亲也笑。

有时，我们在远处疯跑，母亲吼也是白吼。于是母亲只好一个人站在炕沿脚下，左手左胳膊并用压在饸饹床子的压杆上，右手转动笼屉去接从床窝子压出来的饸饹丝。两笼莜面饸饹上锅后，母亲会再拢些干柴棍进灶膛。母亲说大火蒸熟的饸饹更筋道更有嚼头。

蒸饸饹的档口，母亲从院子里拔些小葱和青蒜，捎带着撅一把芫荽，待走到屋檐下那个装干净水的铁桶前，这几样小菜都已被择拣干净。母亲拿小菜的手顺势在水桶里涮上几圈，抖上几抖，菜们便白是白绿是绿。

进屋后，母亲会在砧板上"噔噔噔"拍打几刀，葱末蒜泥外带芫荽粒收在大海碗里。伸手进碗柜里，母亲揪出那把黑亮的铜勺子，小心翼翼地从胡麻油瓶里倒些油在勺头里。慢慢将勺头伸进灶膛，旺火上勺头里的胡麻油不一会儿就起烟了。然后母亲就会取出铜勺，将热油"刺啦"一声浇在葱花蒜泥上。盐面儿、香醋和味精调味，最后加半海碗凉白开搅成汤料。

若恰逢西红柿成熟以后，母亲还会用滚水焯一两个柿子，去皮后，将柿子肉切碎，掺和在汤料里。父亲和哥还会在早些炝好的油辣子罐里挑上一筷头，搅在汤料里，红红绿绿的汤汁儿，看着都会馋死人。

汤料就绪后，灶上笼屉里的饸饹也熟了。笼屉上桌，你一筷子饸饹，他一饭铲土豆丝，蘸着香香的汤汁入口，怎一个爽口惬意了得？

若头年风调雨顺，母亲蒸莜面饸饹的次数也多。如若头年天旱莜麦歉收，荞麦面饸饹就会被屡屡端上饭桌。

荞麦是西北干旱地区的特产，生长期短，对土地的要求也低。所以每到春旱后，乡亲们会在坡坡梁梁上撒上荞麦籽，套上牛犋把地一翻，再不用去费心锄刨，入秋后就有一袋袋荞麦收回家里。所以无论年景如何，老家的人们年年都有莜麦或荞麦可以磨成面粉。饸饹面食也就经常陪伴着我们年少时的快乐时光。

荞麦面饸饹是汤面。这种饸饹的做法与莜面饸饹截然不同，和面时就得几捶几打由硬到软地搓揉，直至大坨子面块软里透出一份筋道方为最佳。回想那时，母亲每每揉好一坨子面块后，总是汗流浃背。揉好面后，母亲会准备面食的臊子汤。热锅里倒少许油，葱姜蒜末炝起香味，各种时令蔬菜丁（如西红柿、土豆、青菜丁）下锅，倒少许酱油烹一下，翻炒几下后加水和食盐，熬至土豆丁绵软，母亲的臊子汤也就搞定了。

接下来母亲将饸饹床子横架在锅台之上。等到床子下面锅里的滚汤热气腾起时，母亲在床子窝里塞满面团，然后趴在床子压杆上，将一窝窝面剂子压成细细长长的饸饹面条。母亲装一窝子，压一床子，面条在沸水锅里打一个滚后，用笊篱捞在大海碗里。

有时父亲或哥会帮母亲在热锅口上压饸饹，那时我还小，我是断断不会被母亲使唤去压荞麦面饸饹的。

捞在海碗里的荞麦面饸饹细细的长长的，舀上一勺子事先熬好的臊子汤，一小匙油泼辣子一浇，葱花芫荽勾味，真是美味无比。手捧一碗香喷喷红红火火热热闹闹的饸饹面，美美地品尝着，那时的我们就觉得世上再没有比这碗饸饹面更可口的吃食了。

后来，农村全面实行生产责任制，包产到户后母亲的这两样饸饹饭食开始频繁地被端上餐桌。

再后来母亲永远离开了我们，夜深人静时，母亲和母亲的饸饹饭常常濡湿我的枕巾。从那时起母亲和饸饹饭成了我们记忆中的温暖。

又后来我远离家乡，来到这个小城。小城的风土人情中多的是安然与温暖，但最让我安心的是这里的饸饹面。

记得刚来小城那天，因没有及时安置妥帖生活所需，我们一家人进了一个临街小面馆。老板笑呵呵地问需要哪种面食时，我们因不了解面馆的特色，那位老板便推荐了饸饹面。饸饹面，似一个久别重逢的故人，就这样又一次走进了我的生命里。

那天我惊喜地发现小城的荞面饸饹碗里清清淡淡的臊子汤，豆腐土豆丁绵绵糯糯，汤里点缀着红红的辣子碎屑，还漂浮着蒜黄的黄与芫荽的绿，一碗香喷喷的家常饸饹面宛若这几十年走过的山山水水，清淡却回味悠长。更值得一提的是，在小城的面馆里，你不仅可以吃到荞面饸饹，而且还有小麦面和豆面压制的饸饹供客人们选择。值得赞叹的是小城的人们已将制作汤面的原料又拓展了一大步。

每当结束一天紧张的工作后，坐在餐桌前，挑起一筷子筋道的饸饹面时，臊子汤香气袅袅，脑海里回旋着满满的母亲的味道，那一刻也是我深感安然的时候。

此时，盘点一个个早晨或黄昏，当我坐在面馆里品尝小城各种饸饹面时，其实那是我一次次重温年少快乐时光，那一碗碗飘香的饸饹更多地让我体味到远方家的味道和亲人的温暖……

迎风傲立的姿态

- W I N T E R -

考而不死是为神

老舍

　　考试制度是一切制度里最好的，它能把人支使得不像人了，而把脑子严格的分成若干小块块。一块装历史，一块装化学，一块……

　　比如早半天考代数，下午考历史，在午饭的前后你得把脑子放在两个抽屉里，中间连一点缝子也没有才行。设若你把 X＋Y 和一八二八弄到一处，或者找唐朝的指数，你的分数恐怕是要在二十上下。你要晓得，状元得来个一百分呀。得这么着：上午，你的一切得是代数，仿佛连你是黄帝的子孙，和姓字名谁，全根本不晓得。你就像刚由方程式里钻出来，全身的血脉都是 X 和 Y。赶到刚一交卷，你立刻成了历史，向来没听说过代数是什么。亚力山大，秦始皇等就是你的爱人，连他们的生日是某年某月某时都知道。代数与历史千万别联宗，也别默想二者的有无关系，你是赴考呀，赴考的期间你别自居为人，你是个会吐代数，吐历史的机器。

　　这样考下去，你把各样功课都吐个不大离，好了，你可以现原形了；睡上一天一夜，醒来一切茫然，代数历史化学诸般武艺通通忘掉，你这才想起"妹妹我爱你"。这是种蛇脱皮的工作，旧皮脱尽才能自由；不然，你这条蛇不曾得到文凭，就是你爱妹妹，妹妹也不爱你，准的。

　　最难的是考作文。在化学与物理中间，忽然叫你"人生于世"。你的脑子本来已分成若干小块，分得四四方方，清清楚楚，忽然来了个没有准地方的东西，东扑扑个空，西扑扑个空，除了出汗没有合适的办法。你的心已冷两三天，忽然叫你拿出情绪作用，要痛快淋漓，慷慨激昂，假如题目是"爱国论"，或"天下兴亡匹夫有责"；你的心要是不跳吧，笔下便无血无泪；跳吧，下午还考物理呢。把定律们都跳出去，或是跳个乱七八糟，爱国是爱了，而定律一乱则没有人替你整理，怎办？幸而不是爱国论，是山中消夏记，心无须跳了。可是，得有诗意呀。仿佛考完代数你更文雅了似的！假如你能逃出这一关去，你便大有希望了，够分不够的，反正你死不了了。被"人生于世"憋死，不是什么稀罕的事。

　　说回来，考试制度还是最好的制度。被考死的自然无须用提。假若考而不死，你放胆活下去吧，这已明明告诉你，你是十世童男转身。

怀四十岁的志摩

郁达夫

眼睛一眨，志摩去世，已经交五年了。在上海那一天阴晦的早晨的凶报，福煦路上遗宅里的仓皇颠倒的情形，以及其后灵柩的迎来，吊奠的开始，尸骨的争夺，和无理解的葬事的经营等情状，都还在我的目前，仿佛是今天早晨或昨天的事情。志摩落葬之后，我因为不愿意和那一位商人的老先生见面，一直到现在，还没有去墓前倾一杯酒，献一朵花；但推想起来，墓木纵不可拱，总也已经宿草盈阡了吧？志摩有灵，当能谅我这故意的疏懒！

综志摩的一生，除他在海外的几年不算外，自从中学入学起直到他的死后为止，我是他的命运的热烈的同情旁观者；当他死的时候，和许多朋友夹在一道，曾经含泪写过一篇极简略的短文，现在时间已经经过了五年，回想起来，觉得对他的余情还有许多郁蓄在我的胸中。仅仅一个空泛的友人，对他尚且如此，生前和他有更深的交谊的许多女友，伤感的程度自然可以不必说了，志摩真是一个淘气，讨爱，能使你永久不会忘怀的顽皮孩子！

称他作孩子，或者有人会说我卖老，其实我也不过是他的同年生，生日也许比他还后几日，不过他所给我的却是一个永也不会老去的新鲜活泼的孩儿的

印象。

志摩生前，最为人所误解，而实际也许是催他速死的最大原因之一的一重性格，是他的那股不顾一切，带着激烈的燃烧性的热情。这热情一经激发，便不管天高地厚，人死我亡，势非至于将全宇宙都烧成赤地不可。发而为诗，就成就了他的五光十色，灿烂迷人的七宝楼台，使他的名字永留在中国的新诗史上。以之处世，毛病就出来了；他的对人对物的一身热恋，就使他失欢于父母，得罪于社会，甚而至于还不得不遗诟于死后。他和小曼的一段浓情，在他的诗里，日记里，书简里，随处都可以看得出来；若在进步的社会里，有理解的社会里，这一种事情，岂不是千古的美谈？忠厚柔艳如小曼，热烈诚挚若志摩，遇合在一道，自然要发放火花，烧成一片了，哪里还顾得到纲常伦教？更哪里还顾得到宗法家风？当这事情正在北京的交际社会里成话柄的时候，我就佩服志摩的纯真与小曼的勇敢，到了无以复加。记得有一次在来今雨轩吃饭的席上，曾有人问起我以对这事的意见，我就学了《三剑客》影片里的一句话回答他："假使我马上要死的话，在我死的前头，我就只想做一篇伟大的史诗，来颂美志摩和小曼。"

情热的人，当然是不能取悦于社会，周旋于家室，更或至于不善用这热情的；志摩在死的前几年的那一种穷状，那一种变迁，其罪不在小曼，不在小曼以外的他的许多男女友人，当然更不在志摩自身；实在是我们的社会，尤其是那一种借名教作商品的商人根性，因不理解他的缘故，终至于活生生的逼死了他。

志摩的死，原觉得可惜的很；人生的三四十前后——他死的时候是三十六岁——正是壮盛到绝顶的黄金时代。他若不死，到现在为止，五六年间，大约我们又可以多读到许多诗样的散文，诗样的小说，以及那一部未了的他的杰作——《诗人的一生》；可是一面，正因他的突然的死去，倒使这一部未完的杰作，更加多了深厚的回味之处却也是真的。

所以在他去世的当时，就有人说，志摩死得恰好，因为诗人和美人一样，老了就不值钱了。况且他的这一种死法，又和罢伦，奢来的死法一样，确是最适合他身分的死。若把这话拿来作自慰之辞，原也有几分真理含着，我却终觉得不是如此的；志摩原可以活下去，那一件事故的发生，虽说是偶然的结果，但我们若一追究他的所以不得不遭逢这惨事的原因，那我在前面说过的一句话,"是无理解的社会逼死了他",就成立了。我们所处的社会,真是一个如何狭量,险恶,无情的社会!不是身处其境,身受其毒的人,是无从知道的。

过去的事情,已经过去了;我们在志摩的死后,再来替他打抱不平,也是徒劳的事情。所以这次当志摩四十岁的诞辰,我想最好还是做一点实际的工作来纪念他,较为适当;小曼已经有编纂他的全集的意思了,这原是纪念志摩的办法之一,此外像志摩文学奖金的设定,和他有关的公共机关里纪念碑胸像的建立,志摩图书馆的发起,以及志摩传记的编撰,等等,也是都可以由我们后死的友人,来做的工作。可恨的是时势的混乱,当这一个国难的关头,要来提倡尊重诗人,是违背事理的;更可恨的是世情的浇薄,现在有些活着的友人,一旦钻营得了大位,尚且要排挤诋毁,诬陷压迫我们这些无权无势的文人,对于死者那更加可以不必说了。"侬今葬花人笑痴,他年葬侬知是谁?"悼吊志摩,或者也就是变相的自悼吧!

茶 事

韩慧彬

生于北方，不懂茶事，近茶的习惯是到了南方以后。

"飞雪连天射白鹿，笑书神侠倚碧鸳"，金庸的十四部武侠小说，最爱阅读《射雕英雄传》，第十二回写道黄蓉给洪七公精心烹制了两碗好茶，其中一碗"却是碧绿的清汤中浮着数十颗殷红的樱桃，又漂着七八片粉红色的花瓣，底下衬着嫩笋丁子，红白绿三色辉映，鲜艳夺目，汤中泛出荷叶的清香"。哦，荷叶熬汤，当得荷叶清香；那粉红色的花瓣，是不是荷花清芬而益增花香，在我脑海中至今还是一个问号。

街市上不见有售荷花茶的，始终未有机缘品尝其味。每当荷花开放的季节，不由自主地便想起了唐寅的诗句："凌波仙子斗新妆，七窍虚心吐异香。何事花神多薄幸，故将颜色恼人肠。"荷叶摇曳多姿，吐露清香，宋代杨万里的"接天莲叶无穷碧，映日荷花别样红"，更是让夏天在绿荷上盛开，荷香阵阵，沁人心脾。漫步荷塘，向朋友讨得几片荷叶，借以略慰对荷香荷味的痴心和恋执之念。

把荷叶洗净，撕成小片小片的，混同被誉为"天下第一香"的茉莉花，一起放进杯子，倒上沸水。水色碧绿透明，清香微漾，一如日照荷塘蒸腾而出的清新气息，随即缥缈于似有若无之间，倏地勾起我对茶树荷塘的绵绵远念。细细品尝，味道苦涩，微咸，听老中医讲，荷花茶性辛凉，具有清暑利湿，升阳发散，祛瘀止血的功效，常饮没有副作用，有利于身体健康。

抱着行者无疆的心态去读书，去游赏。每到一个新的地方，我都迫不及待地研究起当地特有的茶事来。在现代气息很浓的浮躁氛围里浸泡久了，总想去追求一种悠然自得淡泊宁静的心境。去湖南，一半是为擂茶，另一半是为寻找陶渊明所说的世外桃花源。擂茶是将茶叶、老姜、芝麻、米、食盐，放在一个擂钵里，用由硬杂木做的擂棒"擂"成细末，用开水冲开即可，别具风味，连喝几碗，浑身舒服，有的山民家，夏天中午不吃饭，就是喝一顿擂茶，真是"情味于人最浓处，梦魂犹觉鬓边香"。

虽不曾到过西藏，但对西藏的酥油茶向往已久，时时留心处处有意，将上好的酥油，适量的早已熬好的砖茶汁和盐巴，往开水里一放，在酥油桶里打上一百来下，热喷喷，香浓的酥油茶便呈现在眼前了。有营养，耐饥耐寒，抗高原反应，而且还有很多的药用功效，酥油茶，简直是菩萨赐予高原人的特殊礼品。电视连续剧《茶马古道》中的漫漫远程，并不影响我对酥油茶的念想，这种念想没有随着时光的推移季节的变换而消退，反而越来越强烈，有机会定要去品尝一番。

　　不经意间，已经结下茶缘，每日必会抽出时间沏壶茶来，闲闲的一杯香茗，悠悠的一卷诗书，细酌慢饮，虽身在闹市，总会有身倚青山，眼观闲云的心境，渐次滤去了杂念，茶杯中流淌着时光的沉香，尘世间的所有烦恼与困惑都在品啜间烟消云散。望着我眼前的这杯茶，虽然没有喝酒，却已经醉得身不由己，源远流长的国饮，更是一种文化，一种精神符号，值得去探究，去寻味。在喧嚣的尘世里漫游，需要一本好书，或许更需要一杯好茶去救赎。

不事农桑

乔凯凯

去山里，路过一片庄稼地。山里不比乡间，没有大片的平地，也没有肥沃的土壤，山里人靠着勤劳和智慧清理荒草、捡尽石块，开垦出一小块一小块的耕田，种上庄稼，用心侍弄，等待收获。

时值盛夏，几名农人正在田间劳作，汗水湿透了他们的汗衫，肩膀上搭着的毛巾也开始往下滴水，农人便在地头坐下来休息。野生的柿子树枝繁叶茂，遮住了炙热的阳光，在地上投下一片浓荫。农人拿起放在地上的水壶，拧开盖子，扬脖灌下半小壶白开水。在田间劳作，白开水是最好的补给，"生命的源泉"这个说法大抵就是由此而来。农人喝下的白开水被身体吸收，因炎热、劳累而困顿的细胞立即舒展开来，焕发出新的生机和活力，农人苍白的脸色重新变得红润起来。

随行的友人立于一旁，观看许久，忍不住对农人说："种地真不容易啊，你们辛苦了。"农人并不答言，只是憨憨一笑，起身复又下田劳作。我有些脸红，我说不出"辛苦"这两个字。我当然知道友人并非虚情假意，但友人从来没有下过田，他不会明白这样的"辛苦"是怎样的感受，"足蒸暑土气，背灼炎天光"，不是一句"辛苦"就能概括的。

我从小在农村长大，作为农家娃，虽然要读书上学，但也少不了帮衬父母干农活。割麦子、掰玉米、种豆、浇水、施肥、锄草……每一种农活我都亲自体验过。严寒酷暑、风吹日晒都是常态，即便是看起来简单的活计，做起来一点也不轻松。爷爷在屋后开了片地，打算弄成一个小菜园，我放学回来，顺便领了个"开沟"的任务——用锄头将土地向两侧翻开，形成中间低、两侧高的小沟，方便种植菜苗，也利于浇灌。

前腿弓、后腿蹬，站稳之后，双手一前一后握住锄把儿，开始掘沟。手臂发力，脚力次之，腰力辅助，每一锄头下去，都必须手、脚、腰协调使劲儿。刚开始的几下，锄头没有磨开，沟边毛糙，还特别费劲，多掘几锄头后，铁锄头开始发亮，沟边也变得光滑起来。掘出来的泥块要左一锄、右一锄，均匀分放在两侧沟头上。这时要特别注意下锄的位置、角度和深浅，尽量保持一致，这样掘出来的沟才笔直、美观。

一鼓作气掘了两行沟，到第四行的时候，我开始感觉体力不支。尤其是碰到干硬的地块，每一锄下去，都要使出浑身的力气，如果猛不防掘到石块之类的硬物，力道突然受阻，从锄头传来的震感会让手臂变得麻木，还有可能闪了腰。勉强又掘了几行，我的双手已经磨出了水泡，浑身酸疼、无力，锄头似有千斤重，土地也好像变得更坚硬，再难掘开半分……

那时读到白居易的"今我何功德，曾不事农桑"两句，不由得感慨万千，从事农业生产真的是一件特别辛苦的事情，若不曾从事农桑，确实算是一种幸运。从播种到收获，这个过程中的每一个步骤都凝聚了农人大量的汗水和心血，若没有亲自参与，体会不到那种切身的闷热、严寒、酸痛以及散架般的疲惫。

其实直到现在，我也没有完全脱离"农桑"，农忙时节，仍会回到乡下帮忙抢收抢种。但我没有觉得这是不幸，于我而言，农业生产已经成为一种历练或者说修行。有了这种经历，我感觉自己的生命少了一份缺憾，并且始终保持着一股生气与活力，始终蓬勃向上，拥有直面一切的勇气、坚韧与乐观。这是一份难得的财富。

芦柴黄，芦花白

汪树明

初冬时节，我来到了东鸣湖。蓝天白云下，湖畔芦柴金黄，芦花如雪。一枝枝芦苇高高矗立，姿态各异，有的笔直挺立，有的微微拱起，如同琴弦，随风摇曳，弹奏着遥远的乐曲。

芦苇，在我们江苏响水县这儿随处可见，我们把它称为柴。它与水相伴，有水的地方，就有柴。河边、沟塘边，不论是沙碱土，还是油泥土，它都长得郁郁葱葱。夏天，我们用它的叶子叠小船；端午节打回青青的芦叶，母亲给我们包出香甜的粽子；秋后，我们会采摘芦花，以备冬天打茅窝之用。

柴的用途很多，对农村人来说也很重要。冬闲时节，地里的水稻割了，山芋收了，油菜栽了，柴的老叶儿掉得不剩几个了，人们就将它收割回家。收割回来的柴，摊在场上，毛毛糙糙，蓬头垢面。那时父亲搬来一条大板凳，抱来散乱的芦柴，将它斜放在上面，依次抽出最长的，按长短大小，分成三类，各自堆放，我们俗称删柴。删后的柴，用锤软了的小柴绳给它绑上两道，如给乱了发的女人扎上了头绳，梳过了头，整整齐齐。小水桶般粗的柴捆，结结实实地竖在山墙边，父亲看着露出了满足的笑容。

织柴席是那时当地庄户人的主要副业。织席前，柴要撕开，压成柔软的柴篾。母亲围上围裙，戴上手套，左手握着撕子，右手拿起柴，柴从撕子上滑过。月色下，父亲将撕好的柴，摊在场上，洒上水。第二天清晨，拉着石磙来回碾轧。我也常常帮父亲拉磙子，双手抓着绳子，屁股撅着，费力地拉着。一趟又一趟，反反复复，直到滚圆僵硬的芦柴变成薄而柔软的柴篾。母亲又一根根剥去上面还附着的柴皮，绕成一圈圈待用。

撕柴、制柴篾，作家孙犁称之为解苇、轧眉子。孙犁在《织席记》《荷花淀》中对织席如是描写："她们坐在席上，垫着一小块棉褥。她们晒着太阳，编着歌儿唱着。""月亮升起来，院子里凉爽得很，干净得很，白天破好的苇眉子潮润润的，正好编席。女人坐在小院当中，手指上缠绞着柔滑修长的苇眉子。苇眉子又薄又细，在她怀里跳跃着。"我看了《荷花淀》一文后，再细看母亲和姐姐们织席，真是如孙犁描写的一样："编着席。不久在她的身子下面，就编成了一大片。她像坐在一片洁白的雪地上，也像坐在一片洁白的云彩上。"

伫立湖边，看着静静对视着的芦苇，我仿佛又看到了父亲和母亲。他们的一生像芦苇一样，在哪里生活就在哪里扎根。芦柴的直而不弯，折而不断，多像我的父亲，即使遭受到生活的一些磨难，但内心始终蕴藏着一种坚韧的力量。芦花的柔软温婉，宛如我的母亲，给予我们无限的关怀和呵护。多少次，昏黄的煤油灯下，母亲熬夜为我们缝补；多少个冬雪前夜，她为我们赶打茅窝，手指被麻线勒下道道血痕。

如今，我的父母在老家守着他们身后的芦苇，眺望着自己的子女。我默默地告诉父母，我也会像芦苇一样，无论面对怎样的风雨，都会坚持自己的信念，追求自己的梦想，用自己朴实的生命力量，给人温暖和感动。

墙外有棵柿子树

范宝琛

娘嫁过来的那年，在院墙外亲手栽下一棵柿子树。

幼苗期的柿子树纤细柔弱，两年都没结出果子，后来开始结果了，十几个青嫩的小果子稀稀拉拉点缀在枝头，随着风儿顽皮地摇曳。

柿子树长得粗壮高大了，横生的枝节一股脑儿平伸出来，显得盛气凌人。

那些逐渐熟透了的果子浑圆硕大，盛在果篮里金灿灿、沉甸甸的，和着娘的笑容陶醉了夜色。娘蘸着白酒把每个果蒂都涂抹一遍。几天后，经娘用古法储存的柿子再也没有生涩感，咬一口甜丝丝的，令人百吃不厌。

娘挑出些个大肉厚的拿去集市，娘卖的柿子果实饱满，咬一口又脆又甜，换来的钱币贴补了贫困年代的家用，也给拮据的日子增添了不少欢欣。娘时常感叹，柿子树是咱家的大功臣，过去养活了儿女，如今成了她的宝贝树。

娘总爱絮叨，有一年干旱，地里的庄稼收成不好，多亏那年的柿子结果多，卖了柿子换回不少米面才渡过难关。娘抿着嘴，执拗地断定那年的柿子特别甜！

日子逐渐好起来，柿子不再是抢手货了，娘也懒得去集市上兜售。她舍不得丢掉那些柿子，就别出心裁地做成各种甜点。娘做的柿饼香甜糯软，让人看了特有食欲。

自从我结婚后迁居城里，妹妹毅然在本村寻了个婆家，她想当好娘的小棉袄儿，贴身长久地陪伴着娘。每次我回老家探望，都会遇见妹妹守着娘聊天。娘唠叨说，本指望生个儿子养老，谁料想长大后飞走了，还是闺女贴心孝顺！娘说话时嘴巴上翘，一脸的陶醉和得意。

娘已经七十多岁了，却一直不肯闲下来。她偶尔会到柿子树下坐一阵子，仰起头，一遍遍数那些柿子，可数来数去总也数不清。

柿子慢慢熟透了，香甜的气息弥漫了庭院。那天，娘在柿子树下坐了好久，嘴里念叨着，你看这一天天的，孩子们都长大成人了，你也长粗长壮了。其实，俺一直没把你当树看待，心里老是把你当成了家人，也当成了娘的孩子，陪伴娘的日子，数你最长……

我木然地站在娘的身后，大颗的泪珠子滚落下来。娘的每一句话都触动了我的灵魂，像一根根刺扎疼了我的心。凝望着那棵柿子树，它摇曳着翠绿的叶子，呵护着一个个金灿灿的果实，像一盏盏红灯笼映照着庭院，让家里多了些祥和与安宁。

悄然抹去泪痕，我对娘说，要帮她摘柿子，让娘晒柿饼给俺们吃。娘听后乐不可支，看我灵巧地攀上树，她却像个孩子似的站在树下指指画画，一会儿说我左边藏着一个大柿子，一会儿说我头顶上方的那个更大。

我沉浸在采摘的喜悦里，索性再跨前一步，踩得枝丫嘎吱作响。娘不由得紧张地吆喝，悠着点，别踩断了树枝！我只好缩回脚，尽量试探着往前挪动身子。

娘再三叮嘱我小心点，唯恐我踩空摔落。她美滋滋地仰着头看我采摘，我无意中俯瞰之下，只见娘的满头银发在夕阳的余晖里格外扎眼。

见我摘得差不多了，娘说树顶上的那些留着挂枝吧，到了冬天还是一道红彤彤的风景呢！娘接着补充一句，正好也给鸟雀们留着，天寒地冻的日子，鸟儿找不到食飞来吃两口，肚子不饿才能越冬！

娘喜欢热闹，尤爱看飞鸟落在柿子树上的矫健身影，娘还喜欢看鸟雀叽叽喳喳啄食的样子。这个时候，娘的脸上洋溢着母爱般的柔情。

下雪了，娘会特意在庭院里撒几捧玉米渣，引得一群群的小麻雀前来啄食。日子久了，那些鸟儿似乎有了灵性，见了娘一点不认生，齐呼啦围拢过来觅食，像是自家养的鸽子一般亲近。

我知道自己亏欠娘的太多。十几年了，娘固执地不愿和我们住在一起。她常说故土难离，家里的老屋里有亲人的影子，也储存着孩子们小时候的光景，老家老屋老家什总叫人留恋，待在老家才觉着日子有滋有味。

前段日子，村里传出要合村并居的消息，娘在夜里辗转反侧，便摸黑来到柿子树下，脸贴了上去，轻轻摩挲着树干说道，好孩子，现在要建设新农村了，咱老百姓的日子越过越富裕了，可娘咋舍得丢下你，你已经陪伴娘大半辈子了！

粗壮的柿子树无言无语。一股凉风徐徐拂过，树叶传来一阵飒飒轻响，像是对母亲自言自语的回应。

少年与阿黄

虞 燕

阿黄刚来我家时，还是只小狗崽，眼睛黑亮黑亮，全身覆黄毛，是那种很纯的棕黄色，我们便唤它"阿黄"。阿黄是弟弟苦苦求来的，他再三向母亲保证，会自己照顾小狗，不给家里添麻烦，母亲方答应下来。

阿黄为当年随处可见的土狗，可弟弟把它当作宝，天天守着抱着观察着，恨不得晚上也搂着睡。阿黄爱在院子里转悠，下雨了仍不肯进屋，弟弟屁颠屁颠跟着，一人一狗都淋了雨，湿漉漉的，少不了挨母亲骂。弟弟灵机一动，看上了院中一处好地方——一块青石板被两排砖头架起，靠着屋子的一面外墙，看起来像间没门的小屋。母亲常在石板上晾晒洗刷，我则把扮家家酒的玩具藏于"小屋"里，但接下来，我的玩具只能让位了，"小屋"成了阿黄的歇脚处，雨天，放些食物进去，阿黄总能待上一会儿。

吃饭时，若有荤菜，弟弟放进嘴里过一下就扔于碗边了，三下五除二吃完，把桌上残渣通通扒进阿黄的专用盘子里，看着阿黄大快朵颐，他蹲在旁边一脸满足。母亲自然是发现了的，那时候，家里难得吃一顿肉，一向贪吃的弟弟竟从自己嘴里省下肉给狗，他对阿黄的喜爱程度超出了我们的想象，母亲开玩笑说，长大了不用娶老婆，跟狗过日子吧，弟弟极认真干脆地回答："那当然好啊。"

许是伙食不错，阿黄长得快而好，膘肥体壮，毛色油亮，奔跑时，会刮起一股小旋风，静下来时，乖乖趴在地上，像个温顺的小媳妇。阿黄成了弟弟的小跟班，可有眼力见了：弟弟做作业，它蹲在边上，黑亮的眼睛不时瞅瞅主人，主人一起身，它也起身，巴巴地贴上去；弟弟疯玩，它围着转呀转，偶尔兴奋地叫几声，似在与主人同乐；弟弟不小心摔倒，它即刻凑上前，叼住衣角，试图拉他起来；弟弟难过了，它默默相陪，还用鼻子轻轻地蹭蹭主人的鞋子和裤腿，而后，讨好地抬起脑袋……

阿黄俨然已是家里的一员，每天进进出出，尽忠职守。我和弟弟去上学，阿黄一路相送，到校门口折返，离开时，弟弟摸摸它的头，它回头看两眼后，心无旁骛地往家的方向飞跑，一团黄色跃动于机耕路上，很帅的样子。待我们放学，阿黄早早等在了路口，它摇起尾巴，欢快地奔向我们，弟弟摸摸它的头，它便在前面引路，自得又卖力。熟人上门，阿黄轻叫几声，提醒我们来客人了，若有陌生人，即便只是路过，它死死盯住对方大声叫唤，以发出警告。某天半夜，阿黄突然狂吠不已，全家都被吵醒了，母亲开了灯，撩起窗帘向外瞧，院子里，一个黑影仓皇而逃，我们一下子回过神来，是偷鸡贼！当然，贼没得逞，被阿黄搅黄了。弟弟向母亲邀功："看，要不是阿黄，咱家辛辛苦苦养的鸡就被偷走了。"

阿黄越发高大、壮实，外面的人见了它，不敢靠近，说弟弟人小胆子大，养了那么凶悍的一条狗。他们哪知道，阿黄对自家人可温柔了，即使受了委屈也未有攻击行为，只会自个儿悄然退至一边。

除了那一次。

那个夏日的午后，阿黄在家门口睡得正香，弟弟匆匆进来，不小心踩到了它，阿黄遽然惊醒，没抬头便迅疾咬了弟弟的脚踝，弟弟被惹怒，踢了它一脚，这下，阿黄彻底醒转，全身黄毛竖起，准备战斗。下一秒发现是小主人，它立马耷下脑袋，慢慢退后，缩在了墙根，发出微弱的"呜呜"声，眼神里满是歉意，完全像个做错了事的小孩。弟弟明白，阿黄为错咬了主人而内疚，想到自己还踢了它，顿时一颗心又悔又疼，蹲下来，手臂圈住阿黄的脖子，喃喃地跟它说"对不起"，阿黄领会，靠在弟弟怀里撒起娇来。

阿黄爱黏着弟弟，弟弟也喜欢它黏着，只要小主人不上学，两者可谓形影不离。却也因为这一点，险些让阿黄断送了性命。那年，我家重建房子旁的小屋，盖房总少不了砖头、砂石、沙子等材料，大姨父在搬运站工作，自己买了拖拉车，空闲时会帮我家装运，拖拉机至路口凹进处停下，后面的车斗一倾斜，"轰隆"一声，砂石等就这样堆在了地上。

又来了一车，拖拉机"突突突"声传来，弟弟便冲了出去，阿黄自然紧紧跟随。大姨父坐在拖拉机上，接过父亲递去的烟吸了几口，让大家稍稍离远点后，才驾轻就熟地操作，车斗听话地一头倒地，巨大的声响犹如惊雷在近处炸开，一车大大小小的碎石瞬间清空，成了地上的一座"小山"。大姨父正准备开走，弟弟突然惊叫："阿黄呢？阿黄呢？"大家四下环顾，并喊了数遍"阿黄"，仍不见其踪影，要知道，只要弟弟在，阿黄是绝不会走远的，父亲断定，阿黄已经被埋进了碎石堆里。弟弟号啕大哭，扑向碎石堆，发了疯般徒手挖，大姨父摇了摇头，说现在挖开也没用了，狗肯定死了，这么重一车东西压下去……弟弟边挖边哭喊，声嘶力竭地表示一定要挖出阿黄。大家不忍，迅速拿了铲子、铁锹等开挖，弟弟又嘱咐不要太用劲，会伤到阿黄，他自己也手握工具，不停地向那堆石头发起进攻，小小的身子像风中摇摆的野草，好似一不小心就会被刮倒。

当挖至某处时，赫然出现了熟悉的棕黄色的毛，那块黄毛动了动，并传来闷闷的沙哑的"汪汪"声。阿黄还活着！父亲说简直是个奇迹。顽强的阿黄等到了救援，无法想象，它被黑暗包围时是如何的绝望，当铁锹掀起一道亮光，阿黄又叫了两声，声音慌乱而悲伤，那一定是它拼尽全力叫出来的，弟弟紧绷的脸倏地舒展开了，跪在那飞快扒掉压在阿黄身上的碎石之类，把脸紧贴着它的脑袋，眼泪止不住地掉。阿黄浑身是伤，眼睛上方、后背、肚子、腿部，血迹斑斑的它却勉力起身，一瘸一瘸地走，弟弟想抱起它，力气不够又怕碰到它的伤口，只得放下，随后，从家里翻出红药水，用棉花蘸一下，轻点于阿黄的伤口。弟弟的狼狈样没比阿黄好多少，衣裤上满是尘土，双手脏乎乎，其上还有伤口，应该是被尖锐的石头划伤的，再用脏手抹眼泪，终成了大花脸。阿黄乖极了，安安静静地看着弟弟，任由他处理伤口，我们发现，一滴眼泪从它黑亮的眼睛里滑落，流过面颊和嘴角，滴在了地上，大人们感叹，狗真是有灵性啊。

阿黄受伤期间，弟弟精心护理，恳求母亲多加荤菜，又偷拿家里的鱼干、皮蛋等喂阿黄。阿黄不负主人期望，恢复得相当快，终于又能迈着矫健的步伐在院子里巡逻了。弟弟愈加珍视阿黄，小伙伴给阿黄起侮辱性的外号，他便黑了脸，要跟人家绝交。有皮孩子朝阿黄扔石子儿，他凶巴巴奔上前，一副有种冲我来的架势。去走亲戚也要带上阿黄，母亲怎么劝阻斥骂都没用，最后约定，阿黄不能进人家屋里，就在门外待着，阿黄蛮听话，基本能照做。弟弟心里有自己的小九九，上门做客，主人家定不会以空桌子招待，那就有机会搞到一些好吃的给阿黄享用。

某日，父亲的朋友来串门，见了阿黄，随口说这狗养得那么肥壮，当心被人盯上。竟一语成谶。不久后，阿黄送我们到学校却没有回家，母亲便有了不好的预感。放了学，阿黄也未迎接我们，弟弟连书包都来不及放下，开始四处找寻。没有人见过它，也没有人能提供一点线索，弟弟找遍了所有想得到的地方，学校路上、亲戚家、小伙伴家、河边、海边、灌木丛……均无所获。时隔多年，我依然能无比清晰地记起弟弟失魂落魄的模样，每次寻阿黄未果回家，弟弟脚步迟重，整个人像漏光了气的自行车内胎，蔫巴巴地缩着，单薄的身影融于清冷的月光里，那么模糊，那么孤独，让人心疼。

第一天没找到，第二天没找到，第三天仍没找到……眼看弟弟连上学的心思都没了，母亲索性断了他最后的念想，说阿黄没有活着的可能了，要不然，凭它的聪慧和忠诚，怎么可能不回家?！

绝望的弟弟含着泪给阿黄堆了个假坟，就在院子菜地的一角，家里有了好吃的，他会供一点在阿黄的坟前。

此后，弟弟再也没有养过狗。

迎风是一种姿态

孟宪丛

一日，去一家蒙古族风情小店，买了一袋喜欢的牛肉干，嚼在嘴里，满是筋香，回味无穷。据说，这牛肉干是沥干水分，用手在牛肉干的正背面均匀抹上精盐，然后放在透气的托盘里，经过约一周后风干的。

说起风干食品，其实还有风干鸡、风干鱼、风干萝卜干等，为什么人们喜欢风干食品？因为风干食品经历了多日风的打磨，显得更加香脆可口，有嚼头，有味道。

当我们踏上人生之程，每个人的历程不尽相同，有的顺风顺水，有的则在荆棘满地的道路上历尽磨难和曲折，在失败中磕磕碰碰，跌跌撞撞。如果遇到重重困难，经不起千锤百炼的打击，就会半途而废，自然就体会不到风干后的浓香，绽放不出人生的精彩。正如不经历风雨，哪能见彩虹；不经历无数次摔崖，哪能鹰翔苍穹；不经历蚌体无数次蠕动和风浪的冲刷，哪能珍珠璀璨……

歌德曾说过："让珊瑚远离惊涛骇浪的侵蚀吗？那无疑是将它们的美丽葬送。一张小红脸体味辛苦所留下来的东西！苦难的过去就是甘美的到来。"其实，面对荆棘，与其抱怨命运的不公平，还不如坚定信念，持之以恒，迎风而上。敢于把自己风干，胜利的曙光何尝不在面前显露？

正所谓"水到渠成，苦尽甘来""一分耕耘，一分收获"。只要你敢于迎风而立，甘受风霜雨露的熏陶，虔诚地接纳烈阳暖风洗礼，尽管留下的是条形的瘦弱，但孕育出的是实打实的"硬货"，没有水分，没有娇柔，直挺挺地站在生活的舞台上，给人世界留下精彩多姿的芳香。

迎风是一种姿态，一种昂扬向上的激进，只要做好充分的准备，就会积极面对人生。迎风是一种情怀，一种不服输不怕苦的拼搏，换一种心境，磨炼自己，走好人生。

迎风是一种执着，一种不低头不忘怀的等待，养精蓄锐，挑战自己，完美人生。迎风而上，不惧大浪，就会留下风雨过后的迷人清澈，绽放灿烂如花的笑颜，在风中摆好各种姿态，向着下一个日出的方向迈进。

"昨天遗忘，风干了忧伤，我要和你重逢在那苍茫的路上，生命已被牵引，潮落潮涨，有你的远方就是天堂……"这歌唱得好。

草木的恩典

韩慧彬

草木有本心。对于草木，我始终处于远距离的仰望或审视中，而父亲与我截然不同，草木是父亲的烟火。

院落是草木的码头，迷漫的草木香四处张扬。柿子是在春天渐老落花遍地的时候，悄无声息钻出来的，碧叶衬托，干枯的花瓣相伴，经受风吹雨淋，吸收日月精华，日益膨胀，日渐成熟。柿子成熟，嘉实可餐。虽为百年老树，犹虬枝葱茏，果实累累不绝。无论什么鸟，从来不会在柿树的枝杈间结巢建穴，自然不会有嘈杂扰人的现象。阳光下，父亲经常与柿树对视，默默无语，身影重叠，分不清彼此。

时间久了，院落草木的脾气传染给了父亲。无论尘世刮多大的风，落多大的雨，或者是出其不意的冰雹，院落的草木们萎靡不振，奄奄一息，与五谷丰登擦肩而过，父亲像草木一样，对着满目疮痍的大地，沉默寡言。院落东边的香椿是父亲栽种的，香椿树要一个大人才能抱住，高度接近十米，活脱脱一个傻大个，是村庄里最大的一棵香椿树。每年春天，总能长出壮壮实实的香椿，脆嫩可爱，叶肥茎粗，香气四溢，可惜距离瓦房东山太近，惹得乡邻们眼馋而不得。也是春天，父亲把香椿树伐倒，喊着左邻右舍来采摘最后一次香椿芽，香椿炒鸡蛋的美味齿颊留香，至今念念不忘。

槐树。父亲说院落南边的槐树是野生的，树根裸露在外，盘旋着，交错着，主根被侧根严严实实地包围，不得不惊叹自然的鬼斧神工，远看，像极了想要的根雕，但确实是一棵活生生的树，树冠遮天蔽日，树下是夏日纳凉的首选之地。父亲说，草木和人一样，太耿直了或者太有用、太无用，都活不久，能活下来的多半是扭曲的草木。或许他说的只是香椿和槐树罢了。金银花藤蔓缠绕，沿着晾衣服的绳子悄无声息向院落里匍匐前进，一蒂二花，两条花蕊探在外边，成双成对，恰似鸳鸯对舞，故有鸳鸯藤之称。她是医生是诗人是哲学家，不仅关注着父亲的健康，也关注着我心灵的丰盈与贫瘠，时常游走在我对故乡的思念里。

草木也是一种乡愁，更是村人的坚守。至今，留守村庄的人依然过着草木芬芳的生活。他们清简，知足，乐观，与院落的草木为伴，从草木中悟出真知。其实，他们哪需要悟啊，如同饮水，冷暖自知，草木的基因早已融进了他们的基因。院落里的草木没有生息之地，也就没有生命的存在之地，不必说呱呱坠地的生命需要用草木灰擦拭，也不必说喂养灵魂的袅袅炊烟宣扬的是草木的颜色和气息，更不必说人老去世入殓需要用生长缓慢的槐树或柏树打制而成的棺材。呵，人生一世，草木一秋。人的一生若是只能活三个季节，他一定会像草木一样拼命生长，而不去打麻将、喝酒、看电视了。我相信，院落草木的一生看到的东西不比人少，草木看到雨水在空气中亦疾亦徐地跳舞。草木看到白粉沾满蝴蝶的翅膀。草木看到阳光钻进自己的脖子。草木看到锅碗瓢盆家长里短。草木看到婚丧嫁娶家庭兴衰。只是匆匆告别之时，一身之外一无所有，甚至发不出一声鸟鸣来辞行。父亲在原来栽种香椿的地方又种上了竹子，现在已是一大片，郁郁葱葱，甚是惹人喜爱。

像父亲对视柿树一样，我也学着与一丝竹对视，纷繁的琐事皆遁去，仿佛也有了草木的性情，一蓑烟雨任平生，寸心不惊。我知道，父亲做到了，但对于竹子的暗语及象征是一片茫然。父亲要做的是从文化战场转移到生活的舞台上。对文化他没有发言权，而在生活的旋涡里，他是草木的知音。在草木间生活的父亲，正是一棵竹子，一棵在风中奔跑的竹子，凄风苦雨冰刀霜剑都没有折弯它，即使在黑沉沉的深夜里，依然发出铿锵的回音。

院落的草木不会痴狂，他们静处自守，荣辱不惊，顺应四季。觉得自己更应该像一棵树或一丛竹那样去生活。闲时写一些草木文字，了解他们的前世今生，关注他们的真实生活。必须重新去审视与草木的关系，坚信若能在草木面前蹲下身子，就一定会在人世的路上善待众生。

里尔克说："创造者必须自己是一个完整的世界，在自身和自身所连接的自然界里得到一切。"是的，草木创造了一切，野火烧不尽，春风吹又生。院落那些葳蕤的草木做证，我没有说谎，草木恩典了一切，惠泽如流，岁月悠远。

冬日，炉火可亲

徐光惠

接连下了两天的雨，气温骤降，不觉寒意袭人。

从郊外的亲戚家出来，前往公交车站等车，天空依旧阴沉，冷风阵阵。在公交车站旁有一个修车铺，一修车师傅正埋头专心干活。站在路边，我裹紧了羽绒服，仍感觉冷飕飕的。

公交车久等不来，我便走进修车铺里躲避寒冷，屋子中间竟生着一个火炉，带烟囱的，炉火燃得正旺，炉子上坐着一只水壶，"咕嘟咕嘟"冒着热气，我索性就在炉子旁烤起火来。瞬间，一股暖意在身体里弥漫开来。

炉子旁还有小铲子、炉钩子，已经多年没看见了，有种久违而熟悉的亲切感，不由想起小时候家乡冬日里的火炉，仿佛感到一阵阵暖意散发出来，温暖几许，其乐融融。

记忆深处的冬天，比现在要冷，昼短夜长，寒风冷雨裹挟着小村庄，显得萧瑟而冷寂。濑溪河静悄悄的，鱼虾们都躲到水底下避寒了，河水像被凝固了一般。树叶只剩下最后几片，在风中摇摇晃晃。家里的小狗、小猫也懒洋洋地蜷缩在角落里，连叫都懒得叫几声。

冬天的夜晚漫长、难挨，无边无际的黑暗袭来，刺骨的风无孔不入，从夹壁墙缝钻进屋子里，我们的手脚都被冻僵了，不住地搓手、跺脚，取暖的唯一方式就是烧炉子，炉子成了我们冬天生活中不可或缺的伙伴。少了一盆炉火，则冷冷清清，寂寞难熬。

于是，各家的炉火燃起来，红通通的，明亮着。有的人家为了节省一点煤油灯钱和电费，连灯也不点了，屋子里，那一团熊熊燃烧的炉火，在黑漆漆的夜里闪烁。

家里条件拮据，但不管日子再难，父母还是会省下钱买来炭火，生起火炉度过严寒的冬天。家里的红铁皮炉子是父亲自己做的，他总是承担了生炉子的活儿，先点燃柴火放进炉子里，再放入一些碎木块点燃，木块之间留点缝隙，木块点燃后放入大木块燃烧，最后把焦炭放进去，不多会儿工夫，炉子便慢慢生起来了。

"炉火生好了，快来烤火啰!" 年迈的奶奶轻唤几声，佝偻着腰身，踮着小脚坐到炉子边。我们几姊妹哪里听得，一窝蜂围拢到火炉旁，挤挤挨挨，伸出自己冻得冰凉通红的小手，放在炉火上烘烤起来。在明亮的火光中，我们的手一会儿就暖和起来了，从指尖传到心里。

火焰跳跃着舞动，散发出温暖的光芒。炉火越烧越旺，越来越亮，简陋、昏暗的屋子里热气氤氲，亮堂了许多。一家人围坐在火炉边，火光把每个人的脸映得红红的，大家说笑、闲谈，温馨热闹，屋子里涌动着融融的暖意。于是，严寒慢慢远去，黑夜不再漫长。

我上初中是在小城东边的学校，而家住在城西郊外，从学校到家里几乎要走一个通城，一路上，除了黑暗的恐惧，还有无边的寒冷。冬夜，下了晚自习后，独自走在黑咕隆咚的路上，风"呼呼"地刮在脸上、身上，直往身体里面灌，感觉透心的凉，手脚都不听使唤了，就想着能快点到家。我硬着头皮，迎着风在黑暗中奔跑，终于快到家了。

真暖和啊! 推开门，堂屋里燃着一团红红的炉火，一股热气扑面而来，霎时将黑夜里所有的恐惧与寒冷全都挡在了门外，心一下变得踏实而温暖。

"绿蚁新醅酒，红泥小火炉。晚来天欲雪，能饮一杯无?" 烤火炉的时候，虽然没有美酒可饮，却也有很多美食和趣事，让我们乐享其中。烤红薯是家家户户火炉上最常见的美食，母亲将红薯丢进红红的炭火底下，烘烤上半个钟头，红薯差不多就熟了。我们围着炉火，脸蛋被烤得红彤彤的，口水已经不自觉地涌动了。

母亲扒开火堆取出红薯，表皮已经烤干开裂，吹掉上面的炭灰，我们一人一个，顾不得烫，剥了皮，里面的红薯金黄透亮，香气四溢，咬一口，软糯糯、甜丝丝的，满嘴留香，简直就是人间美味。剥过红薯的手上沾满了黑乎乎的炭灰，稍不注意，就会弄到脸上、鼻子上，甚是好玩。

除了烤红薯，我们还烤花生、豆子，有时豆子会"噼噼啪啪"地炸开，蹦出去好远，姐妹们乐得开心大笑，烤熟的花生、豆子吃起来嘎嘣脆香，让人吃不够。有时，我们还会烤红薯粉条，拿一根细长的粉条放在炉火上烤，粉条迅速"滋滋"发泡卷曲，我们迫不及待放进嘴里，被烫得咧嘴"哇哇"叫。奶奶牙口不好，看着我们的馋样直乐，脸上的褶皱成了一朵散开的菊花。

偶尔，亲戚乡邻们会相互串门，主人便会让客人坐在炉火旁烤暖身子。那个年代，日子虽然清苦，礼数却不能少。家里来了客人，母亲忙着沏茶，端出胡豆、瓜子，热情招呼着。大家围炉而坐，说着庄稼收成，谈着家长里短，屋外寒风刺骨，屋里温暖如春，浓浓的亲情在炉火边蔓延。

清晨，袅袅炊烟唤醒了宁静的小村庄，团团炉火在一间间农家小院摇曳、升腾。村子里飘逸着人间烟火，日子就有了温度，只要烧旺了炉火，便是燃烧着希望，生活就有了盼头。只要炉火不熄，再艰难的日子也会熬过去，再漫长的冬天也不再寒冷。那暖暖的炉火，温暖了我童年的记忆。

时光荏苒，岁月流转。回望故乡，祖辈们在融融的炉火中，度过一个个寂寥、阴霾的冬日，走过年年岁岁。那红红的炉火，时常温暖着远方游子的心，照亮游子归乡的路途。

无论天再冷，风再大，归心似箭的风雪夜归人，在推开家门的那一刻，始终有一团温暖的炉火在等着，炉火正旺，壶水正沸，家人闲坐，围炉夜话，流浪的心就此停泊，内心冰雪消融，春暖花开。

一条老街寄乡愁

谢心梦

一

每个城市都有老街，每个人心中，都有一条属于自己的老街。

驻足仰望，邮亭老街静静地屹立于高高的山丘之上。坡坎上，一棵古老苍劲的黄桷树赫然矗立，好似手握钢枪守卫老街的将士，历经百年沧桑，见证着老街的兴衰变迁。爬上陡峭的坡坎，便已站在了邮亭老街的街口。

邮亭老街位于重庆市大足区邮亭镇，是成渝古道的重要组成部分，在唐宋时期为官方驿道，也是百姓往来和物资交流的枢纽，称为"邮亭铺"。

作为东大路上一个重要的站点，邮亭铺曾店铺林立，十分繁荣，商人的骡马成群结队，茶楼酒肆人声鼎沸。据说，乾隆皇帝下江南，经过这里去了宝顶大佛湾；安史之乱时，千军万马走了这条乡村步道；还有成千上万的信众到宝顶参拜，也是经过的这条道。后来，"邮亭铺"渐渐荒废、没落，变成了邮亭老街。

从街口望去，老街静谧、寂寥，昔日唐风宋韵的繁华与喧嚣早已消失殆尽。石头砌成的老墙已黝黑斑驳，老街如一位风烛残年的老者，摇摇欲坠。沿脚下的青石板路蜿蜒前行，路面坑坑洼洼，路边到处都是杂草、苔藓。

街道两旁的青瓦木房一字排开，错落有致，大多是砖木结构的川东民居风貌建筑，显得古朴厚重。老旧的店铺门楣上挂着依稀可见的门牌，大多数由于年久失修，历经日晒雨淋，有的歪歪斜斜破败不堪，有的只剩下残垣断壁，似乎诉说着老街的衰败和落寞。街边，偶尔有老人坐在门口晒着太阳，话着家常，安详地打量着过往的行人。

一场雨后，老街的空气变得湿漉漉的。悠长的巷子里，一只小黄狗从泛着湿润光泽的青石板路面上走过，冲行人摇摇尾巴。破败的空屋里，有老人养了鸡鸭，行人经过，惊得一片乱叫扑腾，瞬间打破老街的宁静。

二

第一次走进邮亭老街，是在三十多年前，那年我十七岁。那天恰逢赶集，街口的猪市早已人头攒动，嘈杂喧闹，小猪不停叫唤，卖猪的人们交头接耳，甚是热闹。

附近四邻八乡的村民都来赶场，天刚亮，他们就背着茶叶、药材、鸡蛋、背篓、簸箕来到街上出售。吃的、用的应有尽有，摆了整整一条街，沿街的叫卖声与讨价还价声此起彼伏。铁匠铺、杂货铺、剃头店、食品店，店铺一间连着一间，连成了邮亭老街的繁华。卖完后，人们小心地清点着零钱，换回油盐酱醋等生活用品。

茶馆里座无虚席，烟雾氤氲缭绕。街边的老人、乡下来卖菜的大爷，泡上一杯廉价的清茶，看着街上来来往往的人群，慢条斯理呷一口茶，你一言我一语，好不自在。

中午，男人们办完农事，邀约着一起下馆子。点几碗正宗的河水豆花，来一碗冒着热气的烧白，再来一碟香脆的花生米，痛快地划拳喝酒。等到酒足饭饱打着饱嗝，他们便摇摇晃晃地各自回家。

曲曲折折的巷子，一家一户的人家挨着挤着。不论中饭还是晚饭，大人小孩都喜欢端着蓝边粗碗，边吃边串门。哪家有好菜，也会大方地夹菜给邻居。

到了午后，夏天的傍晚热气袭人，街上的人家通常会在门口泼上一盆冷水降温，再搬出凉床板凳，摆上饭菜吃晚饭。

夏夜，月光如水，夜色朦胧，老街没有了白日里的嘈杂。劳作一天的人们摇着蒲扇，一边乘凉一边拉着家常。孩子们在巷子里你追我跑，开心地嬉戏。屋后的稻田里，响起蛙们"呱呱呱"的鸣叫声，此起彼伏。直到夜色渐深，老街才在蛙鸣虫吟中睡去，沉浸在一片古朴静谧之中。

"看戏啦！晚上看戏啦！"消息像长了翅膀不胫而走，在老街上传开。人们早早收摊吃过晚饭，带上板凳赶往老街的文昌宫戏台。那里早已人声鼎沸，黑压压一片全是人，比过年还热闹。孩子们心急火燎地往人群里钻，想要找个靠前的好位置。

"咚锵、咚锵……"热闹的锣鼓声响起来，喧闹的人群顿时安静下来，大戏开场了。台上演员化着浓浓的油彩妆，时而响起亮丽的女腔，时而响起高亢的男腔。川剧的"变脸""喷火"惊险刺激，小丑的表演滑稽幽默，不时引来全场一片笑声和叫好声。

每年菜籽成熟的季节，老街上的榨油坊就忙开了。"咚、咚、咚……"榨油师傅赤膊上阵，用力撞击挥汗如雨，不一会儿，热滚滚、黄灿灿、亮晶晶的菜油便从油槽里汩汩流出来，淌进大铁桶里。刚出锅的菜油浓香扑鼻，飘出很远。

夏秋时节，地里的高粱、玉米熟了。老街的酒厂便开始蒸汽氤氲，酒香弥漫，那香气足以让人大醉一场。酒出锅啦！汉子们一人端一碗酒，仰头喝下，咂咂嘴，心满意足地笑了。

村里的供销社摆放着琳琅满目的商品，有烟酒、雪花膏、水果糖、纽扣、针线、鞋袜等。供销社生意火爆，有时还得排长队，男人们买烟酒，女人们买针线、雪花膏，孩子们则踮着脚伸长脖子，眼睛盯着花花绿绿的糖果直咽口水。

进了腊月的门，家家户户开始置办年货。杀年猪、吃刨猪汤、灌香肠、熏腊肉，街上飘着浓浓的年味。年三十，外出漂泊的游子也赶了回来与家人团聚，吃着丰盛的年夜饭，一起守岁放鞭炮，温馨而幸福。过年期间，街上每天都有人耍大龙、耍把戏、舞狮子，挨家挨户拜年讨彩头，街上的孩子们跟着一路疯跑。

老街黄桷树都是挂牌的市级文物，它们的根须深深扎进泥土里和石缝间，盘根错节。其中一棵兀立在陡坎边，树根已裸露于地面之上，粗壮的主干倾斜着，但它却历经风雨屹立不倒。

按照当地风俗，谁家生了小孩，都会在黄桷树上挂一块红布条，替孩子求个吉兆，保佑孩子平安健康。若是谁家的孩子经常生病不好养，便要带孩子拜这棵树为"干爹"，俗称"拜保保"。不论老街上的人与事如何变迁，黄桷树不畏酷暑严寒，一年四季绿意盎然，默默守望着老街，就像老街的父老乡亲，勤劳淳朴，祖祖辈辈在这里辛勤耕耘、繁衍生息。

三

走进老街，你就走进了一段寂静而遥远的时光。

当年那些老街上的人，在那青石街道上走着，走着走着就长大了。年轻人纷纷外出闯荡，在城里买了新房子，很多人都搬走了，老街逐渐萧条、寂寥。老人们无论如何不愿去住城里的高楼。他们习惯了住在老街，只想一辈子守着老房子，守着这条老街，粗茶淡饭安度余生。

老街剩下的老房子大多都已空空，唯有一些老人割舍不下对老房子的情怀，不愿走出老街，他们毫不在意老街的寂寥，就这样守着自己曾经的青春年华，守望着老街的前世今生。

每条老街都有自己说不完的故事，从前的老街意气风发，如今的老街古朴静默。有一天，老街突然来了游客和写生的学生，寂静的老街一下热闹起来。老人们笑了，为游客们当起了免费导游，慢条斯理地叙说起老街的悠悠往事。

时光荏苒，沧海桑田。邮亭老街虽短，故事却悠长，它历经时代风雨和岁月变迁，像一帧帧老照片，记录了一代人甚至几代人的生活，是无数邮亭人永远珍藏的记忆。历史的烙印已刻进这片土地的一砖一瓦、一草一木之中，见证着历史兴衰和人间悲欢，牵动着游子心中那一抹浓得化不开的乡愁。

生命的光亮

左元龙

陪妻回娘家，岳母向我们告了一状：岳父收留了一只无家可归的狗。正说着，一条大约两岁的狗夹着尾巴，低眉顺目的，像怯懦的孩子，沿着墙根灰溜溜地跑出院子。

温暖的夕阳里，小狗跑几步便回头看一眼，似乎担心有人追上来，又像不舍这阔大的庭院。它的落魄藏进身后的影子，被跑动的身体拉动得又细又长。

虽心生怜悯，但糟糕的第一印象还是让我对它充满厌恶：惶恐的眼神、邋遢的皮毛、猥琐的神态……立刻让我想到"丧家犬"这样晦气的字眼。

"邻居租客搬走，留下的狗没人要，看着怪可怜的，好歹也是一条命啊……"晚上，岳父的辩白被母女三人气势汹汹的谴责淹没。

在他们争论的空隙，我重重追加了一句：那条狗长得就是讨人嫌的样儿，干脆撵走或送人算了。看到岳父难堪的表情，后面更难听的话没好意思说出来。但岳父不再说什么，沉默了一会儿，起身悄然离去。

此后，每一次回去，只要见到那只狗，我都恶狠狠地喝走；她们母女三人也继续集体声讨岳父。岳父很少争辩，拾掇好用作狗粮的剩饭菜，就忙别的去了。

小狗仿佛明白家人的好恶。岳父一个人在院子的时候，它跟黏人的孩子似的，缠在他的裤脚边，嬉戏玩耍；岳父走到哪儿，它翘起尾巴，乐颠颠地跟到哪儿。只要我们一出现，它便耷拉着脑袋，没有了奕奕的神采，一股风儿地消失了——不论严冬或是盛夏。

我们回家的时候，岳父总是不失时机夸奖小狗的聪明和懂事。比如，尽管声音有些稚嫩，看门时的狂吠比邻家大狗更卖力；比如，认得只一个月回一次家的我们；比如，岳父坐在自家小卖部，小狗只蹲守在门口……岳父的宣传并不奏效，家人对狗的敌对情绪依旧没消减。

有一次，我从客厅向外望，无意中瞥见小狗正支立着前爪，安安稳稳坐在门垛旁，一边注视着公路上的车流，一边悠闲地摆弄着尾巴，一副怡然自得的样子。或许正在享受有家有主的幸福时光吧。一瞬间，我几乎怔在那里——透过静静的、空荡荡的院子，我分明感受到了小狗当时当家做主的心情。

春节到了，家里一下子热闹起来，人来人往，进进出出，除了岳父，没有人留意小狗的行踪。假期结束，我们为远在长春的妻姐一家送行。那只狗站在距我们不远的路边，看着妻姐他们远去的车子，若有所思地摆着尾巴。

我们收回眺望的目光转身回家才发现，小狗不知什么时候走开了。我们和妻妹也要结伴回城了，门口只剩下岳父和岳母送行。那只小狗又出现在岳父脚边，轻轻摆动着尾巴，像是在挥手。车子启动起来，小狗小跑着远远地跟在车后面。我们汇入车流，已经看不到岳父母的身影；只有小狗融入暮色，高高地抬着头，望着我们离去的方向……

几年以后的一次回家，岳父落寞地说，小狗死了。村人听说以后想要去吃肉，岳父没有答应，而是找了一个偏僻的地方深深地埋了。没过多久，一只布鸽在房檐空隙安家，似乎是受伤了，一时没有要离开的意思。岳父找来器皿，定时送来饮食。

岳父与布鸽保持着"安全"距离，靠得太近，布鸽便警觉地飞走；布鸽偶尔出去散心，傍晚也会准时回来。他们就这样和平相处着，相互熟悉之后，岳父才发现，自己饲养了大半年的原来是只信鸽——脚上戴有数字和字母编码的足环，看样子等级还不低。不知道什么时候，信鸽毫无预兆地飞走了，再也没有回来。那段时间，岳父时常痴痴望着空旷的蓝天，悻悻道：到底还是飞走了啊。那份失落，好像失去了一位不辞而别的挚友。

岳父决心不再容留不速之客的时候，院子里又多了一只骨瘦如柴的流浪猫，瘦瘦小小，似乎断奶不久。他也没有狠心驱赶，一日三餐尽心喂养，猫的家族已经扩到七八只，如果不是后来做了绝育，难以想象今时猫族的规模。

非常奇妙的是，岳父前前后后有过五六次类似经历，他也不图什么，更无怨言，遇到了便收养起来；离散了，唏嘘三五天。犹如回想起人海里曾双向奔赴的那个人，同行一程，各奔东西，不再相见，偶尔想起来再感慨一番。

我相信，万物是生而有灵的，没有无缘无故的相遇。再简短的路过，交互而生的滋润和给养，都会拔高生命的亮度，照出更为空阔的心与性。哪怕是一条狗，一只鸟，一只猫。

一个人的"潦草餐"

何龙飞

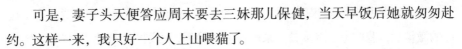

周末，天空下着小雨，寒冷无比，但我们已有两天未为在山上养的猫儿"多多"添加猫粮、鸡胸肉了，所以，我们必须上山去"补充"，不然，"多多"就要挨饿了。

可是，妻子头天便答应周末要去三妹那儿保健，当天早饭后她就匆匆赴约。这样一来，我只好一个人上山喂猫了。

不出所料，因为天气寒冷，"多多"蜷缩在柔软的被条上取暖而睡。见我回家，它就离开温暖之地，跑过来，"喵喵"地撒娇，意在"亲近"一番后吃到"美食"。

还有啥迟疑的？我赶紧抚摸、抱"多多"后，为它抓了猫粮、鸡胸肉，煮熟了鱼儿，那香味便弥漫在屋内。

"多多"怎经得住如此诱惑？狼吞虎咽地吃起来。当然，它最感兴趣的还是鱼儿，吃得津津有味，"幸福"无比。

那时，我的心里倍感踏实和欣慰。然而，临近中午了，一个人吃顿什么样的午餐呢？我想，做几个荤素搭配的菜，煮价格较高、品质较好的香米饭来吃，固然是好，但麻烦，周末嘛，就应该节约时间出来好好休息一下，以便养精蓄锐后上班。显然，"复杂餐"就没必要做、吃了。那就做一顿"潦草餐"来吃吧，最好是荤素搭配的一个菜，一碗米饭，既省时间，又营养，能填饱肚子，讲究一个"实惠"，多好的事啊！

心动不如行动。我发现冰箱里有一小块风肉，半肥半瘦的，挺理想，煮熟后炒来吃定是美味。素菜嘛，我就去地坝边的菜地里摘"瓢儿白"来洗干净后，切成短截，和着风肉一起炒成"回锅肉"，地道的"色香味美"，尽情地撩拨着我的食欲。

米饭嘛，煮熟的香米饭，一大碗，恰到好处，而且白白的，融泛、散发出清香，够我垂涎欲滴的了。

至此，如是"潦草餐"就做成了，很快摆上了餐桌，等待我的享用。不过，我的脑子灵机一动，闪出一个念头，何不把一个人的"潦草餐"拍照记录下来，发到朋友圈里晒一晒，以唤起"友友"们"返璞归真""平平淡淡才是真""简单是福"的共鸣。

果然，我把一个人的"潦草餐"发到朋友圈后，掀起了不小的"波澜"：除获得不少点赞外，春哥还打趣我："一个大作家，怎把生活过得如此潦草？"

我发过去笑脸一个，坦言："潦草是福。"

没想到，竟然唤起了春哥的共鸣，他发来了"鼓掌"的表情。

其他"友友"见状，也以"鼓掌"的表情予以附和。

这不正是我要的效果吗？我心满意足，幸福的暖流迅速遍布全身。有了这样的激情后，我吃起"潦草餐"来就很有兴致啰，可谓"速战速决""心里感到美滋滋的"。

霎时，我明白了一个道理：在吃多了大鱼大肉、易患"三高"致使身体"亚健康"、觉得做"复杂餐"麻烦的情况下，适时做、吃一个人的"潦草餐"，省时、省事、省心，营养、美味又实惠，一箭多雕，何乐而不为呢！何况，幸福其实很简单，一个人的"潦草餐"，也不例外。

阿洛与阿萝

管 萍

1

阿洛!

阿萝嫩嫩的声音粘在阿洛身后。

九岁的阿洛回身教训她,我比你大,叫阿洛哥!

女孩嘟着凌霄花一样的嘴唇小声争辩,就大两天……

大两天也是大,就是大两个小时,你也得叫我哥。

阿洛……阿萝可怜兮兮地看着阿洛,长长的睫毛忽闪忽闪,漆黑的眼珠玻璃球一般。

男孩丝毫不为所动,叫哥!

阿洛……

还要不要紫藤萝了?阿洛威胁道。

阿洛……哥。

哼!这还差不多!小小的阿洛得胜将军一般,大摇大摆转身往前走。

女孩看着他的背影,万分委屈地跟着。

阿洛满心不情愿地朝着院墙外开满紫藤萝的花架下走去。妈妈非要他陪着这个黄毛丫头去摘花,说什么今天是她的生日,要采好多紫藤萝花回去做花饼。又说刚到新疆的时候多亏她们家帮忙,要他多照顾她。可是毛毛和小满他们还等着他去比赛骑自行车呢!阿洛恨透了像影子一样贴在他身后的阿萝。

2

阿洛!

阿萝脆脆的声音响起。豆蔻年华的她,犹如蓓蕾初绽。长长的黑发被她精心编成满头细长的辫子,夹着红的黄的丝带,弯翘的睫毛在深凹的眼睛下投出美丽的弧线,修长的手指间是一个紫色的花环。她兴奋地冲上前,给第一个冲过终点的阿洛把花环戴在脖子上。阿洛单脚支地骑在自行车上,看着她,青春的脸上满是羞涩和自豪。周围,是伙伴们响亮尖锐的口哨声。

3

阿洛……

你也要走吗? 阿萝绝望地问。

阿洛不语。

父母年纪渐长，当初来建设新疆的热血逐渐被心底对故土的眷恋所淹没，他们要回到碧海蓝天下度过他们的晚年。阿洛听着海的故事长大，海对他是个不小的诱惑，更何况，二十三岁正是渴望走遍天涯的年龄。

阿萝直直地看着他，再不说话，只把发梢在手指上缠来绕去，阿洛觉得自己的心都快搅碎了。

列车远去，车窗内阿洛泪如泉涌。

4

阿洛穿着一身自行车运动装穿行在大街小巷。这已是他多年的习惯，每天清晨都要绕小城转几圈，没有目的，似乎七年了还没把这座城市看遍。心情好，就欣赏沿途的风景；心情坏就猛力骑车来发泄。不过今天他可没有欣赏的心情，他要赶着去给经常一起骑车的朋友送东西。他的这个朋友最近喜欢上了一个开专卖店的女老板，奈何对方已心有所属，朋友便隔三岔五去转悠。幸好是卖自行车的，总算有些共同的话题，居然成了朋友。阿洛打电话给他的时候，他让阿洛直接到女孩店里去找他。阿洛转遍了半个城，才找到这家位置偏远的专卖店，远远看见朋友在店里转悠，俨然半个老板。

阿洛?!

一声无数次出现在梦中的呼唤从朋友的身后传来。阿洛呆呆地看着一个婀娜的女子从店内走出，含泪的双眼充满惊喜和期待。阿洛单脚支地骑在自行车上，伸出去的胳膊悬在半空，动弹不得。

手指间是朋友递过来的结婚喜帖。

星星会在什么时候哭泣

朱成玉

米粒儿喜欢在临睡前扒着窗户看一会儿星星，有一天，她忽然问我："星星会在什么时候哭泣？"

到底是孩子的心啊，敏感、纯净。她能看出一颗星星的伤感，自然也能看出它的孤独。我一时不知道该如何回答她，只是提醒她该睡觉了。那天我给她讲的睡前故事是《夏洛的网》：

在一个农场上生活着一群动物，小猪威尔伯和蜘蛛夏洛在那里逐渐成了好朋友，但是小猪的命运就是在每天吃很多饲料被养肥之后，成为圣诞大餐上的一道菜。小猪威尔伯想改变自己这样的命运，它试着逃出农场，却没有成功过，这时聪明的夏洛想到了一个办法。夏洛用自己的丝在威尔伯的猪栏上织出"王牌猪""了不起""光彩照人"的字样。小猪威尔伯成了一个奇迹，镇上的人争相来参观它，它也渐渐成了家喻户晓的名猪。农场主一家把它送到集市上参加大赛，它也不负众望获了奖，它的生命将会在安逸中结束，再也不用担心被宰杀了，但是夏洛却因为织网耗尽了体力，产下了卵后就离开了这个世界。在夏洛临终的时候，威尔伯哭着问它为什么要为自己做那么多，夏洛说："你一直是我的朋友，这本身就是一件了不起的事。我为你结网是因为我喜欢你。再说，生命到底是什么啊？我们出生，我们活上一阵子，我们死去。一只蜘蛛，一生只忙着捕捉和吃苍蝇是没有意义的，通过帮助你，也许可以提升一点点我生命的价值。谁都知道人活着该做一点有意义的事情。"

这是一个童话故事，带着所有童话故事那种美好不真实的外衣，和太过伟大的动物主角。米粒儿哭着，她说从此再也不害怕蜘蛛了，并且还要和它做朋友，再也不会把它们辛辛苦苦织起来的网给破坏了。

米粒儿睡着了，可是她关于星星的问题却让我陷入沉思。

孩子是孤独的，而习惯了孤独的人，喜欢借着微弱的星光，安抚自己那颗孤独的小小的心。我看到她收藏了几颗光滑的小石子，用她的话说，那是她的小伙伴。在她的掌心，那么冰冷的小石子也有了温度，她给它们做小衣服，搭小窝棚，把一个个穿了衣服的小石子放进去睡觉，她在旁边守着，甚至用她小小的食指轻轻拍着它们，哼着类似于摇篮曲的调子。小米粒儿与小石子，亲密无间。她说："小石子睡得好，明天早上醒来，肯定又会胖了一圈。"

总是担心孩子输在起跑线上，所以我们给米粒儿报了很多兴趣班，美术、英语、古筝、舞蹈……赶场一般，这头结束，那头开始，周而复始，生生不息。

我看到那些穿着衣服的小石子，更多的是心疼。孩子没有玩伴，学习之余，只有这些小石子成了她最贴心的伙伴。

米粒儿总是执着于给一颗空心菜安装一颗心脏。傻孩子，去哪里得到一颗心脏呢？

"我的可以吗？"

"那怎么行？那样岂不是把宝贝弄丢了嘛！"

"不会的，我就住在空心菜的小窝里。"

"你在里面，它就有心了，就不该再叫空心菜了。"

"那叫什么呢？"

"叫卷心菜吧。"

……

漫画家几米说过，大人是由婴儿变成的，所以世界总是动荡不安。小孩闭上眼睛，看见花，看见梦，看见希望。大人闭上眼睛，睡着了。

辛弃疾有诗："最喜小儿无赖，溪头卧剥莲蓬。"小儿的憨态，与莲子相互融合，人世间最美的画面，莫过于一颗稚嫩干净的心，做着最简单的事情。在我们为自己的圆滑世故而自鸣得意时，殊不知我们正在失去的，是最宝贵的童真和清澈。如果可以，我愿意女儿永远是那个无忧无虑卧剥莲蓬的孩童，少一些俗世的脂粉气，多一些自然中的清新。

按照米粒儿的喜好和意愿，我果断砍掉了她的几个兴趣班。我想，如果她的童年没有属于自己的回忆，那就是一个消失的童年，一个毫无养分的童年，她的一生都将因此而缺钙，亦缺少独有的那份清澈和芬芳。

请允许她，像一朵花开一样慢，不，这还是有些快了，要像风雕刻一块石头那样慢。我想和她看云，看树，听一朵云问，另一朵云答，讨论着宿命；听一棵树唱，另一棵树和，讴歌着永恒。

我推着她在巨大的秋千上荡着，一会儿离天空近一点，一会儿离大地近一点。我们手里没有灯笼，但是并非空空如也，只要我们认真地摊开手掌，就会有风，也会有蝴蝶，再幸运一点，还会有星星，落上来。

如果星星是鸟儿，那么黑夜就是一丛丛的树枝。一颗星星与另一颗星星，靠黑夜来连接彼此。夜里，你可以把整个天空看成是一口黑暗的大锅，里面烹煮着星星。整个银河，就是一锅星星汤。有人说，看，那么多星星，在银河里挣扎。有人说，看，那么多星星，在银河里玩耍。

想起蒙塔莱的诗："也许有一天清晨，走在干燥的玻璃空气里，我会转身看见一个奇迹发生：我背后什么也没有，一片虚空在我身后延伸，带着醉汉的惊骇。接着，恍若在银幕上，立即拢集过来树木房屋山峦，又是老一套幻觉。但已经太迟：我将继续怀着这秘密默默走在人群中，他们都不回头。"

我的牵牛花，有一双迷惘的蓝眼睛。小米粒儿问我："牵牛花牵的那头牛在哪里？为什么一朵花里要有一头牛呢？"

见我无语，她便自问自答："我猜，一定是蜗牛吧，不然，小小的花苞里，怎么装得下一头大水牛呢？"

女儿，你是世上最小的花匠。也是我心头永不枯谢的那朵花，无论被谁采摘，你都永远是我的小公主，来自更大的花冠，来自更纯洁的露水。

多想让世界像童话一样，那多好啊，每个人都可以津津有味地去阅读。

"星星会在什么时候哭泣？"如果米粒儿再一次问起这个关于星星的问题，我想，我已经知道了答案——

"当我们不再抬头看它们的时候。"

记忆中不褪色

的身影

- W I N T E R -

平常的人

杨　朔

朝鲜的冬天，三日冷，两日暖。碰上好天，风丝都没有，太阳暖烘烘的，好像春天。头几日，美国侵略军刚从西线败下去，逃难的朝鲜农民零零星星回家来了。家哪还像家！烧的烧，炸飞的炸飞。村后满山的落叶松，烧得焦煳；村旁堆的稻草垛，变成一堆一堆的黑灰。侥幸留下的稻草房子，里边也翻得乱七八糟。农民们老的老，少的少，愁眉不展地清理着破东烂西，也有人赶着收割丢在地里的稻子，连日连夜打着连枷，打完装到草包里去。棉花裂了桃，雪团似的扔在地里，却没人顾得上去摘。

一个晴朗的冬天，我有事经过这样一个劫后的小村，井边上，一位朝鲜老大娘把我拦住。她有四十多岁，白上衣，黑裙子，脚下是一双前尖钩起的小船鞋。她竖起两根指头凑到嘴边上咂了两声，又伸出手说着什么。我猜出她是要烟，掏出半包给她。她乐了，点着头直说谢谢，从井台拿起个草圈搁到头上，顶着一瓦罐子水要走。这当儿，对面山背后翻出三架美国飞机，歪着翅膀，打着旋转过来。急得她对我紧招着手，我就跟她跑到她家的屋檐底下去。她搁下水罐子，呼哧呼哧喘着气，朝飞远的飞机点着指头骂了一句，回身拉开那扇板门，比比画画让我进屋，一下子不知发现了什么事，张着嘴喊起来。

屋后应了一声，一瘸一瘸转出个战士来，穿着套纳成许多道长格子的棉军装，怀里抱着一大抱劈柴。朝鲜老大娘迎上去接过木柴，说的话嘀里嘟噜穿成了串。那战士平平静静笑道："不碍事，不碍事，反正我的伤眼看就好啦，劈点木头也累不坏。"

我一听他会说中国话，指着朝鲜老大娘问道："她是你母亲吗？"

那战士慢慢笑道："差得远呢，足有十万八千里！"

我奇怪道："你是朝鲜同志，还是中国同志？"

他反问道："你看我不像个中国人？"

我明白了：这是个中国人民志愿军战士。当时只觉得心里热乎乎的，亲得不行，握住他的手不放。朝鲜老大娘连比带说，叫我们进屋去暖和。那战士拐到门口，脱下鞋，跪着爬进去，脚上也没穿袜子，左脚缠着白布。

朝鲜的住屋，进门就是铺地炕，铺着席子，厨房在旁屋，特别洼，烧水做饭，火通进地炕，烧得挺暖。我脱了鞋进去，朝鲜老大娘也跟进来，跪着坐到那志愿军面前，掏出刚从我这要的烟塞过去。那战士的眼亮了亮，又暗淡下去，推着对方的手说："不行，不行，怎么能叫你破费钱，买烟给我抽！"

我浑身的血苏苏的。想不到朝鲜老大娘伸着手向我讨烟，是为的这个志愿军。我把刚才井台旁的事说了一遍，那战士睁大眼望着我，听完话，低下头叹口气说："唉！咱替朝鲜老百姓做了什么事，人家待咱这样好！"一边拿起支烟。一定是多日没捞着抽了，点着火接连抽了几大口，背靠着墙默不作声。

我细细打量他几眼。他的身材中溜溜的，四方脸，长眉大眼，上嘴唇刚长出绒毛似的胡子。听他的口音是河南人，脖颈子上有块疤。那一天，当他听说美国土匪在朝鲜放起把火，烧到鸭绿江边，他背上一袋炒面，一个水壶，一张布单，跋山涉水，千里迢迢赶到朝鲜，全身扑到战争的烈火里去，保卫朝鲜的自由，就像保卫自己的祖国一样勇敢。可是，这个寡言寡语的中国人一点不知道他是怎样个人，一点不觉得他做了什么了不起的事，朴朴实实的，当着生人的面还有点腼腆。

我搬着他的左脚问道："你的伤要不要紧？"

他按了按脚心说："没啥！一颗子弹打穿了脚掌子，已经收了口，过两天就好了。"

我又问道："你到朝鲜打了几仗？"

他轻描淡写地说："两仗。第一仗在云山，第二仗在清川江。"

我想引他多讲些自己的战斗经验，他可丝毫不看重那些事，翻过来，覆过去，由着你问，说个三言两语便住了嘴。到头来，我只知道这次战役，他那个班的任务是炸江桥，断绝敌人逃跑的后路。那晚上，他们几个人炸坏了桥，他本人的脚却打伤了。指导员架着他到山沟里去包伤，一颗炮弹把他震昏。等醒过来，发现指导员牺牲在他身边，部队早过了江，胜利地前进了。他从背包上拔出小铁镐，埋了指导员，想去找包扎所，脚痛，站都站不起来，跪着爬了半天，头一晕，又昏过去。赶再苏醒过来，本人已经躺在个山洞里，身旁围着穿白衣裳的朝鲜老百姓，跪在最前面的就是这位老大娘。

现在这位老大娘又像当时那样望着他亲切地笑。提到旁人，也不必我问，那战士话多起来了。他说："这些老百姓都是逃难逃到山上的，把我救上去，当个宝贝一样看待。他们对我说他们的朝鲜话，我说我的中国话，谁也不懂谁的话，可是谁也能体会谁的意思。老大娘还懂点医理，天天弄些草药给我治伤，也灵，这不眼看就好啦。前几天，他们才把我背回家来。现在我顶急的是找队伍，又不知队伍开到哪去啦。"

他问我，我也说不清楚，光知道附近有所兵站，去打听打听，准可以得到信。又怕他过分心急，劝他道："你还是好好养伤吧，养好伤，再找队伍也不迟。过两天我一定来看你，帮你找找关系。"

老大娘见我要走，拿胳膊拦着我，嘀里嘟噜紧说，意思要留我吃饭。那战士欠着身子，眼里露出留恋的神情，嗓音变得很柔和地说："你走啦!"

我走了，心里可老记着他，第二天午后又去看他。刚进村，老远望见那位老大娘在稻草棚子里抱着碾子棍，正在推碾子。她一见我，撂下碾子棍扑上来，眼里淌着泪，擦眼抹泪地说起来，一面领我到她门口，拉开板门往里一指。屋里不见了那个战士，原先他挂在墙上的干粮袋、步枪也都不在了，我明白是出了事，可又闹不明白究竟是怎么回事。

正在焦急，一位宽袍大袖的朝鲜老先生摇摇摆摆走过来，胸前飘着花白胡子，说着半半截截的汉话道："那位同志，前边去了。伤不大好，也要去。临走，说是吃了我们的饭，给留下了钱。还说我们对他太好，要去前方多打敌人。不是我们对他好，是你们对我们太好了。"

我听了，鼻子一酸，差一点涌出泪来。当时只觉心里一阵空虚，好像忘了点什么东西。我是忘了点事——我竟没问问那位战士叫什么名字。

老先生叹了口长气，又说："他真是个好人! 我们朝鲜人要记住他的名字，永远永远记住他的名字!"

我急忙问道："你知道他的名字吗?"

老先生说了句话，朝鲜老大娘抹抹眼泪，赶紧从怀里摸出块布，上面是那战士亲手写的名字。

这是个最平常的名字。正是这样平常的人却代表着中国人民最伟大的性格! 我翻开笔记本，第一页是毛主席的题字"为人民服务"。在毛主席的名字下边，我记下一个战士的名字。这个为保卫世界和平而战斗着的中国人民志愿军正在为全世界的人民服务呢。让他的名字永远跟毛主席联在一起吧!

在天津遇上张爱玲

刘草心

认识天津，其实是从张爱玲笔下开始的。

在零零碎碎的只言片语中，我对天津留下了模糊却深刻的印象，合上书本，忍不住思量："一种春日迟迟的空气是怎样的？"嘴馋的我更是好奇，要多浓烈的面包香才会破空而来，直闯清梦，让嗅觉拉起警报。不过，正如天津只是张爱玲记忆里一场短暂而温情的旧梦，我对天津也只是存在着若有若无却绵延不绝的向往。可就是这种向往，让我慢慢了解到原来天津不仅有张爱玲的秋千架，还有梁启超的饮冰室、曹禺的意式小洋楼，也终将我带到了这座半新半旧、半传统半开放的城市。

因是仲夏的一个阴天，我并没有感受到春日迟迟的空气，相反，被海河怀抱的天津城倒有种雾气蒙蒙之感，而对岸略有历史的异国建筑像是被隔开的另一个世界，既极尽蛊惑又有犹抱琵琶半遮面的娇羞。同游的周阿姨是个久居天津的湖南人，有她的陪伴带领，天津逐渐褪下她的面纱，展露她含蓄不失灵动的万千姿态、传统又略奔放的模样。

走马观花般地走过酒吧林立、风光旖旎的意式风情街，我们很快便来到名人聚集的五大道上。张爱玲回忆她儿时故居是在三十二号路六十一号，如今已与南京路合二为一，而普遍认可的是弟弟张子静说的三十一号路，也就是在现今的睦南道上。转过几条街，来到深幽寂静的睦南道，街旁稀稀落落走着一些散漫的行人，闲散自在的姿态让人分不清是住户还是游人，偶尔有马车叮叮当当地经过更衬出街道的宁静，或许八十年前，三岁的张爱玲也是乖巧地依偎在母亲身边，坐在这样的马车上去听戏。路两旁绿树掩映着风格各异的小洋楼，或有灰砖清水墙、红瓦坡顶的英国庭院；或有罗马柱廊与中式规整建筑堆成相得益彰的意式公馆。有趣的是，天津的街道不仅在两旁的行人道旁种植树木，洋房院子内的树木也会调皮地伸直它们的枝丫，微风一吹，沙沙地招摇，倒是增添了不少凉意。整个街道正如张爱玲所说，有太阳的地方使人瞌睡，阴暗的地方有古墓的清凉。更好玩的是，一人多高的围墙上、铁篱笆旁总是摆放些不知名的小花，有时露出半张脸来，让庄重神秘的洋房显得又俏皮又近人。有些洋房有着明显的翻新痕迹，更被改造成极具情调的西餐厅、酒吧，旧时隐秘的公馆以开门纳客的全新姿态顺应时间之轮而翻转前行，可也有些洋楼铁门长锁，斑驳的门牌早已分辨不出昔时主人的名号，但仍旧保持尊严，傲然独立。

随着周阿姨的介绍，我们在睦南道上一路走过，参访了众多名人旧居，见识了各类洋房，可是找寻不到张爱玲所居住的六十一号。也许从三岁到八岁的时光原本在一个人的生命中只是一段模糊且简短的记忆，在历史的长河更是沧海一粟。尽管在这条幽深的街道上，曾有个走路轻飘飘的少女无数次摇曳过她的身姿，带来一股咖啡的浓香；又或许在这条街道上，有个穿着白底小红桃子的纱短衫、红裤子的贵族女孩曾在院落里欢快惬意地荡过秋千；也许无数个春日的清晨，街道的某个院子会传来一个稚嫩清丽的声音，有音无字地吟诵"商女不知亡国恨，隔江犹唱后庭花"。驻足在院墙外的我，想象消逝多年的场景，真有种"笑渐不闻声渐悄，多情却被无情恼"的怅然。在重重叠叠的树影间，仿佛已穿越时空，恍惚看到一个衣着鲜丽、梳着学生头的小姑娘，坐在一张朱红牛皮小三脚凳上，瞪着圆鼓鼓的眼睛，怀疑淡漠地打量过路的陌生人，却一眨眼，又从眼底淡了下去。

从面包香气浓郁的起士林走出来，来到海河，天光未尽，华灯初上，吹着海河习习的凉风，看着河岸散漫闲适的天津人，听着幽默独特的津腔，一切都是如此美好自在，安逸平静的生活中洋溢着自得其乐的幸福，突然体味到了那种既温情又自在的"春日迟迟的空气"。

东坡何曾辞儋州

王子君

1

五月初，海南阳光已烈。我来到位于儋州市中和镇东郊的东坡书院。

三十三年前，我在环海南岛采风时曾拜访过东坡书院。那时我还无法理解，东坡从那么遥远的北方来，从那么高的官位上贬下来，为什么竟没有郁郁寡欢，自暴自弃至绝望终老。我也不明白林语堂所说的话："世上有一个苏东坡，却不可能有第二个。"

而三十三年后，我好想穿越千年，去桄榔庵聆听东坡先生讲学。

东坡书院，北宋绍圣五年（1098年）就已建起，初名桄榔庵。绍圣四年（1097年），花甲之年的苏轼，以"琼州别驾"（知州的佐官）的官职被放逐到儋州昌化军（今中和镇）安置。在写给友人的信中，他做好了死在海南的准备。儋州逸士黎子云和百姓集资在桄榔林中为他盖了茅草房，送他食物和粗布。他将茅草房命名为"桄榔庵"，后将其中一间取名"载酒堂"。明成化九年(1473年)在桄榔庵旧址上重修，改称"东坡书院"。现在的东坡书院是自1982年以来进行了数次大规模的维修、扩建而成，已成为海南重要人文景观。

一踏进东坡书院，顿时感到天宽地阔。院内古木幽茂，群芳竞秀，格局疏朗，既豪放大气，又从容风雅，正合了东坡先生的气质。

载酒亭、载酒堂、东坡祠、钦帅泉井、钦帅堂等古代建筑和人文景观井然呈现。

楹联、碑刻、雕塑、图书、字画、文献等文物藏品琳琅满目。

每一处都有着美好的典故和丰富的内涵。

2

我特别喜欢院中的狗仔花。

狗仔花是热带和亚热带常绿灌木，分布于我国海南岛、美洲、大洋洲、非洲、印度和以色列。在海南岛生长十分普遍，村边、田埂、旷野、荒地，随处可见，儋州沿海沙滩地上更多，花开四季，果结终年。因果实的形状似牛角，学名"牛角瓜"。它可驱蚊，可入药，而且耐干旱，具有防风固沙的作用，生命力顽强得很。

在海南很普通的狗仔花，却因为东坡的到来，名闻天下，成为一枝奇花。

这其中的典故，儋州尽人皆知。

一天，苏东坡去拜访宰相王安石，看到王安石有诗云，"明月当空叫，五犬卧花心"，东坡认为这诗不合事理，明月岂能"叫"，花心又岂能卧犬？遂提笔改为"明月当空照，五犬卧花阴"。王安石哂笑东坡见闻不广，东坡心中略有不服。东坡被贬到儋州后，得知儋州有鸟叫明月，有花叫狗仔花，"五犬"正是狗仔花的花蕊，形状就如同五只小狗团团围坐，托起花心，非常形象，这才恍然大悟，当初是自己错改了王安石的诗句。

也许他还从那花中受到鼓舞。狗仔花抗沙、抗风、抗压力等特性，给他注入了超越苦难的力量。

也许，他从那花中感悟到，黎子云等当地文人学子、黎民百姓，就像这花一样紧紧围绕在他的身边，托起了他的新生活。黎子云是儋州本地人，也是他

最亲密的黎族朋友，在他最无助时倾全力援手。在载酒堂大殿中有一组三人玻璃钢彩塑，东坡在讲授，黎子云在聆听，儿子苏过恭立一旁。殿上题匾为"鸿雪因缘"，叙说着他和黎子云的珍

贵友情。

那时候，他们一定在桄榔庵里也种起了狗仔花。

现在的东坡书院，后园辟有狗仔花景区，种植有十来株狗仔花，讲述着这段千年趣闻。慕名而来的游人会在园子里专门寻它。

我也特别喜欢书院里的那株杧果树。

这株杧果树就在载酒堂和东坡祠之间的庭院里，根深干壮、枝繁叶茂，树姿优美，且树身高出庭院足有十几米，遮护住了整个庭院。眼下，杧果树正是结果的时节，树上挂满了青中泛黄的杧果，衬着院墙上郭沫若、邓拓、田汉等名家题咏的诗刻，整个书院都古雅华美起来。

东坡办载酒堂，许多人从海南各地，甚至从岭南来求学。在之前的宋代一百多年里，海南从没有人进士及第。但苏轼北归不久，第三年，学生姜唐佐成为海南有史以来第一位举人，第九年，学生、儋州人符确考取进士，结束了海南没有进士的历史。宋元明清海南共出举人767人，进士97人。苏东坡在儋州播下的教育的种子，像这杧果树，硕果累累，生生不息。

我也特别喜欢西园里的《东坡笠屐图》金身塑像。

东坡笠屐故事广为流传。"东坡在儋耳，一日访黎子云，途中遇雨，从农家假笠屐着归。妇人小儿相随争笑，群犬争吠。东坡曰：'笑所怪也，吠所怪也。'"自宋以降，历代画家都非常喜欢东坡笠屐故事，他们依照自己的喜爱创作出了形态、服饰、笠屐迥异的《东坡笠屐图》。西园的这座塑像当是有了新的审美意趣。东坡先生头戴竹笠，脚着木屐，右手握书卷，左手轻提袍，目光平视前方，全身金光闪闪。

3

一队着统一校服的小学生前来瞻仰东坡像。他们列队站立，向东坡像行礼。年轻老师告诉我，他们从海口来，主要是想让学生开阔视野，感受东坡先生的精神气度，在心田播下东坡文化的种子。

我问老师，一次参观就能让学生感受到东坡先生的精神气度吗？

老师说，也许不能。但这是一种熏陶。

原来老师是一个90后，他父亲是一个苏东坡迷。受父亲的影响，他也成了苏东坡迷。当老师后，他时不时地给学生宣讲苏东坡，在节假日组织这样的

活动。他相信润物无声的力量。

我感到欣慰。这正是一种文化的传承。这是杧果树一样开枝散叶、开花结果的途径。

仰看雕像，竟感到时光穿梭，载酒堂已复原为最初的桄榔庵模样。

我向先生倾诉——

先生，你可知你的诗词一代代圈粉无数？

你可知你的书法至今令人痴迷不休？

你可知海南年年出学子，代代出人才？

你可知海南已是自由贸易港，世界瞩目？

你是不是和我一样，一上岛就被这里的椰子树、凤凰花，被苍古的土地、浩阔的蓝天和海洋所迷醉而忘了现实的艰辛？

还有，那时候我若在这里，你会不会邂逅我？

恍惚中，天穹之下，唯有东坡。

一串轻轻的脚步声惊扰了我的幻想。师生们完成了敬拜仪式，去往钦帅泉。

望着年少学子的背影，我忽然想，苏东坡在儋州仅仅三年，论时间，他能做多少事？为什么就赢得了海南千年的崇敬？那最本真的缘由究竟是什么？

4

儋州古称儋耳。在北宋时期，儋州有奇丽植物繁茂，更有海风苦寒，瘴疠和疟疾流行，是极为荒蛮凶险之地。

被贬儋州以前，东坡在官场就频频失意，已经相继被贬黄州、惠州。历经挫折磨难，"为官一任，造福一方"的思想却从未改变。在黄州，他组织救儿团体；在西湖，他造了一个苏公堤，方便百姓往来两岸；在惠州，他捐出御赐犀带并带动家人捐资，建成东、西新桥，以使百姓免于洪水困扰。在儋州，他要做些什么来造福百姓呢？

北宋时期的儋州土著居民，不耕种土地，而以卖香为生，荒地极多。他们祖祖辈辈都直接饮用沟塘里的积水，疾病流行，治病信奉巫师。很快，苏东坡写下《和陶劝农六首》，极力劝化黎汉以农业为生存根本，指导大家耕作；他教化百姓破除迷信陋习，以医治病；并带领当地人挖井取水，不再饮用沟渠浊水，讲究卫生，减少了疫病的发生；他更是种下一园文化教育的种子，形成意义深远的文化影响力……

就是在建树这些实实在在的功绩过程中，苏东坡将自己深厚的爱与情感全部倾注在了儋州这片土地上，为民思，为民想，为民作，为民创造创新。"我本儋耳人，寄生西蜀州"，一个将贬居之地视作自己托付生死故乡的人，一个为这片土地开启里程碑式文明进程的人，一个为这片土地植入诗词、文化、教育灵魂使之开花结果、世世代代受益的人，这片土地上的人民怎么能不由衷地爱戴他？即使他离去，即使他死去，他又"何曾辞儋州"？！

一千年了，民众拜谒他、推崇他，乃是因为他对民众的情怀！

大江东去，浪淘尽，千古风流人物！这样冠绝古今的诗作，苏东坡是为自己吟唱！他超越时代，超越苦难，更超越时空。

林语堂说苏东坡：他的肉身难免要死去，但是他来生会变成天空的星辰，地上的雨水，照耀、滋润、支持所有的生命。这话，何等的清透崇高。海南这块土地，一千年里，那些文化的生灵，一直因苏东坡的照耀，蔓生漫长。

此刻，阳光正烈。我就在海南岛上的东坡书院，向天仰望。我穿越千年，在桄榔庵邂逅东坡。

傅山的道德洁癖

狄 青

有一句话，原先听得比较多，那便是"领导也是人"。而当年说这话最勤的，往往是领导的属下以及某些领导自身。什么意思想必也不用科普，总之是给自己找理由找台阶下的一句话。当年乾隆皇帝喜欢和珅，大抵也是因了和珅总能时刻让其体会到"皇帝也是人"的妙处，毕竟人间享乐是最实在的，要不也不会有那么多天上的神仙放着好日子不过，非下凡来体验人间烟火。

喜欢书法的人都知道傅山在书法史上的地位。其实不光书画，傅山还习文尚武，对佛学道学皆有钻研，是远近闻名的医生，于内科、外科、儿科、妇科都有建树，《辞海》"医学人物"中收入自传说中的岐伯、黄帝至今约5000多年间中医中药学界重要人物不足80人，其中山西仅有一人，即傅山。然而傅山却是个有道德洁癖的人，他临赵孟𫗪的字，喜欢董其昌的画，对北宋权相蔡京的字也有心得，但却对他们皆"另眼相看"。原因其实皆在于在他眼中，人格即字格，人格有问题，其他皆免谈。

傅山对赵孟𫗪其人尤深恶痛绝，对他弃宋降元无法原宥，一生皆以"赵厮"唤之，以"管卑"称赵妻管仲姬。而董其昌嘛，虽未变节，但其人贪恶，明万历四十四年，数万被逼无奈的民众包围董其昌家，放火烧之，就因董其昌横行乡里、欺男霸女、鱼肉百姓，虽为书画奇才，现实中他却是不折不扣的地主恶霸。至于蔡京，其字固姿媚豪健，却系奸佞小人，于傅山而言，连提都懒得去提。

明亡，傅山穿朱衣，居山寺，改号朱衣道人，投身反清复明。顺治十一年，傅山事败下狱，成"谋逆钦犯"，虽遭酷刑，却坚贞不屈，绝食九日，濒临死亡，后经营救获释，此案曾轰动一时，被称作"朱衣道人案"。出狱后，他隐居太原城郊僻壤，自谓侨公，寓意自己无国无家，只是到处侨居，并写下"太原人作太原侨"的诗句。康熙二年，顾炎武从江南来寻傅山，二人志趣相投，秘密商定组织山西票号作为反清经济来源；在山东领导反清的复社巨子阎尔梅也来拜望，并与傅山结为"岁寒之盟"；一代词宗朱彝尊慕名来访，与傅山在土窑内彻夜长谈。或许在傅山眼中，这些人才是人格与字格俱在的同道者。

傅山重医德，待病人不讲贫富，在相同情况下，优先穷人。对那些前来求医的土豪或名声不好的官吏，则婉辞谢绝。对此他解释为："好人害好病，自有好医与好药，高爽者不能治；胡人害胡病，自有胡医与胡药，正经者不能治。"由此我们也就了解，他为何对赵孟頫、董其昌等人耿耿于怀，因为傅山在道德操守与艺术成就之间，坚定地选择了前者。在子弟面前，他将赵孟頫称为"匪人"，说赵孟頫"只因学问不正，终留软美一途"。傅山年少时临过赵字，成年后痛骂赵字，并一再告诫儿孙千万不可学赵字。

康熙皇帝在清政府日益巩固的康熙十七年颁诏天下，令三品以上官员推荐"学行兼优、文词卓越之人""朕将亲试录用"。有多人推荐傅山，傅山称病推辞。地方官奉命促驾，强行将傅山招往北京。至北京后，傅山继续称病，卧床不起。宰相冯溥并一干满汉大员隆重礼遇，多次拜望，傅山靠坐床头淡然处之。他以病而拒绝考试，又在康熙恩准免试、授封"内阁中书"之职时仍不叩头谢恩。康熙皇帝面对傅山如此之举并不恼怒，反而表示要"优礼处士"，诏令"傅山文学素著，念其年迈，特授内阁中书，着地方官存问"。

傅山的道德洁癖表面上是对他人有道德要求，实则他对自己的要求更甚。对自己能够抵抗抑或抵制的，他坚决抵抗和抵制；对于无法抵抗的，他选择不合作与不理会。我们不能说傅山是道德完人，也难说其理念皆合乎历史发展，但他的坚持与操守却是对后世弥足珍贵的。

事实上我们已然越来越不习惯于对他人做道德评判，尤其对名人，仿佛许多事情都是可原谅的；仿佛在成就面前，道德是不值一提的。面对金钱、名利、权贵，道德评判正变得虚幻且软弱，然而，一个人的成就真的会与其道德品行无关吗？我以为即使做不到傅山的疾恶如仇，也应做到傅山所自勉的那样："既是为山平不得，我来添尔一峰青。"

楚人江南留香久

马笑泉

　　楚留香是月光做的。

　　起初相见，他正准备去取一尊白玉雕成的绝代美人。玉美人在一位极富贵的王孙公子手里。这位公子对它爱若性命，幽闭它于深如海的侯门大院里，除己之外旁人很难瞻仰得到。它当然不是楚留香的，楚留香也并没有打算出一两银子，所以他的行为很难说非"盗"。绝妙的是，楚留香在动手之前居然还客客气气地传过去一张短笺，上面居然还用一种很古雅的措辞来说明动手的理由，甚至将动手的时间也明白无误地列出，似乎生怕那位公子没有做好失宝的心理准备。最终他趁着月光飘然而来，又飘然而去，如约取走了那尊玉人——他的轻功和机智都是第一流的，没有人能够阻拦。没有一点杀气，没有一丝戾气，一位白衣胜雪的年轻人在子夜月光中抱一尊极尽妍态的白玉美人踏重檐高脊而去，只留下淡淡的香气。一切都那么自然，自然得仿佛什么也没有发生过。

　　我们很难说这不是一种艺术。楚留香先是将"盗"的动作转化为侠的行为——他取走你的东西，只不过因为你已不配拥有它，或者是因为有一大群人更需要它——然后又升华为一种艺术。所以楚留香其实是一位艺术家，一位无与伦比的优雅的行为艺术家。他有着绝高的武功，但讨厌任何血腥和暴力，他通常是用更高的智慧来解决问题。他常常和朋友们一起出生入死，费尽艰辛打败一个阴毒无比的强敌，最后却放了对方，只不过是因为此人已散尽了戾气。他不大在乎结果，却很享受过程中的每一刻，正如他不在乎死，却努力让生达到完美。他的确是一则传奇，流溢着唯美的色彩。

　　他的名字很唯美，"楚人江南留香久"，给人以飘逸俊雅的感觉。他的风神气度无可挑剔：随和、优雅，总是带着淡淡的笑意。他的长相只不过比每个男人都好看一点点——这就是说，他跟一个卖酒的小二走在一起，只不过是好看一点点；若是跟一位貌若潘安、玉树临风的江湖侠少在一起，也不过显得好看一点点。唯一令他感到苦恼的是他的鼻子不太妙，甚至完全闭塞。然而他非但练成了一种用皮肤呼吸的内功以补救这个缺陷，还特意从异域弄来名贵的香水洒在身上——他生怕自己不小心沾上什么异味而不自觉。完美就是因了这样的小心和克制才得以保持。楚留香当然也风流，事实上，他是江湖上无可争议的第一风流侠少。他是每个女孩心目中的完美情人。而这，最终是因他懂得尊重女性，哪怕是一位受人轻视的妓女，他也能平等相待。

最让楚留香上心的还是朋友。在他心中，朋友永远是第一位的。他可以为朋友做任何事，朋友们也不会辜负他。这些人当然也是杰出之辈：胡铁花、姬冰雁、中原一点红……他们大都眼高于顶，桀骜不驯，却又甘为绿叶，来衬托他们共同的朋友楚香帅的绝世风采。这就是楚留香最大的魅力所在。他对生命充满感激，永远微笑着，有时撑一把油纸伞踏一双木屐沉吟于江南的杏花雨中一如多思的诗人，有时又躺在碧海航船上痴痴望一朵悠悠飘来的白云直如逍遥的隐士。他冲动起来像个孩子，狡黠起来却又像一只修炼了五百年的老狐狸。他轻摇折扇，侃侃而谈，让朋友钦佩，情人痴恋，仇敌折服。他像月光一样亲切，又如月光一般遥远。他的存在也像月光般真实又缥缈。当你午夜梦回时，推开寂寞不堪的小窗，也许就会看到对面屋顶上有个风神如月的人向你微笑。这微笑让你觉得亲近而感动，转眼他又会消逝，留下种种月光做成的传奇，流溢着绵绵无尽唯美的色彩。

文人草菖蒲

胥加山

家中书房电脑旁的一盆水养绿萝已有三个年头，虽说写作累了，呆看一会儿郁郁葱葱有点肥胖的绿萝叶，便能消除眼疲劳。或许久看绿萝"环肥"疲劳，顿生"燕瘦"审美向往，于是走访花草市场，想寻一盆"燕瘦"替代"环肥"。

一家专售小盆景店铺的老先生，宽裾对襟，山羊白须，躺在藤椅上，手举一本线装书，优哉游哉沉醉其中，完全不在乎顾客进店。店中小盆植物，摆放错落有致，盆精致，绿盎然，造型别致，盆盆透着一股浓浓的雅趣。

一时拿不定主张，探问，先生，小绿置案头，何为佳? 或许先生听惯了"老板"，偶来的一声"先生"正投缘，先生跃身搁书，笑眯眯答——文人草! 我接话，菖蒲吗? 先生欢快地手持一盆叶叶举剑而歌的菖蒲向我介绍。

苏东坡一生最爱小绿菖蒲，他可谓植菖蒲专家，曾在其《石菖蒲赞并叙》中记载："凡草木之生石上者，必须微土以附其根……惟石菖蒲并石取之，濯去泥土，渍以清水，置盆中可数十年不枯。"你看我这一盆菖蒲，有石，有水，正是学着苏大文豪的培植法。

先生继续侃侃而谈——古代文人把菖蒲与兰、菊、水仙并称"花草四雅"。从唐开始，文人士大夫便开始植菖蒲，因而菖蒲又称为"文人草"。文人墨客为它所写的诗作数不胜数，李白、陆游、朱熹等都曾写诗赞颂小小的菖蒲。菖蒲除了被写入诗作，还常被绘入画中。"扬州八怪"之首的金农，曾以"九节菖蒲馆"为斋名，郑板桥、苦瓜和尚、八大山人、吴昌硕、齐白石等历代画家都喜欢以菖蒲入画。为什么历代文人皆深爱菖蒲? 依我想，与菖蒲品性高洁是分不开的。菖蒲生长于深山远溪，但它甘于寂寞，以清泉为伴，绝不自怨自艾；与别的植物相比，一般植物的生长都离不开土壤，它却可扎根于石上，颇有傲然出尘的风姿。菖蒲身怀奇质，却安于淡泊，这与古时文人的精神追求十分契合，深受文人喜爱也就不足为奇了……

先生的文化气质浓缩于一盆菖蒲中，我欣然接受先生的建议。

一盆"燕瘦"菖蒲置于电脑旁，多少与文人沾上边，小欢喜。受先生影响，百度搜索《石菖蒲赞并叙》细读，发现"间以文石、石英，璀璨芬郁"，便试着把儿子儿时玩的五彩玻璃球放入菖蒲盆中，视觉山野乍现——盆中有水，水中有石，石边藏球，石错落，球躲藏，石色淡，球彩艳，草碧绿……水含石，石擎草，草吐绿，绿幽魂——一书房精气神都凝聚在那葱茏碧绿的叶叶之上……越看越喜，越喜越爱，难怪先民崇拜菖蒲，视作神草。《本草·菖蒲》载曰："典术云：尧时天降精于庭为韭，感百阴之气为菖蒲，故曰：尧韭。方士隐为水剑，因叶形也。"

原来菖蒲先百草于寒冬刚尽时觉醒，因而得名，加之菖蒲"不假日色，不资寸土"，"耐苦寒，安淡泊"，生野外则生机盎然，富有而滋润，着厅堂则亭亭玉立，飘逸而俊秀，自古以来就深得人们的喜爱。

菖蒲虽小绿，实乃大雅趣。古今人中意，意在心澄明。

读书吧，遇见更好的自己

徐光惠

我以为，如果一个人不读书，他的一生定是孤独的。我从小喜欢读书，是受外公的影响，虽然读的书不多，但始终有书为伴。

外公是地地道道的农民，一年四季躬耕田野。但是在我的记忆中，外公却是斯文儒雅的文人模样，从不大声吼叫，说话做事慢条斯理。外公读过几年书，认得一些字，他最大的爱好便是读书。

有一次，外公去地里掰玉米，天快黑了，还不见外公回来。外婆急了，担心外公出啥状况，便颠着小脚跑到玉米地，看见外公捧着一本书读得正酣呢。外婆喊了好几声，外公才如梦方醒，冲外婆讪讪一笑，让外婆哭笑不得。

外公书读多了，肚子里自然装下了不少故事。夏夜，月光融融，左邻右舍的孩子们全都跑到院子里，围成一圈，听外公讲故事。外公讲得绘声绘色，我们听得如痴如醉，常觉意犹未尽。

没钱买书，外公去街上赶完场，就到县文化馆翻看书报栏里的报纸、杂志，中午就啃一个馒头，傍晚才心满意足地回家。山路上，野花芬芳，外公摘一把带回家。外婆手捧野花，满眼幸福。

记不清我是从几岁开始看课外书的，大概是认得一些字以后，但那时候家里姊妹多，吃饭都成问题，哪有多余的钱买课外书。没书看，我就想办法蹭书看、借书看。哪个小伙伴有了新书，我心里就痒痒的，像个跟屁虫似的紧随其后，蹲在他们身后看得津津有味。有时蹭不到书看，我就拿零食跟他们换书看，各取所需。

过年了，终于得到大人给的压岁钱，我就和小伙伴跑到老街的租书店租书看。店就几平米大，但里面的图书却整整齐齐摆了好几排，花花绿绿的让人眼花缭乱。屋里屋外的小板凳上坐满了人，男女老少，一人捧一本书，我们找位置坐下，一看就是大半天。到饭点了，才万般不舍地放下书回家。

看店的刘叔慈眉善目，他腿有残疾，走路一瘸一拐的。他也是一个爱读书的人，只要一闲下来，就会拿一本书看，有时看得太入神，有人进店租书，他也全然不知。

上初中时，大姐不知从哪里弄来一本《红楼梦》，我心中窃喜。晚上，等大姐睡熟后，我迫不及待翻开书来看，没想到全是繁体字，很多字都不认识，只能连蒙带猜。尽管如此，我仍觉得很开心。

从小我便希望长大后能拥有一间书屋，屋子里堆满书，看都看不完。那时候觉得有书读的人是世界上最幸福的人。

"书中自有黄金屋，书中自有颜如玉。"那时虽不懂其中的深意，但有了书的滋养，清贫匮乏的童年依然充满了幸福和快乐。也因喜欢看书，让我爱上了文学，与文字结下了不解之缘。

我逐渐懂得，一个人书读得越多，看到的世界就越广。无论岁月如何变迁，生活多么不堪，喜欢读书的人，总会在生活中收获不经意的美好。

多年前，一文友高考以3分之差落榜，他选择了离开家乡去北京打工。北漂的日子异常艰难，住地下室、啃面包，工作不如意，心中苦闷孤独。喜爱读书的他便在工作之余，坚持每天读书学习、写作，在书本中获取知识和能量，在写作中让心灵得以充实和慰藉。

通过不断努力，他的文章发表在各地报纸、杂志上，出版了自己的散文集。家乡文化馆向他抛出了橄榄枝，他回到阔别已久的家乡，成为文化馆的一名员工。

"读万卷书，行万里路。"读书是一场美好的心灵之旅。茶余饭后，温一杯清茶，捧一本书在手，悠悠思绪伴着淡淡书香，读人生、读岁月。我还喜欢在夜里读书、写作，会在暖暖的午后找一片树林，让心与书、与大自然融为一体，看花开花落，看云卷云舒。

人生中有书相伴，是一种幸福，读书之人也是最快乐的人。做一个幸福的读书人吧，翻开书本，去触摸世间的美好，邂逅生命中的温暖与感动，让灵魂找到诗意的栖息地，你一定会遇见一个更好的自己。

愿每一个爱读书的人，都能遇见那个更好的自己。

扮家家酒

虞　燕

扮家家酒的场地永远在我家院子。

我家院子大，且充分具备玩此游戏的条件。东面有条狭长的小河，河水潺潺，水草萋萋，小抄网随便一捞，网里鲫鱼泥鳅蹦蹦跳，往河埠头一蹲，舀水洗菜多么方便；正南，即房屋对面，搭了葡萄架，藤蔓四处攀爬，绿叶随之游走，形成个“绿帐篷”，常有蝴蝶、蜻蜓流连忘返，鸡鸭猫狗在下面转悠，太阳猛得过分了，我们也躲进“帐篷”里，连带着“锅碗瓢盆”，称之为“搬家”；西边划出来一块地，母亲种上了韭菜、茄子、倭豆、番茄，加上院中野草、野果、野花到处撒欢，根本不用愁没“菜”下“锅”。

靠着院子的一面墙，两排砖头垒起，其上架块青石板，看起来像间没门的小屋，母亲在石板上晾晒洗刷，我把扮家家酒的玩具都藏于“小屋”里。这些玩具是我跟附近小伙伴们一起收集的，并时常更新或淘汰。最初，玩具粗陋，破碗、碎瓦、瓶盖、玻璃片均可充当，后来“生活”好转，“餐具器皿”升级，陆续有了河蚌壳盘子、缺了一角的碎花碗蓝边碗、某种补酒配套的透明小杯，彩色塑料罐、生锈的叉勺、竹编小筐，铁丝缠的小篮子等，游戏开始前，这些“日用品”先分配给几户“家庭”，若都看中了某样独一无二的东西，相持不下，那就由剪刀石头布而定，当然，除了分配所得，“每户人家”还可以自行添置，院子及近处有什么合意的，尽可拿去，谁先找到算谁家的。

拿粉笔在院子里画地为家，你家，我家，她家，每个家庭由爸爸妈妈和孩子组成，但我们小人不愿做孩子，都想当大人，这个时候，布娃娃就派到了用场。小男孩儿对扮家家酒的兴趣不大，就算参与进来了也缺乏耐性，常玩了一半就撂担子，转而去玩玻璃弹珠和冲冲杀杀的，索性，“爸爸”也由女孩儿担任了，玩游戏可来不得丝毫勉强。

扮家家酒的内容大致包括买菜、带娃、打扫、做饭、请客、做客。“出门买菜”要眼头活络，先下手为强，拎着小篮子捏着塑料袋，屋前屋后，地头院角，到处搜寻。四季草木是最贴心的朋友，想要蔬菜，革命草、蒲公英等野草叶子随处可捋，再高级点，那就去菜地里掐菜叶，偶尔还偷摘未成熟的豆子和番茄，

不过，被母亲发现了是要骂死的。拔几根狗尾巴草做扫帚，采一束野花插在罐头瓶子里，摘楝果、商陆摆果盘，游戏里的日子，也要过得活色生香。荤菜可选择的相对少，河里摸螺蛳、捉小鱼，鹅卵石当白煮蛋，干树叶为鱼鲞，红砖碎块即红烧肉，再去舀一瓢浮萍做汤羹，当然不能少了米饭，用沙子或泥土替代。看，蔬果鱼肉主食一应俱全，得意两字已挂在了脸上，甚觉自己是个好客的主人。

"客人"进门，落座，倒水，寒暄，"主人"夸完"妈妈"衣服好看又夸"孩子"乖巧，"客人"则赞许屋子收拾得干净，菜肴丰盛，吃饭时，介绍菜和夹菜是必备环节，其他就靠即兴发挥了，有时，刚好有鸡鸭大摇大摆过来，便说是自家养的，如何如何。有时，谈起"邻里间"的纠纷，你一句我一句，随想随编。我们不遗余力地学样、互动，生怕自己演得不够像，我们多么渴望快快长大，这样就能成为忙碌、得体、拿大主意的大人。

一直以来，大家默认的"做菜"，就是握个短树枝搅动"锅"里的"菜"，嘴里还不忘配音，"嗞嚓嗞嚓"。有一次，不知谁先提议的，要真煮熟了吃，随即引来一片附和声。几块砖头搭起灶台，整片瓦刷洗得透亮，那会，正是倭豆成熟时，我们抢着剥豆荚，绿宝石似的倭豆置于瓦片里，瓦片搁在灶台上。划亮火柴，干草和碎木片烧着了，青色的烟像被什么所驱赶，火急火燎地冒了出来。只是烟愈猛，火却垂头丧气，眼看即将熄灭，我们束手无策，那个叫悠的女孩突然趴在地上，用树枝挑起"灶"内的柴，鼓起腮帮子往里"呼呼"吹气，火仿佛接收到了指令，噌地蹿了起来。旁边几个见状，兴奋地拍起手来。

倭豆最终没吃成，母亲外出回来撞见我们玩火，很生气，踢翻了小灶，并警告再不许玩了，万一引起火灾，人啊、房子啊都要烧没，且吃了不够熟的倭豆还会中毒。

之后，悠悄悄跟我说，其实火也没那么可怕，她经常自己做饭，但烧火时千万不能打瞌睡，人离开前，得把灶膛里的灰烬用水彻底浇灭，这样就安全了。悠前几日刚加入我们，她是隔壁村的，之前极少一起玩。

烧火是不敢了，不过，悠出了个主意，跟办酒席一样，可以上冷盘，这样也能真的吃啊。后得知，悠的奶奶就是摆冷盘的，那个时候，岛上红白事、上梁酒、满月酒等都得请专人摆冷盘。某天，悠带着弟弟过来，手里捧着个红色塑料果盘，又从口袋里摸出两只皮蛋，皮蛋去壳后，她用水果刀将其切成好几

瓣，而后在果盘里摆成花朵的形状。悠还带过自己煮的番薯、自己炒的黄豆和倭豆，迎着大伙热切的小眼神，她嘴角上扬，笑容如涟漪轻轻漾开，最后汇成了两个酒窝。

在悠的带动下，一众小人纷纷仿效，你奉上干花生、橘子，我有瓜子、小糖，她分享腌萝卜、黄瓜，还一起采摘可食的野果子，如桑果、灯笼果、茅针、胡颓子等，生生把扮家家酒搞成了野餐活动，真正是，玩得开心，吃得舒心。那些男孩馋得流口水，觍着脸要求加入游戏，女孩们可是记仇的，要你时不理不睬，如今想来可没那么容易了！实在缠得没办法，那就给个佣人的角色吧，派他们脏活累活，扫院子啦上树摘果啦洗碗盘啦，干好了才给饭吃。

我去过一次悠家。她家还不是水泥地，地面黑乎乎潮兮兮，悠抱了些木柴到灶间，熟练地生起了火，灶膛里传出"噼啪"声，她嘱弟弟看着火，自己搬了条小方凳至灶台下，稳稳站上去，右手握住铲子，在铁锅里"嚓嚓"铲几下，她的高马尾跟着晃动了几下。油入热锅，"吱吱"，悠解开旁边的塑料袋，将番薯片小心地一片一片地放进去，并不时翻动。夕阳正从后窗透进来，悠的侧影茸茸的，蒙蒙的，宛如一帧艺术照。

悠炸的番薯片颜色金黄，入口酥脆，我惊叹，竟一点没炸焦，这手艺都赶上大人了，悠闻言，大眼睛快速一眨，笑意从浅浅圆圆的酒窝溢了出来。她让弟弟和我先吃，自己端着个小脸盆，接了水，用手撩出少量的水，一点一点洒在灶膛的外围。

母亲说，悠可怜，她那个妈跟人家做生意的跑了，太狠心了，这个女人。

悠初中没毕业就去了外地，听说很早就嫁了人。前些年，昔时一起扮家家酒的伙伴提及，某次回家过年，见过悠，儿子都比她高了。

终于，当年一起玩扮家家酒的我们都如愿成了大人，可那样的快乐却不会再拥有了。

只能陪你一程

游宇明

是一个春天的雨夜，两年多未见的老友 G 来看我，他手里拿来了几篇署了别人名字的文章，说与我以前发表的作品似曾相识，让我自己看一下是不是有人抄袭。G 在一个公司里担任副总，是管经营的，很忙，为了这点事，专程从十多公里外的郊区跑到我家里，这使我非常感动。我们聊了一个多小时的天，G 提出告辞，我反复挽留，也没有作用。我只好送他去外面的大街搭出租车，G 拦住了我，他说："送君千里，终须一别，你反正只能陪我一程，就在门口止步吧！"我只好尊重他的意见。

"你反正只能陪我一程"，这话说得真好！仔细想来，人的一生其实都只可以陪人一程。我们爱自己的父母，希望他们长命百岁，但是你再孝顺他们，他们也会走在我们前面，你只能陪父母一程；我们喜欢自己的儿女，时刻梦想用自己高大的身躯为他们遮风挡雨，然而，你的能量再大，你也总有一天要走在他们前面，你只能陪儿女一程；你拥有一段美妙的爱情，愿意为这爱情付出自己的一切，但你的爱人前面二十多年属于父母，后面几十年会被儿女、被命运、被生活分割，你只能陪爱人一程；你看重友谊，信奉"为朋友两肋插刀"的处世哲学，然而，总有一天，不是朋友永远离开你，就是你永远离开朋友，你只能陪朋友一程……

是的，你永远只能陪人一程，永远只能参与到他人少数的人生片段中。所以，我们应该珍惜每一个来到自己身边的人，珍惜与他们在一起的分分秒秒。我们要学会以自己全部的热情去爱我们的亲人、朋友甚至陌生人。他们饥饿时，你的关爱要成为一颗苹果；他们闷热时，你的牵挂要化作一根棒冰；他们寒冷时，你的呵护要变成一件棉衣……也许，他们曾经对你有过一些或轻或重的伤害，但你永远不要报复他们，而要用自己的真诚去唤醒他们的良知，点燃他们爱的本能。生活反复证明着一个道理：黑夜可以因为篝火的加入变得明亮，冰雪却无法因为寒风的参与化作温暖。

因为只能陪人一程，我们还要学会放弃。你的父母只能抚养你长大，你不要期望他们是你永远的拐杖，支撑你全部的人生；你的儿女只是你自己创造的血肉相连的朋友，而不是你的奴隶，你要懂得尊重他们的人生选择，懂得在他们成年之后主动退居 B 角的位置；你的爱人向你奉献了爱情，但他（她）的生命不是爱情的抵押品，你应该给他（她）必要的独立的空间、不被人介入的生活；你的朋友可以温暖你，但这种温暖应该是开放的，它必须覆盖到你之外的更多的人，你不能独占他的友谊……陪人一程注定了我们给予别人的有限性，我们又怎能要求别人无限付出？

没有一个人不梦想永远有人风雨相依，没有一个人不渴盼总是有人肝胆相照，但人作为生物的特性，注定了我们每个人都只是别人生命中的过客，只可以与人共一段生活的路。善待已经拥有的一切吧，人生最大的欣慰莫过于当别人离去时，你不存负疚之心；当你离去时，有人挥动怀念的黄手帕。

那些年的酒

王文英

　　酒，神奇且具诱惑力。古往今来，无数名流雅士做足了酒的文章。可是，酒于我留下的是难以言表的一种记忆。

　　在我很小的某年秋天，一个太阳暖烘烘的日子，大哥娶回大嫂。那天，所有进出我家的人都沉浸在酒气里——家乡本地酒厂酿制的一种散装白酒让我的家人和客人们都脸涂胭脂一样，红光满面。娶亲嫁女，在塞北人家看来是非常盛大的事件。生下来就被母亲等待着长大，等待着结婚生子，谁也避不过去。这也是一辈子面朝黄土背朝天的老辈人的盼头。大哥娶了媳妇儿，本来面慈的母亲更是整天乐得合不拢嘴，即便路遇一条野狗，老人家也会笑眯眯地看过去。可是在我那样的年龄，对事对人毕竟不像大人那样有大局观念和前瞻性。因此对于大嫂的进门，我不像父母那样欢天喜地。因为我想，那一整天酒气熏天过后，很有可能母亲每天再端上炕桌上的三餐永远是金灿灿的玉米面食品。后来的事实证明，我的推测千真万确。记忆中，之后的一年多，我每天都是以玉米面稀饭、搅团或窝头充饥。多年之后，那种干涩的感觉犹在喉中。

　　吃过喜酒，哥嫂本应过上幸福的生活；来年，母亲理应怀抱孙辈尽享天伦。可不争气的记忆里保留的是那段时间哥嫂不睦的桩桩件件，并无一星半点令父母开心的影子。又一年深秋，需要全村人将粮食颗粒收进粮仓的时候，酒成了大哥的麻醉剂，他一次次在外面喝得不省人事。东屋里弥漫着酒气，深醉后的大哥躺在炕上，嘴里含混不清地嘟囔着什么。母亲轻手轻脚走到大哥跟前，挪挪大哥有点枕歪的枕头。母亲的一只手顺势从枕头下面抽出一把新铸好的长刀。握着长刀，母亲松弛的脸蛋抽动几下，像瞬间触到了荆棘刺一样哆嗦着退出了东屋。乌青的长刀还没有开刃，我不明白母亲对那块铁疙瘩为何那么战栗不安。母亲将长刀插在哪里，我不再关心。我只顾兴奋地瞅大哥身旁的炕上，是否又有一毛、二毛或一两个钢镚从大哥的口袋里逃了出来。那一刻，当街小卖部里五分一块的米花糖或一毛八块的水果糖对我的吸引力远大于母亲手里的那个铁疙瘩。

　　暮色把羊叫声笼罩在院子里。母亲右手拇指和食指捏住鼻子，"哧哧"擤一把鼻涕，甩在地上，然后在羊圈墙上抹抹两个手指头。两只母羊低头顺着墙根儿过来，嘴唇一路试探，鼻息将尘灰吹到两侧，母亲的裤脚刚好接住一朵浅浅的尘土印花。秋风凉了，月光很亮。母亲把羊赶进圈里，揪起圈门上的铁链扣在门框上的铁环鼻上，伸手从头顶上方裸露的柁头上拽下一根粗铁丝。使劲用铁丝拧紧圈门后，母亲转身进了紧挨着羊圈的柴房。

那晚，隔着窗玻璃，我望着前排屋顶上的星星。一颗流星划过，耀眼的长尾巴像扫帚扫过。从小就常听老人们说天上落一颗星星，地上就会死一个人。小小的我开始讨厌扫帚样的流星，讨厌那颗落下去的扫帚星。

不久，土豆芽刚刚破土而出，雨有点疯狂地下了起来。那是一场几年不遇的连阴雨。父亲说。阳光几天都不见踪影，大部分土坯房屋顶开始漏雨，土打的板墙院墙被雨水淋得豁沟大垭的。十年九旱的小村和父亲一起陶醉在这场春雨的时候，二哥竟毫无征兆地出现了状况。眼看着本来醉醺醺了一个冬天的东屋清亮起来，母亲拧着的眉头渐渐有了舒展的迹象。大哥身上的酒气消散得所剩无几的时候，二哥却前赴后继地冲了出来。并且醉到号啕大哭。"妈，我勤快不? 咱三队里人们都说我勤快呢……可，呜呜……"

几个阴雨天过后，西屋黏土泥过的地面渗出乌青的湿影，母亲低垂着头。"该死的酒!"父亲仰头骂道，那时样子很凶。

雨那么执着，二哥那么倔强。几天下来父亲浓密的胡子白了一半，稀疏的头发更是闪动着银光。人们都窝在屋里，等待云过雨过，太阳出来好去地里。那些水灵灵的庄稼苗是喜人的，乡亲们的笑脸是喜人的。我父母的脸却是阴沉的，不为我大哥，转而为了小大哥五岁的二哥。我二哥连着喝醉几次后，父亲答应托人帮忙，条件是二哥必须戒酒。穷家薄业的，哪能养得起酒坛子? 这一切，都悄无声息地发生、结束。后来二哥订亲的消息在村中

传开时，乡亲们像我父母一样才知道他已长大成人。

天一晴，太阳晒得地垄热烘烘的时候，成垄的庄稼开始疯长。村里人开始忙着松土、除草。忙碌的日子过得匆匆，不知不觉中我家似乎遗忘了酒带来的伤痛。

一天傍晚，村里传说四叔五岁的独子死了。小堂弟遭遇不测犹如重击在叔婶头上的一记闷棍，四叔家的天塌了。我们一家也相跟着再一次坠入悲伤之中。很快，小堂弟的死因查明，碾死他的司机是在醉酒状态下肇事的。酒，又一次闯入我们的视线。家里所有人开始憎恨"酒"这个夺命的罪魁祸首，直至人人深恶痛绝。更让人揪心的是濒临崩溃的四叔。每天，人们都能看到四叔摇晃到村外，坐在堡壕边，耷拉着头，双手不停地收拢身边的小土堆。小堂弟就被埋在那里面。那时，村里村外疯跑的我始终没有勇气走过去看一眼小堂弟的坟包，也不敢面对四叔绝望的眼神。我蹲在距离堡壕不远的小路上默默地张望，心想，小堂弟会不会被每天来陪他的四叔感动得一下子跳出来。晚上，我瞅着深邃的星空在想，小堂弟离开时，天上是不是有一颗小星星滑落？

小堂弟走了，四婶被打倒了身子。大病一场，待四婶再从床上下来已是趔趄着半个身子行走的废人。

马路边小叶杨的叶子纷纷飘落，一个个细树枝搭成的鸟窝便清晰可见。野外，一只只蛐蛐儿、蚂蚱也失去了振翅鸣叫的兴奋。在秋风凄雨中，它们的翅膀摩擦声已明显有气无力。在小堂弟死后的第三年秋天，四婶死在了医院里。那晚，我看着夜空想，天上是不是有颗大星星又陨落了，会不会掉在了小堂弟的坟包上？此后小堂弟有他妈妈保护，一定不会再受到伤害……我彻夜胡思乱想，睡不着觉的少年已欲哭无泪。

四婶的死让全村人心惊肉跳。年岁不大的逝者停放在附近，总让邻人寝食难安。按当地风俗，死在外头，亡人的灵柩就不得再进家门。四婶躺在棺材里的那几天，左邻右舍都神经兮兮。人们都觉得与四婶同处一片天地，生怕死不瞑目的四婶爬进自己家门，那样可就不得自在了。四婶的灵柩摆放在正屋檐下，借村里人的话说那是披星戴月。七天后灵柩被拉入坟地。四婶被拉去西坡坟地后，我们仍然无法从阴影中走出来。我们依旧憎恨被母亲称为"猫尿"的酒，那是害得四叔一家家破人亡的魔鬼。

之后，我被父亲送进了村小。母亲说读了书的娃长大后就像走进了果园，自己就能摘到果子吃。为了香甜的果子，我兴高采烈地走进了学校。几年后，和酒有关的灰色记忆似乎慢慢隐形，家中也开始有了酒的踪影。依稀记得最早一次在家看见酒的情景，那时还是初春时节。视野里的冰雪已消融，但塞北的风依然很冷。大人们在春寒料峭中忙碌春耕。旷野上都是一望无际的黄漫漫景象，还没有丝毫绿意。回吧，冷。母亲说。父亲不言语，只是一锹一锹将牛车厢底部残存的羊粪铲到地上。种土豆的地里肥要上足，父母把沤好的羊粪都拉去了土豆地。

母亲不到二十岁时嫁给父亲，已然经历了三十多年的贫寒日子。日久年深，母亲常常头晕，我们后来才明白那是母亲患有高血压的症状，但为时已晚。生产责任制后分给我们家的几块地都在离家很远的村外，地头不是连着深沟就是傍着斜坡。北风来了，母亲匍匐在地垄里。风顺着沟沿蹿上来，撩起她身上的破衣烂衫，裸露在外的胳膊、腿和身下黄土的颜色竟别无二致。母亲的肌肤已没有光泽，还皲裂出些条条道道，俨然一幅担在身上的黄土地田园风光。而母亲觉得庄户人都这个样，土里生土里长，和土地一个样才对得起在黄土地生活了几辈子的祖宗。

在没完没了地劳作后，母亲的头更晕。不知从何时起父亲总唠叨这么两句："喝一盅酒，解乏……"父亲是在想办法为母亲排解身体上的不适，酒便堂而皇之地闯进曾经将它憎恨得无以复加的这个家里。

母亲是死在春天播种后的。那年农历年一过，父亲就背着一卷旧行李出门

找活儿去了。我在外读书。母亲心里揣着对出门在外的父亲和我的思念忙了一个春天。几块地都下了种。那天，母亲还帮堂叔家点了一下午土豆种子。黄昏收工后，老人家还怀里抱着堂叔家不满周岁的姑娘玩了会儿。回到家忙活了半个小时后，母亲往灶坑拢了拢树枝。一只手按着额头圪蹴在炕沿上。就在那一瞬间，老人家"扑通"一声仰面躺倒在炕上。小弟惊叫着扑过去。母亲已无声息。小弟号啕痛哭起来，他不明白，母亲已经死了。母亲临终留在我脑海里的，除了灶台上一大铁锅煮开的猪食和刚下到里面的几个鸡蛋，再就是柜顶上摆放的一个白酒瓶，还有扣在上面的一个玻璃酒盅。那是一瓶让我充满厌恶和无比后悔的烈性白酒。

那是一个周末的深夜，接到表哥辗转从县城打来母亲病重的电话后，我几乎一夜无眠。凌晨，恍恍惚惚中我做了个奇怪的梦。梦中，一条奄奄一息的大龙皮肉无存，只剩干巴的骨架。大龙还有气无力地对我说了几句听不大清的话。惊醒时，窗外已然起风。那风呼呼地吹起窗外的枯草叶，还没有新叶的垂柳树枝随风舞蹈起来，就像有无数条小虫在我胃里翻腾，想吐却又吐不出来。想起母亲经常说，梦里的事情和现实正好是相反的后，我仍心存侥幸。直至赶回家中看到已冰凉的母亲，才明白头顶的天塌啦。那一刻，我喉咙剧烈抽动却发不出一点声音。我泪如泉涌，厌弃和憎恨充满我的内心。香甜的果子还没有摘到，我依靠的大树却轰然倒地。我不知道母亲倒下的那一瞬间是否砸疼了自己，而我却明明白白被砸了个正着。母亲多年来省吃俭用，为了供我读书，连一片降压药都没买过，在极度不舒服时反而代之以白酒解乏。这或许也缘自父母的无知。更缘自我的无知和疏忽。这样日积月累的结果是最终让酒捉弄了我们一家。没有了母亲的日子，我与父亲、小弟相依为命。艰难的日子可以想见。之后，一看见酒，我便会落荒而逃。在以后相对漫长的岁月中，我甚至不愿品尝生活甘甜的滋味，那里始终留有我对母亲的愧疚。

谒从文墓

马笑泉

不惮于三百里车途的劳顿，披一路风尘，先生，我来到了您的面前。

沱江的水是有些浊了。对面稀疏的几架吊脚楼，破旧而灰暗，如同瘦黑的小脚女人，可怜地站在江边，被更多群涌而出的水泥楼房围困着，越发显出坚持的伶仃与困窘来。没有《边城》里古朴坚实的船，没有黄永玉笔下红焰一样燃烧的花，没有彩蝶般斑斓的苗装，没有天真无邪的翠翠的容颜。那个心中形成的幻象，如同一只由无数精美碎瓷片小心翼翼合好的绝世无双的花瓶，在突如其来的一瞬间全散了。我也由此回到了现实中，呆立许久，才开悟似的轻笑一声。先生，我是太痴了。眼前的一切不正是所谓时代的发展所导致？而那座真正的边城，已被您用醇厚优美的文字，极艺术地保存下来。这已是它莫大的幸运，而我又能怎样地哀伤和感叹呢？

上去吧！台阶是顺坡砌的，陡陡地盘着。走这样的路，头自然是低着的，脚步也在有意无意中放轻放慢。是的，以这样谦恭安静的姿态走近您，在我，是一种必然，在您，是一种应得。想想吧，读《边城》的那些时候，心中是怎样盈满一种几乎接近绝望的感伤：那么清的意境，那么醇的氛围，水墨一般行云流水地渲染开来；那不可企及之美，像一位不可追求的遗世独立的佳人，令人因无望而生不尽的惆怅和无穷的感伤。先生，您只有小学五年级的学历，却贡献出了汉语文学中的神品，这怎能不让我心折而心仪？

路往右一斜，又往左一甩，终于有方小小平地了。一块碑十分劲挺地闯进眼帘，上面的草书豪迈不拘：一个士兵要不战死沙场便是回到故乡。这当然是您那位机锋百出，堪称一代鬼才的表侄儿黄永玉所题了。永玉先生自称湘西

老刁民，戏王侯，弄公卿，其锋芒毕露跟您的慈和看似大不一样，但骨子里那种至情至性倔强进取，却是一脉相承的。想当年您怀抱文学的梦想孤身入京，一段

时间内困顿潦倒几乎冻饿而死，令郁达夫大为感叹又大泼冷水地写下《给一位文学青年的公开状》。但您硬是咬紧牙关挺过来了。不但挺过来，而且以绝大的天才和不拔的坚韧渐渐打开局面。这里要感谢徐志摩先生。当时如果没有这位诗界明星的关照和提携，也许，我们本就单薄的现代文学史，将会损失"湘西"这至为精美的一页。尽管您后来远远地超越了他，但一辈子都是发自内心地感激着赞美着这位未免有点轻薄的才子词人。您甚至因此一度对鲁迅抱了成见——要知道永久的记恩正是您这种质朴寡言之人突出的天性，也许会导致偏差，但又实实在在是一种高古的品质。

再往上去，台阶渐陡，两旁草木极宁静地护持着一种平和清静的氛围。先生，您一步一步引导我上升，而我终于来到您的面前。一大块天生彩石，浑然古朴，深深扎进湘西的泥土。您栖身其下，已与大地融为一体，与自然化作一片。您已不在，而又无处不在。石头上镶着碧色的字，是您的手迹：照我思索，能理解"我"；照我思索，可认识人。是的，您的一生，都是在召唤着一个人所应有的善与真，并由此而获得了美。正如您所说，您毕生只想在一片苍凉废墟上修筑一些希腊式的关于人性的小庙。于是便有了《山鬼》，有了《萧萧》，有了《三三》，最后上升为神奇的《边城》。也许在一些人眼中，您仅仅是一个营造世外桃源的田园诗人。可只要深入您那些像湘西一样醇厚的文字，是任谁也会感受到一种悲天悯人的情怀的啊！

不禁想起鲁迅。他老人家东方式的悲天悯人和知其不可为而为之的怀抱，其实和您同出一源。只不过您是以一种相对平和的笔调出之而已。而在中国20世纪群星耀眼的文学天空里，您是唯一可以在人格高度文学天才学术成就上和他并列而成为双子星座的人。这不是一种共识，却是一个少年人在深夜静思时得出的结论，并且再无动摇。

先生，其实我还远没有领悟您的精神和苦心。当我久久凝视时，您可在满刻沧桑的石中面露慈和微笑看我？您可以温文质朴声调给我一次神光天降的点悟？而我终将告别而且远去。且让我扶此石留一张纪念罢，并由此深记：大师就是那种，即使躺在你脚下，也一再提升着你的人。

月光钥匙

李建明

天漆黑着，披着凉意回家。搬到新家半年多了，望着小区高楼上明明暗暗的窗户，却没有一盏灯是熟悉且温暖的。

为给新买的山地车找一个安全的窝，我走入小区地下室，顿感一阵阴冷，跺着脚，楼道的灯，却睡着了一般，不肯理我。

在手机微弱的光里，照见手里冰冷的钥匙。

走着走着，一不小心，竟摔了一跤。

"吱"的一声，对面地下室的小房间，撑开一条缝，有一道光挤了出来。一个小男孩欢呼着，妈妈你回来了？看到我，在失望和张皇的眼里，缓缓又把门关上了。

我不由一惊，又冷又潮的地下室，怎么住人了？

后来几天，我往地下室放车，对面的门，竟大咧咧地开着，屋内的光，慷慨地涌向楼道，一年轻女子，正在门外一侧，窄窄的小桌子旁，弓着腰，煮饭，我点头微笑，她屋内的光，照在手里的钥匙上，暖暖的。

忽然想到老家的门，也是这样，大方地敞开着。

小时候，爸妈在工厂打工，他们常常回来得晚，一日，我忘了带钥匙，就在家门口玩石子，坐着等着，天一点点黑下来，凉下来，我的肚子饿着，眼巴巴地望着路口，望着月亮升过炊烟……

邻家的姐姐挎着菜篮，从地里回来，看到我，亲切地把我拉到她家，给我辅导功课，给我做饭吃，我犹记得，她低头掏出钥匙开门时，那钥匙上沾着月亮的盈盈的光……

在回忆中，忽听脚下一声响，踢翻了什么？接着，一些瓶瓶罐罐滚落一地，女子慌忙跑过来，一一去捡，我忙说对不起，她捡瓶子的手，仿佛碰了沸水般，缩了缩，低声道："没关系的。"

"人都有生活无奈时，明天，把车放车棚吧，楼道本就狭隘，你去放车，会打扰她们生活的！"心里一个善意的声音提醒我。

一连两天，我都把山地车锁在车棚，早上却发现，车上的指南针被抠走了，锁上还有几道冰冷的划痕……

我又一次走入地下室，看见那扇门，依旧明晃晃地开着，一张床、衣柜、小书桌，还有蔬菜和锅碗，便把小屋填得满满当当。

一个小男孩，正在书桌前写作业。

"你妈妈还没回来吗? 晚上天凉，怎么不把门关上?"我回头问。

"叔叔，楼道的灯坏了，妈妈说，物业过几天才来修，开着门，方便人走，叔叔经过时，也不会摔倒了。"小男孩面露羞怯。

我的心一暖。一直以来，我都习惯仰着头去高楼上寻找光亮和温暖，没想到它们却在低处，给我点亮了一盏善意的灯……

"作业快写完了吗，在哪儿上学呢?"

"还有几道题，不会做……我等妈妈回来教我。"小男孩挠着头说，"妈妈忙着摆摊挣钱，照顾医院里摔伤的爸爸，还没有给我找到合适的学校。"

……

"那就让我来教你吧!"我对着这盏七八岁的小灯说。

我感觉自己的身上，多了一把看不见的钥匙，沾着月光，可以打开许许多多黑暗中的门。

笑对烦恼的从容

- W I N T E R -

多鼠斋杂谈（节选）

老 舍

一 戒酒

并没有好大的量，我可是喜欢喝两杯儿。因吃酒，我交下许多朋友——这是酒的最可爱处。大概在有些酒意之际，说话作事都要比平时豪爽真诚一些，于是就容易心心相印，成为莫逆。人或者只在"喝了"之后，才会把专为敷衍人用的一套生活八股抛开，而敢露一点锋芒或"谬论"——这就减少了我脸上的俗气，看着红扑扑的，人有点样子！

自从在社会上作事至今的廿五六年中，虽不记得一共醉过多少次，不过，随便的一想，便颇可想起"不少"次丢脸的事来。所谓丢脸者，或者正是给脸上增光的事，所以我并不后悔。酒的坏处并不在撒酒疯，得罪了正人君子——在酒后还无此胆量，未免就太可怜了！酒的真正的坏处是它伤害脑子。

"李白斗酒诗百篇"是一位诗人赠另一位诗人的夸大的谀赞。据我的经验，酒使脑子麻木，迟钝，并不能增加思想产物的产量。即使有人非喝醉不能作诗，那也是例外，而非正常。在我患贫血病的时候，每喝一次酒，病便加重一些；未喝的时候若患头"昏"，喝过之后便改为"晕"了，那妨碍我写作！

对肠胃病更是死敌。去年，因医治肠胃病，医生严嘱我戒酒。从去岁十月到如今，我滴酒未入口。

不喝酒，我觉得自己像哑巴了：不会嚷叫，不会狂笑，不会说话！啊，甚至于不会活着了！可是，不喝也有好处，肠胃舒服，脑袋昏而不晕，我便能天

天写一二千字！虽然不能一口气吐出百篇诗来，可是细水长流的写小说倒也保险；还是暂且不破戒吧！

二 戒烟

戒酒是奉了医生之命，戒烟是奉了法弊的命令。什么？劣如"长刀"也卖百元一包？老子只好咬咬牙，不吸了！

从廿二岁起吸烟，至今已有一世纪的四分之一。这廿五年养成的习惯，一旦戒除可真不容易。

吸烟有害并不是戒烟的理由。而且，有一切理由，不戒烟是不成。戒烟凭一点"火儿"。那天，我只剩了一支"华丽"。一打听，它又长了十块！三天了，它每天长十块！我把这一支吸完，把烟灰碟擦干净，把洋火放在抽屉里。我"火儿"啦，戒烟！

没有烟，我写不出文章来。廿多年的习惯如此。这几天，我硬撑！我的舌头是木的，嘴里冒着各种滋味的水，嗓门子发痒，太阳穴微微的抽着疼！——顶要命的是脑子里空了一块！不过，我比烟要更厉害些：尽管你小子给我以各样的毒刑，老子要挺一挺给你看看！

毒刑夹攻之后，它派会花言巧语的小鬼来劝导："算了吧，也总算是个老作家了，何必自苦太甚！况且天气是这么热；要戒，等到秋凉，总比较的要好受一点呀！"

"去吧！魔鬼！咱老子的一百元就是不再买又霉、又臭、又硬、又伤天害理的纸烟！"

今天已是第六天了，我还撑着呢！长篇小说没法子继续写下去；谁管它！除非有人来说："我每天送你一包'骆驼'，或廿支'华福'，一直到抗战胜利为止！"我想我大概不会向"人头狗"和"长刀"什么的投降的！

三 戒茶

我既已戒了烟酒而半死不活，因思莫若多加几种，爽性快快的死了倒也干脆。

谈再戒什么呢？

戒荤吗？根本用不着戒，与鱼不见面者已整整二年，而猪羊肉近来也颇疏远。还敢说戒？平价之米，偶而有点油肉相佐，使我绝对相信肉食者"不鄙"！若只此而戒除之，则腹中全是平价米，而人也决变为平价人，可谓"鄙"矣！不能戒荤！

必不得已，只好戒茶。

我是地道中国人，咖啡、蔻蔻、汽水、啤酒，皆非所喜，而独喜茶。有一杯好茶，我便能万物静观皆自得。烟酒虽然也是我的好友，但它们都是男性的——粗莽，热烈，有思想，可也有火气——未若茶之温柔，雅洁，轻轻的刺激，淡淡地相依；茶是女性的。

我不知道戒了茶还怎样活着，和干吗活着。但是，不管我愿意不愿意，近来茶价的增高已教我常常起一身小鸡皮疙瘩！

茶本来应该是香的，可是现在卅元一两的香片不但不香，而且有一股子咸味！为什么不把咸蛋的皮泡泡来喝，而单去买咸茶呢？六十元一两的可以不出咸味，可也不怎么出香味，六十元一两啊！谁知道明天不就又长一倍呢！

恐怕呀，茶也得戒！我想，在戒了茶以后，我大概就有资格到西方极乐世界去了——要去就抓早儿，别把罪受够了再去！想想看，茶也须戒！

当 铺

萧 红

"你去当吧！你去当吧，我不去！"

"好，我去，我就愿意进当铺，进当铺我一点也不怕，理直气壮。"

新做起来的我的棉袍，一次还没有穿，就跟着我进当铺去了！在当铺门口稍微徘徊了一下，想起出门时郎华要的价目——非两元不当。

包袱送到柜台上，我是仰着脸，伸着腰，用脚尖站起来送上去的，真不晓得当铺为什么摆起这么高的柜台！

那戴帽头的人翻着衣裳看，还不等他问，我就说了：

"两块钱。"

他一定觉得我太不合理，不然怎么连看我一眼也没看，就把东西卷起来，他把包袱仿佛要丢在我的头上，他十分不耐烦的样子。

"两块钱不行，那么，多少钱呢？"

"多少钱不要。"他摇摇像长西瓜形的脑袋，小帽头顶尖的红帽球，也跟着摇了摇。

我伸手去接包袱，我一点也不怕，我理直气壮，我明明知道他故意作难，正想把包袱接过来就走。猜得对对的，他并不把包袱真给我。

"五毛钱！这件衣服袖子太瘦，卖不出钱来……"

"不当。"我说。

"那么一块钱，……再可不能多了，就是这个数目。"他把腰微微向后弯一点，柜台太高，看不出他突出的肚囊……一只大手指，就比在和他太阳穴一般高低的地方。

带着一元票子和一张当票，我快快地走，走起路来感到很爽快，默认自己是很有钱的人。菜市，米店我都去过，臂上抱了很多东西，感到非常愿意抱这些东西，手冻得很痛，觉得这是应该，对于手一点也不感到可惜，本来手就应该给我服务，好像冻掉了也不可惜。走在一家包子铺门前，又买了十个包子，看一看自己带着这些东西，很骄傲，心血时时激动，至于手冻得怎样痛，一点也不可惜。路旁遇见一个老叫花子，又停下来给他一个大铜板，我想我有饭吃，他也是应该吃啊！然而没有多给，只给一个大铜板，那些我自己还要用呢！又摸一摸当票也没有丢，这才重新走，手痛得什么心思也没有了，快到家吧！快到家吧。但是，背上流了汗，腿觉得很软，眼睛有些刺痛，走到大门口，才想起来从搬家还没有出过一次街，走路腿也无力，太阳光也怕起来。

又摸一摸当票才走进院去。郎华仍躺在床上，和我出来的时候一样，他还不习惯于进当铺。他是在想什么。拿包子给他看，他跳起来了：

"我都饿啦，等你也不回来。"

十个包子吃去一大半，他才细问："当多少钱？当铺没欺负你？"

把当票给他，他瞧着那样少的数目：

"才一元，太少。"

虽然说当得的钱少，可是又愿意吃包子，那么结果很满足。他在吃包子的嘴，看起来比包子还大，一个跟着一个，包子消失尽了。

一点白里藏着海

杨立英

　　是年，一众好友结伴出行，在一片翠叶花红，瓜果藤萝中，我选了一棵枯木倚了拍照，自认为高洁冷傲，却无意发现枯木小小的枝丫间绿意藏生。是为日后华丽绽放，厚积薄发？还是懒散了心情，不想在热闹的季节里与众多花草树木拥挤争艳，选择睡了个大懒觉？脑海里瞬间蹦出一个词——枯木藏春。

　　它不追不赶，不急不躁，在春天留白，让我想起一些人和事。

　　大姐高考落榜那年，正逢村里实行分田到户责任制，父亲在县城上班，五口人的责任田，只有母亲半个劳力。大姐对一脸愁容的母亲说："我不复读了，在家种地。"初做农活，心无章法。看到别人家种绿豆，大姐也想种绿豆；看到别人家种花生，大姐也想种花生；看到别人家施肥，大姐也着急忙慌，想去买肥料……母亲不急不躁的态度，惹得大姐大呼小叫。母亲笑笑说："别人家的日子，过不成自己的。跟着风窜的树叶，找不到家。"

　　有一年麦收后，乡邻们大多种植上大豆和玉米，母亲却把我家的地深翻后，荒芜着，引来七言八语的阵阵耻笑。"老杨家这是养草呢？""她家有吃工资的，不缺粮。"……聒噪声并没改变母亲的主意。一个多月后，母亲召集一家人浇水施肥，种上土豆。土地像憋足了劲，催着种子发芽拔节。不久，绿油油的土豆苗开满了洁白的花朵，展露出孤傲的风景。"啊！真好看！"那是许多村民第一次见到土豆花。在赞叹声中，我家秋后的收成比种粮食多出了三分之一。

　　母亲让耕地暂时收藏起绿色，选择缄口不言，只不过是给日后的蓬勃，留了一处深情的空白。

　　同学芹和丈夫是一对俊男靓女，多才多艺的一对人吸引住了众人的目光。不知为何女儿上大学后，他们选择各居一处。芹热衷瑜伽、旗袍秀，男人喜爱摄影、舞文弄墨。芹常在朋友圈晒美人图，一张张风情万种的照片，让人读出生活的滋味。这些照片，均出自男人之手。芹说自己有专职摄影师，男人说自己有专职模特。做了好吃的，芹也邀请男人去吃，男人有饭局也带上芹聚聚。在外人眼里有些异样的两个人，却时常流露出对彼此欣赏的目光。

这种不浓不烈，不远不近，久远绵长的相伴，是一种理解，一种尊重，一种胸襟，更是一种懂得的艺术——留一片白，藏几许深情。

想起马远的《寒江独钓图》，整个画面寥寥数笔，在一片茫茫天地间，仅一孤舟，一钓叟，几点水纹。除此之外，满卷皆空。却让人循着深深浅浅的墨痕，循着升腾起的幽寂之气，让心中的山水一点点跑出来。

每次回忆起与闺密相处的时日，感觉最美的画面就是两个人躺在黄河边的草地，她不言我不语。视线之内全是蓝天白云，青草绿树。黄河水的波涛声在空气里若有若无，两颗心，却静到了极致，让我生出一种方寸天地宽的景象。那时，有些话，不说，比说了好。有些事，不做，比做了好。如画，笔墨多了，整张纸都废了。如月，过于满了，又该缺了。

万物永恒，皆因懂得留一点白。那一点白里，藏着云海间的千亩桃林，万亩花田；那一点白里，藏着人世间的婀娜多姿，气象万千。

一点白里藏着海，藏着星河，一点白里，尽妖娆。

喇叭花的命

王瑞琴

早上，侯婶院子里的喇叭花开得正艳，侯婶咧着嘴笑，让我帮她给她的花拍几张照片。侯婶是我的房东，勤快得很，总是天还没亮就开始忙碌。先把楼上的六七间房子和长长的走廊拖干净，再把楼下院子里的几间平房打扫一下，接着又麻利地把猪圈羊圈里的粪清理掉，忙完家里忙地里，一天到晚干不完的活，有时累得腰都直不起来了，一边走路一边捶打着后腰。别人劝她歇歇，她说闲不着，习惯了。

侯婶很节俭，光知道忙活计，舍不得为自己多花一毛钱。门口来了个游乡卖鞋的，看她脚上的鞋子破了，就劝她买一双，侯婶下意识摸了一下装钱的口袋，里边是刚卖废品的几十块钱，侯婶笑着拍了拍，没舍得掏出来。她说，地里干活，天天跟泥土打交道，穿新鞋怪浪费的。侯婶对家人从不小气，她只克扣自己。

人们便有些看不惯她，背后嘀咕说她就是个喇叭花儿的命，挣的钱不花，都省给她男人便宜了相好的。侯婶知道人们在说她男人的风流事，但她总是憨憨一笑说，都六十岁的人了，还能干个啥，随他去吧。这心真够大的!

过两天她告诉我，因为到沟渠边捡几个饮料瓶，把口袋里的几十块钱丢了，心疼死了。是啊，几个饮料瓶最多卖几毛钱，辛苦半天，捡几个芝麻，丢个大西瓜，的确可惜。类似这样鸡毛蒜皮的事多了，不光如此，她还很喜欢占别人家小便宜，比如谁家的菜成熟了，她就逮机会去背一背篓，谁家果子熟了，也趁空背自己家两背篓，送亲戚朋友。租户门口摆些样品，她会偷偷抱走，人家没办法，换成空箱子摆样品，她直接大摇大摆抱走，人家看到了，她就说不好意思，以为你们不要的呢! 门口的几个垃圾桶天天翻几遍，翻不出点儿啥来誓不罢休的样子，人们轻看她，明里暗里都喊她喇叭花。

在我们这里，喇叭花是一种贬义，是轻贱的意思。喇叭花是一种恶性杂草，总是长在垃圾堆旁，沟渠边不干净的地方，有时顺着沟渠爬到庄稼地里，因为生命力旺盛，怎么也铲除不了。

侯婶把捡回来的菜喂猪喂羊，省下不少饲料，还省得它们烂到地里污染环境。侯婶说，种田人不能惜力，人的身体就像个聚宝盆，力气用完了，歇歇就又来了。的确如此，每次看侯婶累得不行了，躺在床上，用手拍打拍打腰身，缓一阵子，干活的劲头儿就又回来了。

就这样一个人，有一天竟然做了一件事，把我们都给惊到了。也让我们对她有了一个全新的认识。

那天微信群里大家都在转载一篇文章，关于侯婶村里的一个刚毕业的大学生，得了肾病，要透析，以后还要换肾，父亲早已病重去世，哥哥也三十岁了没娶媳妇呢，母亲天天以泪洗面，到处看病家里的钱也花光了，病人无奈自己在网上发起了众筹，村里的乡亲们你二十他一百，临街的小商铺也是你两百他一百地奉献爱心。侯婶听说了这事，知会我们几个熟人邻里提上礼品去看病人，侯婶悄悄告诉我，她揣了六百块钱，要给那可怜的娃看病，我说你哪来的钱？侯婶说，是她这一年卖废品的钱攒起来的，每次卖了废品舍不得花，都藏在裤子里，怕老头拿走买纸烟，她把裤子边靠墙的地方拆了个缝，每次卖了废品都会偷偷藏进去。我听了侯婶的话，有些惭愧，我们两口子在众筹上一人给支持了两百块，而且我们挣钱比侯婶容易得多，侯婶的六百块钱得捡多少瓶子，拾多少纸板子？这些钱是她几毛几块攒起来的，我以后不会再笑她和收废品的讨价还价了，只会佩服她精明能干。

看着这一墙生机蓬勃的喇叭花，定是去年花开后结成的蒴果，在风吹日晒中从裂开的果中弹出的种子，落到泥土里，无须人关照，自顾自在春天破土发芽重现生机，喇叭花蔓的头须总是向上翘着，无论触碰到什么，都会执着地向上攀登缠绕。你看她爬到了墙上、树干上，还有一楼的楼梯扶手上，她们细长的身子弯弯曲曲，努力地向上伸长，她不钻牛角尖，只管向上攀爬，藤蔓细瘦却坚韧，不惧风雨，朵朵花儿在夏日的早上绽放着，不在意观赏者的评说。

喇叭花就是这样，不讲条件，不择富贵与贫瘠，无论多恶劣的环境，它都能陶醉在自己的世界里，憨憨然开出花来。

烦恼是生活赠予你的沉香

梁新英

妹妹一出生头发就是自来卷，极像时下新潮的钢丝发。在偏僻的山村，小孩子顶着另类的头发满街跑，引来人们的指指点点，调皮的男孩喊她"羊毛头"，她双眼冒火，恨恨地直追过去，男孩儿见势不妙溜之大吉。如果目光能杀人，招惹她的男孩早已万劫不复。

她恼恨这一头三千烦恼丝。

柔顺的直发是她的梦，也成为她的痛。女孩子对美的最初认知是感官的，盲从的。在她眼里，美就是拥有一头柔顺直发。

妹妹想通过外力使头发乖顺听话，用红头绳将头发缠住扎紧。红彤彤的"朝天椒"在她头上排兵布阵，头皮被揪得生疼，依然咬牙坚持。被绑过的头发的确直了些，支棱着像倔强的孩子不肯服输，一夜过后又恢复如初。

好在她性格大大咧咧，喜欢和伙伴们出去疯玩儿，对痛苦的记忆像鱼只有七秒，很快淡忘烦恼，接受不可改变的卷发，在童年的河流里悠游。她发明头发"变长"的办法，用马莲叶编成辫子接在头发下，辫梢扎上粉色的蝴蝶结，不时往身后一甩，动作极美。

时兴烫发后，经常有不认识的女子问她在哪儿烫的头发，那样自然有个性。

妹妹彻底释然。

直发和卷发各有各的好，各有各的恼。生活就是这样，有时你讨厌的想抛弃的恰恰是别人欣赏和渴求的，不必为那些改变不了的存在徒然烦恼。欣赏它，就有了别样的韵致，这种美楚楚动人。

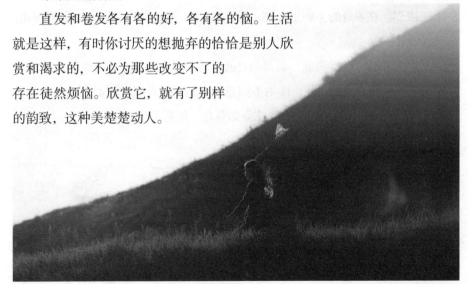

这个世界样貌平凡者众多，沉鱼落雁的四大美女也有自己的缺陷，不完美是人生的一部分。如果能够接纳自己的不完美，就可以坦然接纳世界的不完美。

对史铁生来说，人生不是不完美，而是残忍。在充满激情和活力的最狂妄的年纪双腿残废，这比上帝下达的死亡邀请更可怕。他的灵魂被痛苦浸泡得软塌塌的，瘫在轮椅里，失去了前行的能力。有些时候，接受现实比拥抱死亡还需要勇气。母亲关切的目光像藤，一寸一寸地将他的生命之树缠绕，他挣不脱甩不掉。

史铁生以文字疗伤，终于涅槃重生。上天似乎有意考验这位硬汉，他又患上尿毒症。他说："困境，谁也逃不过，人生的一切事就是在与困境周旋。"沉落在病痛的深渊，生命却开出花朵，他的文章感染了万千读者。

只有从容接纳黑暗，才有资格接纳光明。执意于痛苦和不幸，就像用绳子捆绑住自己，画地为牢将自己囚禁，无法感知生命之美。

苏轼政治上遭陷害，仕途不得意，面对起起伏伏的人生，他心态旷达，接纳不公平的命运。他在田舍间安然生活，以书画、诗词怡情，以美食增趣，风轻云淡地吟出"人间有味是清欢""此心安处是吾乡"。坎坷失意给苏轼以滋养，沉淀为丰厚的人生财富，使他终成一代文学艺术宗师。

有影子的地方，转过身就会发现有光明存在。于失望之中看到希望，于不幸之中感念幸运，林林总总的不完美是生活赠予的沉香，将它研磨得越细碎，香味越浓烈。在岁月的玉炉里轻燃，香气拖着一条长长的尾巴，你走到哪里，它跟到哪里。

人生，不是与世界周旋，而是与自己周旋，只有与自己达成和解，才能与世界和解。接纳真实的自我，接纳不如意的命运，让春风住进心里，人生才会春和景明；让阳光住进心里，灵魂才会如葵花一般蒸蒸日上。

遭受挫折是坏事，但也能变成好事

邓　强

人生路上，爱一个值得你爱的人，是一件非常容易的事；恨一个让你憎恨的人，也是一件很简单的事。难的是去"爱"你的仇人。

通常，遇到针锋相对的竞争对手，你可能会恨不得把他一脚踢开，这样自己才能尽享太平盛世。殊不知，有了竞争对手的存在，你才会一刻也不敢懈怠、勤勤恳恳，结果你才能过上更加美好的生活。

在 1996 年世界爱鸟日这一天，芬兰维多利亚国家公园应广大市民的要求，放飞了一只在笼子里关了四年的秃鹰。事过三日，当那些爱鸟者们还在为自己的善举津津乐道时，一位游客在距公园不远处的一片小树林里发现了这只秃鹰的尸体。解剖发现，秃鹰死于饥饿。

秃鹰本来是一种十分凶悍的鸟，甚至可与美洲豹争食。然而它由于在笼子里关得太久，远离天敌，结果失去了生存能力。

无独有偶。一位动物学家对生活在非洲大草原奥兰治河两岸的羚羊群进行过研究。他发现东岸羚羊群的繁殖能力比西岸的强，奔跑速度也要比西岸的羚羊每分钟快 13 米。而这些羚羊的生存环境和属类都是相同的，饲料来源也一样。

于是，他在东西两岸各捉了 10 只羚羊，把它们送往对岸。结果，运到东岸的 10 只羚羊一年后繁殖到 14 只，运到西岸的 10 只则变得懒惰安逸，致使体弱多病，最终只剩下了 3 只。

最后的结果表示：东岸的羚羊之所以强健，是因为在它们附近生活着一个狼群，西岸的羚羊之所以弱小，正是因为缺少了这么一群天敌。

没有天敌的动物往往最先灭绝，有天敌的动物则会逐步繁衍壮大。

大自然中的这一现象在人类社会也同样存在。敌人的力量会让一个人发挥出巨大的潜能，创造出惊人的成绩。

生活中的许多人总在诅咒对手，或者因为自己遇到了对手而失魂落魄、无所适从。其实，你应该为自己有一个强劲的对手而庆幸，因为有他的存在，才会让你不断进步，不断强大。在面对其他的对手时，你会发现，你从你的对手身上得到了许多。

记得一位先哲说过："无论怎样学习，都不如他在受到挫折时学得迅速、深刻、持久。"挫折，可以成为泯灭一个人理想之火的冷水，也可以成为鞭策一个人发愤成功的动力。

韩信是为刘邦打天下立下了汗马功劳的一位将军。可在他很年轻，还没有练成剑法的时候，一天，一个无赖拦住了他，非要和他决斗，不然的话就要韩信从他的胯下钻过去。这对一个武士而言，是莫大的耻辱，然而韩信是一个胸怀大志的人，他觉得为了和一个市井无赖拼命而使自己的事业发生转折是一件不值得的事。于是韩信不顾人们的嘲笑，从那无赖的胯下钻了过去，然后，大踏步地走了。

正是因为有这种忍一时之辱的勇气，才使他成就了自己的千秋大业。

遭受挫折是坏事，但也能变成好事。心理学家认为：人有三大精神能量源——创造的驱动力，爱情的驱动力，压迫、歧视的反作用驱力。挫折就是一种精神上的压迫，它像一根鞭子，鞭策你鼓足勇气，奋然前行。

当然，要把挫折变成成功的动力，并不是件容易的事，这需要你有开阔的心灵空间，能容纳那些不可容之事。就是说要有宰相肚里能撑船的大度和气量，还需要高悬理想的明灯，树立起坚强的精神支柱，抡起行动的巨斧。唯如此，才能步入成功之旅。

学会对挫折抱着一种积极的态度，受到打击和嘲笑，不是愤恨难消，而是借着打击来锻炼自己的心性品格。这是成功者所共有的特征。

如果你已是一个成功者，那么只要你仔细回想一下，你就会发现真正促使你进步、成功的，不单是自己的能力，不单是朋友和亲人的鼓励，更多的时候，是你的对手激发了你的潜能，促使你不断进步。

所以，庆幸自己曾经遭受过磨难吧，因为这正是你脱颖而出的动力；感谢你强劲的对手吧，因为正是他们使你变得伟大和杰出。

谁的人生不下几场雪呢

梁新英

王姐只要一张嘴，愁与怨就像决堤的水泛滥成灾——女儿考研落第，找不到工作，看不到就业的希望，在省城租房子和生活费比上大学时用得还多。自己患有甲亢、糖尿病，吃的食物相冲相撞……

无论同事和朋友怎样开导、劝慰，她就是听不进去。魔魔怔怔，每天祥林嫂一样重复絮叨着，在忧戚里不能自拔。

有一次，王姐又在倾倒苦水。同事忍无可忍将她推往门外，告诉她——你身上负能量太多太大，我不想做你负面情绪的垃圾桶。关起门来，谁家没有难念的经，谁家没有难唱的曲？孩子就业，老人生病，人到中年哪有身体不报警的？遇到问题，就想办法去解决。改变能改变的，接受不能改变的，顺势而为。陷在沼泽里，必须抓住一切可以抓住的物件奋力爬出来，自甘沉溺，只有死路一条。谁的人生不下几场雪呢？抱怨只会加重寒气，冰冻自己。

美娟是一位高颜值的电台主持人，父亲是处级干部，母亲是大学教授，生活富裕。她和家境贫寒的国栋相爱，不顾母亲反对，毅然嫁给他。国栋发誓，要让妻子成为世界上最幸福的女人。

经过多年打拼，美娟成为当红主播，国栋有了自己的上市公司，两人在自我的成就里日渐荒芜了初心。因为美女插足，他们的婚姻亮起红灯。美娟的世界一夜之间落满了雪，所有的不甘和怨恨化作歇斯底里的哭闹，国栋愤然离家去酒店居住。豪华的别墅冷冷清清，美娟沉溺在痛苦中叹息流泪。逃避或者对抗只能让痛苦蔓延，她决定放爱一条生路，选择和国栋和平分手。结果，冷静下来的国栋终于清醒，恳求美娟原谅，回归了家庭。

买一辆车子还要定期保养维修，爱情也有保质期，婚姻不可能永远牢固不破、不出一点问题，有了漏洞就要及时修补。耿耿于过去，戚戚于未来，反而忽略了当下。幸福的真相就是左手事业，右手家庭，事业要努力经营，家庭更需用心维护，要珍惜拥有的一切。

人降生在这个世界，不可避免地经受磨砺，世界以痛吻我，若以痛止痛，也可强颜欢笑；若豪情放歌，世界怎能阻我？如果把苦痛当成历练成长的机会，这些苦难就能开出花朵。成功者最让人感动的不是他们巨大的成就与辉煌，而是他们一路追求和探索的过程。王阳明在京为官，因得罪宦官入狱，被贬到贵州龙场。龙场乃蛮荒之地，那里环境恶劣。水土不服，与当地居民言语不通，没有房子居住，王阳明的人生之路被大雪覆盖。住茅屋、居山洞，历尽磨难，他不忘求圣之道。在一个静谧之夜，王阳明大悟格物致知宗旨，成为心学的集大成者。上马能出征，下马能讲学，王阳明成为"立德、立功、立言"的完人。

心小了，所有的小事就大了；心大了，所有的大事就小了。那些从容淡定的智者，不是他们的生活永远顺风顺水，而是他们遇到不如意敢于直面，能很快调整自己沉静应对，在磨难过后收获智慧和财富。雪花飘落，它披着寒冬的外衣，如果我们以阳光的心态面对，化掉它的冷寂，只需一个转身，每一朵雪花都是一张笑脸。

人生不易，生活中有着大大小小的痛，它们像一场又一场的落雪，你可以清扫出一条路来继续前行，或者在雪中奔跑，以雪为战，打一场漂亮的雪仗。让落雪来点化你，使你变得睿智。它用冷告诉你"暖"的可贵，告诉你无雪的平常日子多么值得珍惜，告诉你幸福不是你得到了想要的一切，而是与失意、磨难和平共处，让忧愤的心宁静下来，享受到人生曼妙的风景。

谁的人生不下几场雪呢？

当一只虫子有了愿望

洪　征

天气好像比昨天稍微变温暖了一点儿。灿烂的阳光，在窗外温暖而宁静地洒落。

楼根儿底下，草坪上钻出来点点的绿。分散于枯草丛中。像颗颗星星，闪烁着光芒。又像是孩子们的眼睛，眨呀眨的，仿佛正期盼春光。

斜倚窗前，看着自由世界里的生命，在这明媚的春光里萌动。

不经意间，看见窗台上的一只瓢虫。通体的橘黄色，上面有几个漆黑漆黑的圆点儿。头上有两根细细的触角，背上是个弧形的壳。

在煦暖的阳光里，正在努力地沿着冰凉的大理石窗台爬行，一会又顺着窗户玻璃爬。速度极慢，它就像是一位大病初愈的病人，身体有点虚弱。这又好像是它的舞台，它在悠然地跳着独创的舞。慢慢地，向着灿烂温暖的阳光前行。

我心里不禁暗暗佩服这小小的生命。整个冬天，它是怎样躲过严寒的呢？它吃什么喝什么？而且，这间房子，暖气也不太好，到了晚上，更显得冷。连窗台上的花都没能熬过冬天，这个可爱的小家伙，又是怎样挺过来的呢？

我想着，用手指轻轻地推了一下它。它立刻翻了个身，四脚朝天，几个爪子在空中挥舞，仿佛一位议会的议员愤怒地在众人面前挥动双臂，又似乎要揪住空气中的什么，以便翻过身子来。

突然，它带有花纹的硬翅膀，一下子张开了，把它的身体支撑起来，从"仰泳"变成了"狗刨儿"。我用手指拦住它，它伸出两只触角，像是在探测，经过一番深思熟虑，转过头换了个前进路线。

它慢慢地爬上明亮光滑的玻璃，像一位冰上舞蹈家，沉稳而自由地又开始了它的旅程。突然它从上面摔下来，小小的身体在大理石窗台上打着转。它并不吸取教训，依然执着地向着高处前进。我明白了，它是要探触春天。

这回，我没有阻挡它，让它自由地爬向它要去的地方。而两扇玻璃窗中间，厚厚的一层灰，里边有几只已经死去的瓢虫。有的被灰埋了半个身子，有的面朝窗台，有的歪斜着身子……当它爬过同伴的身边时，有一点迟缓。也许它想到了些什么。这些不知名的兄弟姐妹，都死在通往春天的路上。

这时，我悄悄地把窗户打开一道小小的缝隙，让它爬过去。瓢虫不知道爬向哪里了。但愿它在料峭的春寒中飞得更远，寻找到属于它的万紫千红！

法国导演吕克·贝松就如同这样一只虫子，九岁那年，父母带他去摩洛哥度假。他第一次看到了电影，深深地被这种神奇的艺术吸引，一下子迷恋上了电影，从此确立了自己的愿望：要拍世界上最好看的电影。这个年轻人此后摸爬滚打于好莱坞的电影圈，从最底层的小工做起，如一只小甲虫，缓慢而艰苦地爬行，经历着常人难以想象的种种困苦磨难。终于，他拍出了世界上最好看的电影。《第五元素》是他四十岁那年拍摄的，全球票房2亿美元。《这个杀手不太冷》等九部影片，部部经典。他也成为世界上最牛的导演之一。

据说，一块石头有了愿望，它能成就一座宫殿。那么，一只小小的虫子有了愿望，它能编织一座梦想的乐园。

一个美好的愿望，就是生命里的一扇明亮的窗，推开之后，会尽享明媚的春光。上天会厚待那些为了愿望而孜孜不倦的追求者，只要怀着勇敢、坚强而执着的心，他就是不可战胜的！

致敬未来，挥别过往

朱云乔

人生路上，我们总是负重前行，常常喜欢一路上拾捡时光的礼物，有些拆开是惊喜，有些拆开是痛苦的回忆。如果将所有的礼物都背在肩上，最后只会让自己寸步难行。我们都应该做一个智慧的人，学会丢弃，舍得放弃，在一路大好时光里，要勇敢地做自己，致敬未来，挥别过往。

我们大多数平凡人的一生都只有七八个十年，都只拥有一次十足珍贵的二十岁、三十岁、四十岁。我们总是匆匆前行，来不及好好欣赏前方的美景，又不舍得放弃身后的一片土地。我们常常会在这一刻感到后悔，然后去怀念过去的某一刻。或者希望能够抽到人生的再来一次，让时光倒流回到过去。

可是我们都知道，就算时光回到过去，我们未必会选择另一路风景。可能就算重来，还会再走一次此刻的人生。

大学毕业前最后一次卧谈会，睡在我对面的姑娘说，大学最遗憾的是没有勇敢地去做自己想做的事，也没有做好自己该做的事。没有在学生时代好好地爱过一场，亦没有好好珍惜一个深爱自己的人。在过去那段记忆有些空白的岁月里，唯一带有岁月痕迹的不过是不容自己忽视的年纪，而所有的遗憾都在寂静的光阴里时时提醒我们记得回忆。

有人说，青春的时光很长，足够让你储备好自己去完成一个梦想。也有人说，时光短暂，青春也不过那短短十几年。我们从年少走入迷惘，就要在那里周旋好长时光，待我们走出彷徨，青春只有三两年还可以挥霍嚣张。

有些人对时间概念很强，他们记得每一个重大时刻。而有些人总是要过好久才发现原来岁月推着他们已走了那么远的距离。然后，我们又常常停留在光阴的驿站里回望过往。

不久前是好友二十七岁的生日，不同往年邀请朋友欢聚，朋友选择与三两知己，准备一顿温情晚宴，开始一夜成长回忆。

好友说二十岁出头的年纪总是期待又恐惧每一个即将到来的日子，那时候站在起点遥遥望去，总是多愁善感地拒绝快步走出二十岁花季。那时候并不懂得时间真正的意义，走过二十五岁，才真正发现时间的不顾情谊。

年轻时，总是说自己快老了，其实一点都不懂，当我们真的老了，很多事就都做不了也不可能再去做了。我们青春的勇气到老了只剩走路的力气，如果说那时候仅剩的勇气是什么，是勇敢地回忆过去不再暗叹岁月无情。

如今回想过往，总是在迷茫等待中徘徊，总是在害怕失措中停留。连喜欢一个人都要默默地张望好久，最后与他失之交臂送回岁月里。

其实，我们一直都活在幻想和回忆里。我们常说如果当初不怎样，未来就会怎样。可是我们从未想过每一次选择都是过往自己的决定，每一刻的现在也都是那一刻选择的结果。有些事情已经错过，就不会再有重逢的机遇。

在渴望飞翔蓝天前，记得先学会飞翔。在渴望享受自由前，记得先让自己成长。人生就像修行，可以在路上，不一定要一直在路上。不论脚步走到哪里，让心都牵挂着梦想。

时光不会辜负我们的努力，爱情也会听到我们的祈求给我们一个美丽的结果，人生剩下的路上，你只要带着一个勇敢的自己，挥别过去，致敬未来，潇潇洒洒走出一路美丽的风景。

谁人会凭栏意

洪　征

篱笆墙边的黄花摇曳在秋风的怀中。瓦蓝蓝的天空里，白云悠悠流淌。

窗外，是谁的翅膀划过淡淡的秋意？秋天像读过的那本诗集，在手里越翻越薄。

满腹的心事被诗人抛在身后，曲曲折折的小路带着诗人缓缓走向山的怀抱。

登上山巅的亭子，诗人的眼睛里，展开万里江山，如画。

秋天勾勒出缤纷的五彩，尽染层层峰峦。一座座山峰像一匹匹嘶鸣的战马，飞扬起长长的鬃毛，"嗒嗒嗒"奔腾而来。又好像一艘艘急速驶来的战船，飘扬着五彩的战旗，桅杆如擎天之柱，船帆高悬，乘风破浪……

清澈的江水，蜿蜒如带，在天边融入苍穹。

抬首间，云飞风起。

这云啊，在长江里沐浴过，在泰山顶流连过，一丝一缕都付与飞鸿，带来美丽河山的烟云雾霭……

这风啊，看惯了长烟落日，看惯了沙场点兵，看惯了壮士悲歌远去的背影，轻抚诗人面颊。

耳畔松涛阵阵，仿佛金戈铮铮，铁马嘶鸣。那戎马倥偬的岁月啊，以烈火铸就了一颗报国心！

将军百战声名裂。壮岁旌旗拥万夫。想当年，一骑绝尘，笑驱敌虏，捷报飞来如雪，片片飘落金銮殿。万千人马，气势猛如虎，收复中原大地指日可待！天下英雄谁敌手？

然而，韶华转瞬间梦断偏安，壮志应恨佞臣言。

几十年山北江南，而今鬓已星星也！

诗人纵目远眺，天边的夕阳沉入暮霭。他抬手轻抚额头，不禁感叹，知交零落，今后还有谁，在明月的夜里，伴我饮酒酣醉？

而今只剩下白发三千丈。被白发欺人奈何？

那些悲欢离合，越过如隙的时光，火星一般熄灭在命运的地平线下。

也曾经，夜行山路，听蛙声长鸣，闻稻香扑鼻；也曾经，白发翁媪，看小儿卧剥莲蓬，其乐融融一家人。

人生不满百，常怀千岁忧。终究还是，放不下梦中的万里江山。黎民百姓的家仇，江山社稷的国恨，担在诗人的铁肩之上。他怎么能忘记？

斜倚栏杆处，心涛起伏。沦陷的万里江山何日重回大宋的怀抱？好使得天下人"乘风好去，长空万里，直下看山河"？

诗人抽出腰中的龙泉宝剑，闪烁的剑光勾起策马北上的豪情。仿佛看见了自己带领队伍凯旋，朝见君王。临安城里万头攒动，笑脸如花……

天边的一行鸿雁吟哦着飞过，把诗人从虚幻中带回人间。曾经爱上高楼，强说愁。如今独上高楼，把栏杆拍遍，无人会，登临意！诗人无语，独立。

暮色苍茫，一阵秋风撩起如雪的鬓发。

品尝人生的下一块巧克力

曹淑玲

十四岁那年春天，父母在地里干活，他带着九岁的妹妹去附近树林里玩。树林里的春天，像撒了的颜料罐子，各种颜色，真好看。

他喜欢爬到树顶，高高的，那树像张开着的一把降落伞，让他觉得像是飞翔。

妹妹仰着头，说，哥哥，我也想爬，想飞。

等着啊，我来啦! 他麻利地滑下来，像一只灵巧的松鼠。

他抱起妹妹，让妹妹抱紧树，他在下面用力地拖着，越来越向上，向上。妹妹说，高点，哥，再高点。他在下面爬，妹妹在上面爬。够到树杈了，妹妹开心地笑，像风铃一样，满树林响着，爸爸，你看啊，我在这儿!

风把铃声吹断一样，妹妹突然掉了下来。

他吓傻了，所有的人都忘记了他的存在。家里乱了，母亲哭，撕着自己的头发。父亲不说话，蹲在那里，低着头，像要栽进土里。

妹妹没了。

从此，他没了春天，家里也没了春天。父亲一句话都没有，沉默得像一座冰山，他倒宁愿父亲可以狠狠揍他一顿，那样大家心里都好受一些。他不敢看父亲，父亲也不看他。他想逃，逃得越远越好，可是，他不知道该逃到哪里，他从没出过这个小村子。课上，老师说，你们要好好学习，才能到外面的世界去看看。他不知道外面的世界是什么样子，但他却明白了学习的意义，可以让他逃出去，到远方去。

他不再顽劣，不再调皮，做起了好学生。他第一次拿了奖状，小心翼翼地抱着，仿佛抱着一件可以赎罪的珍贵物品，一路跑回家。家里又乱了，又是哭声，大，刺耳，可怕。是母亲的，母亲用头撞着墙，血，顺着额角淌下来。父亲躺在地上一动不动——父亲想妹妹了，所以在那棵树上上吊，也走了。

他怕得要死。抽烟、喝酒、打架，以此来麻痹自己。

他成了老师心目中最难管束的学生。妈妈拿着棍子揍他，怪他不争气。他跑，风一样跑，跑到哪里去呢? 有时他会躲进电影院去，当灯光暗下来，周围黑下来，静下来，银幕上闪出故事。他就想，人生要是也如银幕一样多好，总还有机会上演新的，他人生的银幕早已闭合了，再不会被拉开。

有一次，播放的是《阿甘正传》。一个低智商，腿有点瘸的孩子，为了躲避别人捉弄，只能采取跑的形式。就这么跑着，阿甘竟然跑进了橄榄球场，跑进了大学，跑出了一条属于自己的人生之路。他妈妈在临终前说，人生就像一盒巧克力，你永远不知道下一块是什么滋味。

坐在银幕前的他，伸出舌头下意识地舔了一下，又一下，哪怕嘴边什么都没有。可是，他想去尝一尝。那是什么样的味？是苦？是甜？是涩？他带着一颗发芽的心，走出电影院。

他终于离开了家，没有人知道他去了哪里，也没有人知道，过去会不会像影子一样追上他。

五年之后，他开始给母亲寄去一些钱物，他只是想告诉母亲，他活得还好。汇款单上从来都不留地址，他怕母亲寻他回来。

又过了五年，他终于回来了。他有了自己的公司，而且做得风生水起。这一次，他是回来投资的，他想用这样的方式，彻底告别过去。

我问他，如何彻底克服了这生命中的阴影？他给我看迟子建的小说——《世界上所有的夜晚》，他说他被震撼，那一个一个夜晚里的故事，那么苦，那么黑。但就是在这黑中，主人公找到了黑暗里的光，自己的那一点哀伤放在人世间的这些伤痛里，原来是那么微不足道。

我知道，冰冻三尺非一日之寒，一篇小说固然可以给他投来一束光，但这些年他内心深处的煎熬和磨砺，才是他驯服魔影的皮鞭和缰绳。

只有走出昨天的牢笼，才能去品尝明天的巧克力，即便这一块巧克力未必是如意的，但不耽溺已有的滋味，让心灵的舌尖不断去舔舐品味下一块巧克力，这过程本身就是一种滋味。就像泰戈尔说的那样，有一个夜晚，我烧毁了所有的记忆，从此，我的梦就透明了。有一个早晨，我扔掉了所有的昨天，从此，我的脚步就轻盈了。

亦梦亦幻亦廊桥

王子君

我一眼望见沧浪桥时，真是有如惊鸿一瞥，坠入如梦的意境。它虚幻而真实，并不高耸却雄伟壮观，让人感到它将是永存于世的风景。

我是站在濯水古镇芭茅岛酒店房间的阳台上望见廊桥的，时已过午。

它静静地横卧在江面上，木质桥身，重檐歇顶，形如波浪起伏，状若龙行凤舞。桥下，阿蓬江静水深流，一艘白色游艇正飞驶而过，在苍青色的水面划出洁白如银的光练，水波荡漾，令廊桥安静的倒影轻轻飘摇。岸边，水草丰美，或青或黄，柔柔地与江水、廊桥相映成趣。水鸟不知栖在何处，不时地传出"叽""叽叽，叽叽"甚至是"叽叽叽叽叽叽叽叽"的啁啾鸣唱，有一种隐匿的欢悦气息……

早有人介绍过，这座廊桥建于唐朝，相传是江东一位土司王子为家住江西岸的蒲花公主而建的。不承想，爱情的初心，也化作了造福两岸人民的福音桥。2013 年，千年廊桥遭遇大火，化为灰烬。濯水人悲叹之际，把染黑的江水清淤，把滩涂建成湿地，把荒地辟为花园，把倒伏的水草小心地扶起，给水岸的空地种上芭茅，在旧址上建起了这座新廊桥。新廊桥，依然叫作"沧浪"，却已是集廊、塔、亭、阁于一体，横跨濯水古镇内河、阿蓬江和蒲花河，被评为"世界第一风雨廊桥"，惊世骇俗。

耳畔，响起古老的吟唱之音："沧浪之水清兮，可以濯我缨，沧浪之水浊兮，可以濯我足。"廊桥之所以叫沧浪，莫不是与濯水的"濯"字相呼应？沧浪，这苍青色的水呀，濯我缨，濯我足，更濯我心，濯我民情！

顾不得行车劳顿，我去走廊桥。

印象中廊桥就是一条直直的走廊式通道，哪知这座廊桥路面却如流线，高低起伏，上上下下，需要时而拾级而上，时而沿阶而下。如果你脚步轻快跳跃，那真是一种随波浪起舞的感觉了。我就是这样迈着舞步式的步子，登上了层塔亭，来到最高处的中心楼阁。这里，濯水风光一览无余。

东望，廊桥顶面龙鳞高耸，龙身隐没，古镇街道若隐若现。

西望，廊身蜿蜒，看不到桥头。极目处，是漫天柠红霞光，霞光披拂下的山脉，逶迤秀美。

向桥北俯瞰，看见一片草木花卉间生间长的江滨湿地，色彩缤纷恍如春天。紧贴着泥土，一垄垄红色的花连着橘色的花，水草怀抱着浅浅清清的水塘。三三两两衣着鲜艳的女子，慢悠悠地走在花间栈道上，一群红蓝黄绿的孩童嬉闹追逐，笑声盈盈，不经意地都成了花园里的一部分。

而桥南，竟是一个太极、如意图案相交相错的开阔半岛，岛中还有小岛，水汊、石径、花木、木桥纵横交叉，俨然一幅经过精心设计的图画，有人在画中或坐或立或行，下棋座谈，一派怡然。远处，青山峰峦叠起。啊，那些山也优美极了，它们以廊桥为中心，南边的山头向东靠，北边的山峦也向东靠，似乎廊桥对它们有一些神奇诡异的吸力……

濯水之美，竟然没有死角。

从高高的楼阁下到底部，瞬间，我又被那茎干高深、花穗紧凑的密密芦竹震撼到了。

廊桥两边的花园，沿桥身都种植着一大片芦竹。芦竹，在濯水叫芭茅，更称蒲花。不知那蒲花之名是否源于蒲花公主。蒲花正是开得最盛的时候，高高地立在枝头，一枝挨着一枝，却又枝枝独立，枝枝向天，骄傲、自由、清风一来，摇曳生辉。西天际，此刻成了它们最美的布景。那晚霞，碎金一般铺了半边天，而阿蓬江，已被漫天的流霞染成了青底金彩的水粉画！波光潋滟，天色斑斓，怎一个美字了得！

太美了！太美了！我只有一面拍照，一面叹赞！

我被美景所诱，一步一停，658米的廊桥竟走了一个多小时。待到返回桥头，已是暮色将临，华灯初上，廊桥上灯光齐亮，通体透明，如龙似凤，又齐齐地扑入阿蓬江中，水上水下璀璨辉煌。这是人间仙境，还是天堂幻影?！

我醉了，我陶醉了。所有人都醉了，都陶醉了！

好一座廊桥，好一道江水，好一个濯水，好一曲沧浪歌吟！

廊桥睡去，我也睡去。

我醒来的时候，廊桥也醒来了。

晨光中，那苍青色的水呀，和如龙似凤如彩虹的廊桥，还原为大自然生态原色，尽情融入天地之风、天地之气。

我忍不住再去走廊桥。

廊桥安静得很，江水是安静的，水草是安静的，房舍也是安静的。只有小鸟在栏杆上飞跳，旁若无人地啁啾。而偶尔一两个行人踏出来的脚步声也那么动听，那么富有节奏，反衬得一切静美。

远处的山峦间开始有雾了，淡淡的雾迷蒙地轻轻地飘着，给山水罩上了一幅水墨画的感觉，那些桥，在水上的桥倒映在水中。那富有太极如意意味的半岛，和花团锦簇的北面花园，此刻也不像昨天那样有人在座谈、玩耍、嬉闹，但见水光潋滟，蒲花生长。那蒲花，吸收了一夜的天地精华之气，又高了，又丰润了。

灰白色的民居，安安静静地矗立在两岸，像守护着这座廊桥。这是世界上最长的廊桥，这是世界上最美的廊桥，这是世界上最能遮挡风雨的廊桥啊！

我寻找着最佳的角度拍摄廊桥，但是无论我怎么拍，都无法一下子把整座廊桥收进画面当中，它太长了。

我走走停停，终于走完了658米长的廊桥。

廊桥的西头也是一个花园，叫蒲花园。蒲花园上空飞架着高架桥。花园里，树木修剪成花棚花树的形状，就连桥柱，那一根根高高的桥柱也用绿色的藤蔓植物环绕包裹，绿色的，中间贴上了瓷砖，光洁的瓷面上嵌着蓝色的花，雅致极了。于是，钢筋混凝土的桥柱成了一棵绿树，成了别具一格的花柱景观。远方白色的雾越来越浓，只露出黛色的山峦，做了它的陪衬。

美的桥，美的街道，美的江流，美的青山，美的花园公园，美丽的绿水青山！

我心愉悦至极。

我要以跳跃的步伐原路走过廊桥。

风雨廊桥，刮风下雨时它真能为行人遮风挡雨吗？

我问保洁员。三两个保洁员在优雅地拖着地板，我说她们优雅，是因为她们的动作是轻柔的，生怕多用一点力就会皴坏地面。木质的地板泛着古色古香的光。保洁员自豪地笑。能啊，廊桥始终能够保持干燥。下大雨的时候，雨水也会飘进来。但你看呀，这是人字形廊桥，青瓦木梁，又这么宽绰，有五十米呢，四面通透，雨水自然不会浸到桥中间来，雨水一过，桥面会立即恢复干燥。

我顺口问道，你们热爱这地方吗？保洁员又笑了，你看哈，我们有恁么好看的廊桥，恁么好看的水，有恁么好看的山，人和人之间也没得大事。要是不喜欢这个地方，哪个不是傻子嘛！

保洁员指指桥，指指江，又指指山。我被她们骄傲又风趣的话逗笑了。

一位男士停在旁边，看上去像是廊桥管理员，他插话道：这些年黔江搞文化创新，又大力发展生态旅游，濯水落实得好，老百姓的生活水平和生活环境越来越好，自然越来越热爱自己的家乡了！

我望着他们，猛然醒悟到，濯水古镇，正是因为有像他们一样热爱这里的青山绿水、为这里的一草一木付出汗水与心血的人民，阿蓬江、廊桥、湿地公园……才能各美其美，美美与共，形成并保持一个完整而现代的生态体系。

说着话，天空就飘下细雨，廊桥显出了它作为风雨桥的意义。果然，雨水只在窗棂边探了探，根本飘不进桥里面，行人在廊桥安然地行走，毫不在意。

雨水是温柔的、甜润的，沾染着秋水的气息，和飞鸟的笑声。

这次，我只用了八分钟的时间走过了廊桥。但我觉得我已走过了濯水的悠久历史，走过了廊桥的风风雨雨。

廊桥，连接阿蓬江的东西两岸，更连接由濯水延伸开去的大千世界。

雨水很快就停了。太阳升起来，温情地照耀着古镇的山山水水，照耀着廊桥这梦境一样美好的存在。青山沐着酒红色的光，阿蓬江闪着碎银般的光，人们的脸上洋溢着恬静的光。一切，已经在光尘中。

我把灵魂描绘成一只鸟的样子

曹淑玲

我读着史铁生写的一本书《病隙碎笔》，如若在漆黑迷茫的夜色中偶遇燃灯者。书中没有流露出一丝病的悲苦和阴影，相反你会觉得这是一个身体健康、精力充沛、富有活力的蓬勃旺盛的生命。他写生与死，写苦难与信仰，写残缺与爱情，犹如沐浴在思想的光辉中。执着而开阔的思考，深刻又平易近人的文字，让人觉得他时而是循循善诱的师者，时而是诙谐幽默的友人，时而是语重心长的亲朋，就那么笑着坐在你对面，与你促膝相谈。

可是，这些闪着光芒的启人心智的文字，竟然是在双腿瘫痪，后双肾又衰竭，要靠血液透析才能维持生命的病隙之际写的。每三天透析一回，鲜红的血在"透析仪"汩汩地走，从他的身体里出来，再回到身体里去，那是常人想象不到的一种折磨。身体好一点的时间少之又少，真的像缝隙那样小得可怜，大部分时间受病折磨和与病搏斗，不折不扣的病隙碎笔。难怪他自称职业是生病，业余在写作。

我认识一个与史铁生"同病相怜"的杨阿姨，因地震，八岁那年，她像一只尚未学会飞翔，却被风雨骤然袭击的鸟，一夜成了孤儿。然命运多舛，芳华之龄，又因车祸瘫痪在床。从此肌肉日渐萎缩，骨节多处变形，生活完全不能自理。不服输的她，却偏偏要扼住命运的咽喉，绝不屈服。每次去看她，她总是笑着，从不兜售命运的苦难，却用满腔的热忱努力给身边的老人带去欢乐。

无法走出去，她就数年如一日，坚持听新闻联播，给老人们讲外面的故事。她用歌声勾兑被疼痛浸泡的苦楚，为老人和孩子们唱红歌，歌声嘹亮，声声入耳。她说没有党，她早死了。她用僵硬的、握不住笔的左手，写入党申请书，字七扭八歪，却笔笔如刀痕，刻在纸上，她用仅有的积蓄交党费，一元，两元，十元……她用信仰的力量撑起生命的辽阔。

一只鸟息在窗沿儿上，弹簧一样的小脑袋，一伸一伸的。杨阿姨勉强侧卧在床上，拧着头望向那只鸟。世界很大，可她的世界只是一张床，身体被命运禁锢在床上。她用阳光乐观的心态，不屈不挠的毅力，在苦痛的牢笼中涅槃重生，让灵魂幻化成一只飞鸟，自由鸣唱。世界以痛吻她，她却报之以歌，生活让她遍体鳞伤，但伤口长出的却是翅膀。

　　我常常慨叹和思忖，史铁生有着怎样惊人的毅力和精神。病痛的折磨与日俱增，像随时涌动着冲刷沙滩的海水，一次又一次。如若单凭忍着痛，咬着牙的毅力完成写作，笔下的字恐怕多多少少会像被戴了镣铐的双脚，是羁绊而沉重的，怎么会如此平静而又意味深长？他在书中写："每个人都有残疾，残疾无非是一种局限。唯有灵魂才能对肉身的我和精神的我施以全面督察和引领。"生活中，更多的人因逃不开的苦弱无助而抱怨，阴郁，愤懑，沉沦，逃避，导致精神枯朽，灵魂僵死。他千疮百孔的身体里却飞出一只灵魂的鸟，穿越苦痛的藩篱，牵系着博大的向美向善的爱愿，一路飞翔。就如卡尔·荣格说，人们会想尽办法，各种荒谬的办法，来避免面对自己的灵魂，但只有面对自己灵魂的人，才会觉醒。

　　勇敢地去面对自己的灵魂，呵护它，宠溺它，也锤炼它，它是我们肉体的影子，也是我们生命的引导。如果你的灵魂是一只鸟，你还忍心让肉体沉沦吗？

52等份爱

鲁小莫

接手三年级（一）班，有同事说："这个班的学生不错，只有一个叫王潇伟的，顽皮得很，每次考试，他都要拉下平均分很多，他的品质，也不怎么好……"

走进三年级（一）班教室，我在黑板上写下自己的名字，简单做了一下介绍，然后说："我们班有五十二名学生，老师把爱分成五十二份给大家，希望每一位同学，都能一样地努力。你们说好不好？"

学生齐声答："好——"

"好"还没答完，只听得"扑通"一声，有人掉进桌子下，大家纷纷扭头看他。那个学生捂着屁股站起来，举起另一只手。我点点头。他问："老师，这五十二份爱，是一样多吗？"有同学捂住嘴笑。我看着他，心里明白了：这一位，就是王潇伟了。

王潇伟课堂纪律极差。他常常在我的课讲到兴头时，掉进桌子下，或者发出怪怪的声音，或者将贴画贴到前面同学的后背上，引得同学纷纷侧目，不仅干扰了别的同学听课，还影响着我的讲课情绪。不仅如此，王潇伟的家庭作业从不完成，不论遭到怎样的批评，依然我行我素。

那天，王潇伟的家庭作业照样只字未写。我终于忍无可忍，火了，大声说：

"王潇伟，让你的家长来一趟。"有同学站起来说："老师，王潇伟的父母离婚了，他跟着爸爸，他爸爸老是出差，他住在奶奶家，他奶奶可老了……"王潇伟红了眼，冲着同学喊："谁让你多嘴？"看着小狮子一样愤怒的王潇伟，我的心慢慢沉了下去。

我决定对王潇伟多付出些精力。放了学，我把他留下，看着他把作业做完，我检查后，他才可以回家。渐渐地，王潇伟的成绩有了好转。

可新的问题很快出来。那天，班上一位女同学的杯子丢了。女孩说给我听："老师，我的杯子是蓝色的，昨天刚在友谊超市买的……"有同学打抱不平："老师，杯子是王潇伟偷的。他以前偷过东西。"我看看王潇伟，王潇伟看着说话的同学，仇恨像小刀一样闪过眼睛。我一愣。一个孩子，怎可以有这样的眼神？

我想了一下，对丢杯子的同学说："可能是哪位同学口渴了，又没有带杯子，就借了你的杯子用。也许明天，他就会把杯子还给你，或者，交到老师这里来。"教室里终于安静下来。

放学后，我依然看着王潇伟做完作业，然后不经意似的说："讲个故事给你听。我小时候，有一次跟表妹一起玩，我很喜欢表妹的一把小刀，就悄悄地藏起来。后来被我爸爸知道了，他告诉我，一个人如果偷了别人的东西，往往一生，都要背负小偷的罪名，从那以后，我再也没有拿过别人的东西……"

然而不久，班上另一位同学的钢笔又丢了。大家议论纷纷，都把怀疑的目光投向王潇伟。可是，王潇伟却一言不发。相反，他越来越像一个好孩子了，课堂上，小身子坐得直直的，不再捣乱。可我的心里，却结下一个不大不小的疙瘩。我甚至怀疑，他是不是已经无可救药了。

那天进行课堂测验，结果让我很满意，我决定对大家奖励一次。奖品是一些橡皮本子之类，放在我的办公室。我问："哪位同学去帮老师拿奖品？"教室里齐刷刷伸出一只只小手。王潇伟第一个举起手来，举得最高。我的眼神从他脸上瞟过，喊了另外两个同学的名字。王潇伟的表情从渴望到惊诧，我忽然意识到了自己的眼神，一定是充满轻视的。我想：要解决的问题，不仅是王潇伟，还有我自己。

晚上做作业，王潇伟将头伏在作业本上。我叫他，他抬起头，圆圆的脸上，居然挂了泪水。我静静地等着他开口。他像只受伤的小兽，吸吸鼻子，停了停，一股脑儿从书包里掏出一支钢笔和蓝色水杯，放在桌子上。

我走过去，轻轻揽过他的头，问："你能不能告诉老师，为什么要拿这些东西? 你需要这些东西吗?"

王潇伟抽泣着，说："我看见王舒的妈妈拉着她的手，一起去买钢笔。那个杯子，是张浩的爸爸给他买的。呜呜……"

我的心忽然缩成一团，禁不住抱紧这个孩子。王潇伟则放声哭了起来。

哭够了，王潇伟抽抽搭搭地说："老师，我错了。你给班里每个同学都分了一份爱，每一份爱都应该是相等的，可我这一份，却比别人的多。从今天开始，我把多余的爱还给别的同学。我会做个好孩子……"

我忍不住笑了，眼睛却湿润了。

王潇伟真的说到做到。期中考试，他的成绩有了明显的进步。他的爸爸领着他来办公室找我，一再表示感谢。我对他说：工作固然重要，可是，也请多给孩子一些时间与关怀。这个大男人一个劲地点头。父子俩离开的一瞬，王潇伟忽然转过身，无限温暖地抱紧我。

记忆中缅怀的人

- W I N T E R -

记念刘和珍君

鲁 迅

一

中华民国十五年三月二十五日，就是国立北京女子师范大学为十八日在段祺瑞执政府前遇害的刘和珍杨德群两君开追悼会的那一天，我独在礼堂外徘徊，遇见程君，前来问我道，"先生可曾为刘和珍写了一点什么没有？"我说"没有"。她就正告我，"先生还是写一点罢，刘和珍生前就很爱看先生的文章。"

这是我知道的，凡我所编辑的期刊，大概是因为往往有始无终之故罢，销行一向就甚为寥落，然而在这样的生活艰难中，毅然预定了《莽原》全年的就有她。我也早觉得有写一点东西的必要了，这虽然于死者毫不相干，但在生者，却大抵只能如此而已。倘使我能够相信真有所谓"在天之灵"，那自然可以得到更大的安慰，——但是，现在，却只能如此而已。

可是我实在无话可说。我只觉得所住的并非人间。四十多个青年的血，洋溢在我的周围，使我艰于呼吸视听，那里还能有什么言语？长歌当哭，是必须在痛定之后的。而此后几个所谓学者文人的阴险的论调，尤使我觉得悲哀。我已经出离愤怒了。我将深味这非人间的浓黑的悲凉；以我的最大哀痛显示于非人间，使它们快意于我的苦痛，就将这作为后死者的菲薄的祭品，奉献于逝者的灵前。

二

真的猛士，敢于直面惨淡的人生，敢于正视淋漓的鲜血。这是怎样的哀痛者和幸福者？然而造化又常常为庸人设计，以时间的流驶，来洗涤旧迹，仅使留下淡红的血色和微漠的悲哀。在这淡红的血色和微漠的悲哀中，又给人暂得偷生，维持着这似人非人的世界。我不知道这样的世界何时是一个尽头！

我们还在这样的世上活着；我也早觉得有写一点东西的必要了。离三月十八日也已有两星期，忘却的救主快要降临了罢，我正有写一点东西的必要了。

三

在四十余被害的青年之中，刘和珍君是我的学生。学生云者，我向来这样想，这样说，现在却觉得有些踌躇了，我应该对她奉献我的悲哀与尊敬。她不是"苟活到现在的我"的学生，是为了中国而死的中国的青年。

她的姓名第一次为我所见，是在去年夏初杨荫榆女士做女子师范大学校长，开除校中六个学生自治会职员的时候。其中的一个就是她；但是我不认识。直到后来，也许已经是刘百昭率领男女武将，强拖出校之后了，才有人指着一个学生告诉我，说：这就是刘和珍。其时我才能将姓名和实体联合起来，心中却暗自诧异。我平素想，能够不为势利所屈，反抗一广有羽翼的校长的学生，无论如何，总该是有些桀骜锋利的，但她却常常微笑着，态度很温和。待到偏安于宗帽胡同，赁屋授课之后，她才始来听我的讲义，于是见面的回数就较多了，也还是始终微笑着，态度很温和。待到学校恢复旧观，往日的教职员以为责任已尽，准备陆续引退的时候，我才见她虑及母校前途，黯然至于泣下。此后似乎就不相见。总之，在我的记忆下，那一次就是永别了。

四

我在十八日早晨，才知道上午有群众向执政府请愿的事；下午便得到噩耗，说卫队居然开枪，死伤至数百人，而刘和珍君即在遇害者之列。但我对于这些传说，竟至于颇为怀疑。我向来是不惮以最坏的恶意，来推测中国人的，然而我还不料，也不信竟会下劣凶残到这地步。况且始终微笑着的和蔼的刘和珍君，更何至于无端在府门前喋血呢？

然而即日证明是事实了，作证的便是她自己的尸骸。还有一具，是杨德群君的。而且又证明着这不但是杀害，简直是虐杀，因为身体上还有棍棒的伤痕。

但段政府就有令，说她们是"暴徒"！

但接着就有流言，说她们是受人利用的。

惨象，已使我目不忍视了；流言，尤使我耳不忍闻。我还有什么话可说呢？我懂得衰亡民族之所以默无声息的缘由了。沉默呵，沉默呵！不在沉默中爆发，就在沉默中灭亡。

五

但是，我还有要说的话。

我没有亲见；听说，她，刘和珍君，那时是欣然前往的。自然，请愿而已，稍有人心者，谁也不会料到有这样的罗网。但竟在执政府前中弹了，从背部入，斜穿心肺，已是致命的创伤，只是没有便死。同去的张静淑君想扶起她，中了四弹，其一是手枪，立仆；同去的杨德群君又想去扶起她，也被击，弹从左肩入，穿胸偏右出，也立仆。但她还能坐起来，一个兵在她头部及胸部猛击两棍，于是死掉了。

始终微笑的和蔼的刘和珍君确是死掉了，这是真的，有她自己的尸骸为证；沉勇而友爱的杨德群君也死掉了，有她自己的尸骸为证；只有一样沉勇而友爱的张静淑君还在医院里呻吟。当三个女子从容地转辗于文明人所发明的枪弹的攒射中的时候，这是怎样的一个惊心动魄的伟大呵！中国军人的屠戮妇婴的伟绩，八国联军的惩创学生的武功，不幸全被这几缕血痕抹杀了。

但是中外的杀人者却居然昂起头来，不知道个个脸上有着血污……

六

时间永是流驶，街市依旧太平，有限的几个生命，在中国是不算什么的，至多，不过供无恶意的闲人以饭后的谈资，或者给有恶意的闲人作"流言"的种子。至于此外的深的意义，我总觉得很寥寥，因为这实在不过是徒手的请愿。人类的血战前行的历史，正如煤的形成，当时用大量的木材，结果却只是一小块，但请愿是不在其中的，更何况是徒手。

然而既然有了血痕了，当然不觉要扩大。至少，也当浸渍了亲族，师友，爱人的心，纵使时光流驶，洗成绯红，也会在微漠的悲哀中永存微笑的和蔼的旧影。陶潜说过，"亲戚或余悲，他人亦已歌，死去何所道，托体同山阿。"倘能如此，这也就够了。

七

我已经说过：我向来是不惮以最坏的恶意来推测中国人的。但这回却很有几点出于我的意外。一是当局者竟会这样地凶残，一是流言家竟至如此之下劣，一是中国的女性临难竟能如是之从容。

我目睹中国女子的办事，是始于去年的，虽然是少数，但看那干练坚决，百折不回的气概，曾经屡次为之感叹。至于这一回在弹雨中互相救助，虽殒身不恤的事实，则更足为中国女子的勇毅，虽遭阴谋诡计，压抑至数千年，而终于没有消亡的明证了。倘要寻求这一次死伤者对于将来的意义，意义就在此罢。

　　苟活者在淡红的血色中，会依稀看见微茫的希望；真的猛士，将更奋然而前行。

　　呜呼，我说不出话，但以此记念刘和珍君！

给亡妇

朱自清

　　谦，日子真快，一眨眼你已经死了三个年头了。

　　这三年里世事不知变化了多少回，但你未必注意这些个，我知道。你第一惦记的是你几个孩子，第二便轮着我。孩子和我平分你的世界，你在日如此；你死后若还有知，想来还如此的。告诉你，我夏天回家来着：迈儿长得结实极了，比我高一个头。闰儿父亲说是最乖，可是没有先前胖了。采芷和转子都好。五儿全家夸她长得好看；却在腿上生了湿疮，整天坐在竹床上不能下来，看了怪可怜的。六儿，我怎么说好，你明白，你临终时也和母亲谈过，这孩子是只可以养着玩儿的，他左挨右挨去年春天，到底没有挨过去。这孩子生了几个月，你的肺病就重起来了。我劝你少亲近他，只监督着老妈子照管就行。你总是忍不住，一会儿提，一会儿抱的。可是你病中为他操的那一份儿心也够瞧的。那一个夏天他病的时候多，你成天儿忙着，汤呀，药呀，冷呀，暖呀，连觉也没有好好儿睡过。哪里有一分一毫想着你自己。瞧着他硬朗点儿你就乐，干枯的笑容在黄蜡般的脸上，我只有暗中叹气而已。

　　从来想不到做母亲的要像你这样。从迈儿起，你总是自己喂乳，一连四个都这样。你起初不知道按钟点儿喂，后来知道了，却又弄不惯；孩子们每夜里几次将你哭醒了，特别是闷热的夏季。我瞧你的觉老没睡足。白天里还得做菜，照料孩子，很少得空儿。你的身子本来坏，四个孩子就累你七八年。到了第五个，你自己实在不成了，又没乳，只好自己喂奶粉，另雇老妈子专管她。但孩子跟老妈子睡，你就没有放过心；夜里一听见哭，就竖起耳朵听，工夫一大就得过去看。十六年初，和你到北京来，将迈儿、转子留在家里；三年多还不能去接他们，可真把你惦记苦了。你并不常提，我却明白。你后来说你的病就是惦记出来的；那个自然也有份儿，不过大半还是养育孩子累的。你的短短的十二年结婚生活，有十一年耗费在孩子们身上；而你一点不厌倦，有多少力量用多少，一直到自己毁灭为止。你对孩子一般儿爱，不问男的女的，大的小的。也不想到什么"养儿防老，积谷防饥"，只拼命的爱去。你对于教育老实说有些外行，孩子们只要吃得好玩得好就成了。这也难怪你，你自己便是这样长大的。况且孩子们原都还小，吃和玩本来也要紧。你病重的时候最放不下的还是孩子。病的只剩皮包着骨头了，总不信自己不会好；老说："我死了，这一大群孩子可苦了。"后来说送你回家，你想着可以看见迈儿和转子，也愿意；你万想不到会一走不返的。我送车的时候，你忍不住哭了，说："还不知能不能再见。"可怜，你的心我知道，你满想着好好儿带着六个孩子回来见我的。谦，你那时一定这样想，一定的。

除了孩子，你心里只有我。不错，那时你父亲还在；可是你母亲死了，他另有个女人，你老早就觉得隔了一层似的。出嫁后第一年你虽还一心一意依恋着他老人家，到第二年上我和孩子可就将你的心占住，你再没有多少工夫惦记他了。你还记得第一年我在北京，你在家里。家里来信说你待不住，常回娘家去。我动气了，马上写信责备。你教人写了一封复信，说家里有事，不能不回去。这是你第一次也可以说第末次的抗议，我从此就没给你写信。暑假时带了一肚子主意回去，但见了面，看你一脸笑，也就拉倒了。打这时候起，你渐渐从你父亲的怀里跑到我这儿。你换了金镯子帮助我的学费，叫我以后还你；但直到你死，我没有还你。你在我家受了许多气，又因为我家的缘故受你家里的气，你都忍着。这全为的是我，我知道。那回我从家乡一个中学半途辞职出走。家里人讽你也走。哪里走！只得硬着头皮往你家去。那时你家像个冰窖子，你们在窖里足足住了三个月。好容易我才将你们领出来了，一同上外省去。小家庭这样组织起来了。你虽不是什么阔小姐，可也是自小娇生惯养的，做起主妇来，什么都得干一两手；你居然做下去了，而且高高兴兴地做下去了。菜照例满是你做，可是吃的都是我们；你至多夹上两三筷子就算了。你的菜做得不坏，有一位老在行大大地夸奖过你。你洗衣服也不错，夏天我的绸大褂大概总是你亲自动手。你在家老不乐意闲着；坐前几个"月子"，老是四五天就起床，说是躺着家里事没条没理的。其实你起来也还不是没条理；咱们家那么多孩子，哪儿来条理？在浙江住的时候，逃过两回兵难，我都在北平。真亏你领着母亲和一群孩子东藏西躲的；末一回还要走多少里路，翻一道大岭。这两回差不多只靠你一个人。你不但带了母亲和孩子们，还带了我一箱箱的书；你知道我是最爱书的。在短短的十二年里，你操的心比人家一辈子还多；谦，你那样身子怎么经得住！你将我的责任一股脑儿担负了去，压死了你；我如何对得起你！

你为我的劳什子书也费了不少神；第一回让你父亲的男佣人从家乡捎到上海去。他说了几句闲话，你气得在你父亲面前哭了。第二回是带着逃难，别人都说你傻子。你有你的想头："没有书怎么教书？况且他又爱这个玩意儿。"其实你没有晓得，那些书丢了也并不可惜；不过教你怎么晓得，我平常从来没和你谈过这些个！总而言之，你的心是可感谢的。这十二年里你为我吃的苦真不少，可是没有过几天好日子。我们在一起住，算来也还不到五个年头。无论日子怎么坏，无论是离是合，你从来没对我发过脾气，连一句怨言也没有。——别说怨我，就是怨命也没有过。老实说，我的脾气可不大好，迁怒的事儿有的是。那些时候你往往抽噎着流眼泪，从不回嘴，也不号啕。不过我也只信得过你一个人，有些话我只和你一个人说，因为世界上只你一个人真关心我，真同情我。你不但为我吃苦，更为我分苦；我之有我现在的精神，大半是你给我培养着的。这些年来我很少生病。但我最不耐烦生病，生了病就呻吟不绝，闹那伺候病的人。你是领教过一回的，那回只一两点钟，可是也够麻烦。你常生病，却总不开口，挣扎着起来；一来怕搅我，二来怕没人做你那份儿事。我有一个坏脾气，怕听人生病，也是真的。后来你天天发烧，自己还以为南方带来的疟疾，一直瞒着我。明明躺着，听见我的脚步，一骨碌就坐起来。我渐渐有些奇怪，让大夫一瞧，这可糟了，你的一个肺已烂了一个大窟窿！大夫劝你到西山去静养，你丢不下孩子，又舍不得钱；劝你在家里躺着，你也丢不下那份儿家务。越看越不行了，这才送你回去。明知凶多吉少，想不到只一个月工夫你就完了！本来盼望还见得着你，这一来可拉倒了。你也何尝想到这个？父亲告诉我，你回家独住着一所小住宅，还嫌没有客厅，怕我回去不便哪。

前年夏天回家，上你坟上去了。你睡在祖父母的下首，想来还不孤单的。只是当年祖父母的坟太小了，你正睡在圹底下。这叫做"抗圹"，在生人看来是不安心的；等着想办法哪。那时圹上圹下密密地长着青草，朝露浸湿了我的布鞋。你刚埋了半年多，只有圹下多出一块土，别的全然看不出新坟的样子。我和隐今夏回去，本想到你的坟上来；因为她病了没来成。我们想告诉你，五个孩子都好，我们一定尽心教养他们，让他们对得起死了的母亲——你！谦，好好儿放心安睡吧，你。

祖父死了的时候

萧 红

祖父总是有点变样子，他喜欢流起眼泪来，同时过去很重要的事情他也忘掉。比方过去那一些他常讲的故事，现在讲起来，讲了一半下一半他就说："我记不得了。"

某夜，他又病了一次，经过这一次病，他竟说："给你三姑写信，叫她来一趟，我不是四五年没看过她吗？"他叫我写信给我已经死去五年的姑母。

那次离家是很痛苦的。学校来了开学通知信，祖父又一天一天地变样起来。

祖父睡着的时候，我就躺在他的旁边哭，好像祖父已经离开我死去似的，一面哭着一面抬头看他凹陷的嘴唇。我若死掉祖父，就死掉我一生最重要的一个人，好像他死了就把人间一切"爱"和"温暖"带得空空虚虚。我的心被丝线扎住或铁丝绞住了。

我联想到母亲死的时候。母亲死以后，父亲怎样打我，又娶一个新母亲来。这个母亲很客气，不打我，就是骂，也是指着桌子或椅子来骂我。客气是越客气了，但是冷淡了，疏远了，生人一样。

"到院子去玩玩吧！"祖父说了这话之后，在我的头上撞了一下，"喂！你看这是什么？"一个黄金色的橘子落到我的手中。

夜间不敢到茅厕去，我说："妈妈同我到茅厕去趟吧。"

"我不去！"

"那我害怕呀！"

"怕什么？"

"怕什么？怕鬼怕神？"父亲也说话了，把眼睛从眼镜上面看着我。

冬天，祖父已经睡下，赤着脚，开着纽扣跟我到外面茅厕去。

学校开学，我迟到了四天。三月里，我又回家一次，正在外面叫门，里面小弟弟嚷着："姐姐回来了！姐姐回来了！"大门开时，我就远远注意着祖父住着的那间房子。果然祖父的面孔和胡子闪现在玻璃窗里。我跳着笑着跑进屋去。

但不是高兴，只是心酸，祖父的脸色更惨淡更白了。等屋子里一个人没有时，他流着泪，他慌慌忙忙的一边用袖口擦着眼泪，一边抖动着嘴唇说："爷爷不行了，不知早晚……前些日子好险没跌……跌死。"

"怎么跌的？"

"就是在后屋，我想去解手，招呼人，也听不见，按电铃也没有人来，就得爬啦。还没到后门口，腿颤，心跳，眼前发花了一阵就倒下去。没跌断了腰……人老了，有什么用处！爷爷是八十一岁呢。"

"爷爷是八十一岁。"

"没用了，活了八十一岁还是在地上爬呢！我想你看不着爷爷了，谁知没有跌死，我又慢慢爬到炕上。"

我走的那天也是和我回来那天一样，白色的脸的轮廓闪现在玻璃窗里。

在院心我回头看着祖父的面孔，走到大门口，在大门口我仍可看见，出了大门，就被门扇遮断。

从这一次祖父就与我永远隔绝了。虽然那次和祖父告别，并没说出一个永别的字。我回来看祖父，这回门前吹着喇叭，幡竿挑得比房头更高，马车离家很远的时候，我已看到高高的白色幡竿了，吹鼓手们的喇叭怆凉的在悲号。马车停在喇叭声中，大门前的白幡、白对联、院心的灵棚、闹嚷嚷许多人，吹鼓手们响起呜呜的哀号。

这回祖父不坐在玻璃窗里，是睡在堂屋的板床上，没有灵魂的躺在那里。我要看一看他白色的胡子，可是怎样看呢！拿开他脸上蒙着的纸吧，胡子、眼睛和嘴，都不会动了，他真的一点感觉也没有了？我从祖父的袖管里去摸他的手，手也没有感觉了。祖父这回真死去了啊！

祖父装进棺材去的那天早晨，正是后园里玫瑰花开放满树的时候。我扯着祖父的一张被角，抬向灵前去。吹鼓手在灵前吹着大喇叭。

我怕起来，我号叫起来。

"咣咣！"黑色的，半尺厚的灵柩盖子压上去。

吃饭的时候，我饮了酒，用祖父的酒杯饮的。饭后我跑到后园玫瑰树下去卧倒，园中飞着蜂子和蝴蝶，绿草的清凉的气味，这都和十年前一样。可是十年前死了妈妈。妈妈死后我仍是在园中扑蝴蝶；这回祖父死去，我却饮了酒。

过去的十年我是和父亲打斗着生活。在这期间我觉得人是残酷的东西。父亲对我是没有好面孔的，对于仆人也是没有好面孔的，他对于祖父也是没有好面孔的。因为仆人是穷人，祖父是老人，我是个小孩子，所以我们这些完全没有保障的人就落到他的手里。后来我看到新娶来的母亲也落到他的手里，他喜欢她的时候，便同她说笑，他恼怒时便骂她，母亲渐渐也怕起父亲来。

母亲也不是穷人，也不是老人，也不是孩子，怎么也怕起父亲来呢? 我到邻家去看看，邻家的女人也是怕男人。我到舅家去，舅母也是怕舅父。

我懂得的尽是些偏僻的人生，我想世间死了祖父，就没有再同情我的人了，世间死了祖父，剩下的尽是些凶残的人了。

我饮了酒，回想，幻想……

以后我必须不要家，到广大的人群中去，但我在玫瑰树下颤怵了，人群中没有我的祖父。

所以我哭着，整个祖父死的时候我哭着。

清明祭奠旧时光

何志坚

清明时节雨纷纷，路上行人欲断魂，不知不觉又是一年的清明节了。

打开窗户，雨却没有应节而来，只是一层薄薄的轻雾，淡淡的，轻轻的，柔柔的，太阳欲出未出，似乎在玩捉迷藏，大约这样的节气，它也不好意思和雨抢风头。天色有些黯淡，万物笼罩在一片清幽的肃穆里，仿佛旧日的一幅黑白素描。

忽而传来一阵阵震耳欲聋的鞭炮声，大约是附近有人在祭奠先祖。

清明是个特殊的节气，在这天万物吐故纳新，标示着春天的到来。同时这也是个思念的节气，苏轼说："十年生死两茫茫，不思量，自难忘。"白居易说："冥冥重泉哭不闻，潇潇暮雨人归去。"

而清明真正的意义，也许并不在于祭奠，而在于铭记。也许真的有另一个世界，像《寻梦环游记》里说的那样，我们的祝福与思念，另一个世界里的人都收得到。死亡从来不能让一个人真正的消失，遗忘才会。只要我们始终记得，物质不灭，爱就生生不息。

昨天拜读了文友查老师的《厚藏时光》，深有感触。

"旧物可盛光阴。它们纵然破损，纵然残缺，但在拥有者的心中，千金难换。因为那绝不仅仅是'物'，它后面深藏着光阴和故事，成了你我生命的在场，见证着时光的丰盈。它是时间的道具，一旦摆开，时光就能万里迢迢地回来。它将我们散落的生命点滴一一连贯起来，是时光隧道里一帧帧静默的黑白片。"

我想起林清玄先生在书中写过的一句话，"'天寒露重，望君保重。'这是母亲给我的生命的钟声，在母亲离世多年以后，还温暖着我，使我眼湿。"

真是"家书抵万金"。我搬了无数次家，唯独那些在外求学收到的父亲的书信一直保存着。虽然信纸早已发黄，潦草的字迹也很模糊不清了，但我仍把它们视作珍宝。

记忆深刻的，父亲在信中说得最多的便是"难得糊涂，顺其自然，注意营养，保重身体，常葆快乐"。那时候我的性格内向孤僻，敏感易伤，很不合群，又水土不服，病痛缠身，常常一个人哭着写信回家诉苦，父亲总是如此安慰我。虽只是寥寥数语，却给我带来无比的温暖与力量。许多年之后，常想起，感觉这深沉的父爱可以供养天地。

正如林先生所说，与内心的情谊相比，文字显得无关紧要，作为一个作家想要描摹情意，画家想要涂绘心境，音乐家想要弹奏思想，都只是勉力为之。我们使用了许多复杂的技巧，细致的符号，美丽的象征，丰富的比喻，到最后才发现往往最简单的最能凸显精神，最素朴的最有隽永的可能。

抽屉里有一大沓锈迹斑斑的书信，除了父亲的家书，还有些是我休学之后，同学们给我写的信以及给我抄写的课堂笔记。那时候才真切地感觉到同学们对我的关爱与情谊。有句话说得好，其实这个世界上并不缺乏爱与温暖，而是缺乏感知的能力和一双善于发现的眼睛。看着那密密麻麻的课堂笔记，我眼睛忍不住濡湿了，不知道她们是熬了多少个通宵才给我抄完的，学过医的朋友都知道，我们上课要做的记录特别多。那时候老师不是用黑板，都是用幻灯片，就像现在的多媒体教学。

在自身学业相当繁重的时候，她们还不忘安慰鼓励我，以及坚持给我抄课堂笔记与心得体会。我很惭愧与内疚，一直以为是她们不喜欢我，才知道并不是她们孤立了我，而是我孤立了她们。任何时候，都不要把过错推给别人，多反省自身，学会珍惜与感恩，幸福与友谊自然会来敲门。

二十多年过去了，这些书信早已破败不堪，但如查老师所言，它们承载了岁月的美好和记忆，千金难换。

清明时节除了要祭奠先人与烈士，还应该祭奠一下旧日的时光。祭奠其实就是一种铭记与厚藏。岁月的流逝，更加凸显某些记忆的珍贵。那些爱与温暖在这个冷冽的清明越发地深刻，让人缅怀。只要懂得珍惜与善待，爱便生生不息。

又是一年清明时

蔡 静

一夜绿千枝，梨花落满池，又是清明时。

屈指算来，奶奶离开人世已经二十六年，四分之一世纪的时光从指间悄然流走，来路漫漫，岁月悠长，坟前青草枯荣无数个春秋，只是怀念依旧。

很早就有动笔写一篇纪念奶奶的文章的念头，只是常把岁月蹉跎当作自己疏懒的借口，从少不更事到人已中年，在淡然时光的酝酿下，亲情这杯醇酒越发滋味浓厚，有时午夜梦回，才发觉对至亲的思念与牵挂，一直潜藏在心底的最深处。

很多时候，也许只是窗外的微风从枝头掠过，就能将这根惦念的琴弦轻轻拨动，让心的湖泊荡起层层涟漪。

奶奶是二十世纪二十年代生人，记忆中的她，常年一身浆洗得平平整整的蓝色衣衫，朴素干净且又不失干练通达。在华北这片广袤无边的平原上，她以一个普通乡间妇女的视角，见证了中国二十世纪历史变幻的风云。

印象深刻的是，小时候每次吃馒头时，常常见奶奶一手拿着馒头，另一只手下意识地放在下颌下，姿势怪异有趣。

每次看到这种场景，我都暗自偷笑，误以为是奶奶年纪大了，手脚不灵活了，有时还试图自作聪明地去纠正她的这种动作，但我的努力显然是徒劳的，下一次她依旧如此。

在强烈好奇心的驱使下，便忍不住问她："奶奶，您怎么总是这样啊，习惯改不了了是吗？"

奶奶听了后，先是意味深长地笑了笑，接着回答我说："你哪里知道粮食在咱们农村人心目中的分量啊！旧社会四几年闹饥荒，又有日本鬼子折腾老百姓，那时不知道多少穷苦人倒在了饥饿下。从苦日子过来的人，没有不珍惜粮食的，生怕掉地上哪怕一粒饭渣。"

那时的我，还不能理解奶奶话语中的意思。直到后来看了电影《一九四二》，这部以我家乡为背景的影视剧，它生动再现了那个时代"水旱汤蝗"下民众的苦难与血泪。当时坐在电影院里的我，突然想到了奶奶，想到了她一手拿着馒头，另一只手在下面轻托的画面，顿时湿了眼眶。

八九十年代的乡间，是一幅田园牧歌式的优美画卷。在有微风的夏夜，搬一把竹椅，在奶奶的蒲扇轻风下，仰观苍穹星斗，追随着它们闪烁灵动、此伏彼起的荧光，神游天外；耳边聆听织虫交鸣的大自然和谐曲，悄然而眠。

更为有趣的是，每到秋冬农闲时，走镇串村的说唱艺人，三五结伴同行，眼盲的他们手持长棍，相互搀扶，往往于日暮时分，在村内找一处向街的空地，二胡、竹板，便成了最好的揽客招牌。

纣王的昏庸无道，姜子牙的老骥伏枥，杨家将的满门忠烈，包公的刚正无私，五千年文化长河中一个个善恶分明、鲜活生动的历史人物，弥补了乡邻精神生活上的空白。

本就纯朴、好客的村民，在带给他们难得的听觉盛宴的艺人面前，更是展现出了他们最大的热情。东家端来一碗热汤面，西家是热腾腾的地瓜稀饭，佐以咸香的腌萝卜丝，盛情款待早已饥肠辘辘的客人们。

每次奶奶也是如此，早早做上一锅糊涂面条，拿几个大馒头，老艺人狼吞虎咽，吃得香，吃得欢快，在悄然间便柔化了奶奶这些乡野朴实村邻的心。设身处地的共情，这才是中国人质朴内涵的底色。

时光匆匆，二十六年弹指间，一切都已远去，一切又好像还停留在昨日。只是有时惊梦，恍惚间记得梦中的奶奶慈祥地笑着问我："长大了你会对奶奶好吗？"

"当然会了，给您买很多很多好吃的，吃不完您放起来，行不行？"

"真是我的亲孙子，奶奶没白疼你。"

音容宛在，不由泪如雨下，不能自已！那一年，我上大学；那一年奶奶病逝；那一年，清明雨落，思念成河。

我的祖母之死

徐志摩

一

一个单纯的孩子，过他快活的时光，兴匆匆的，活泼泼的，何尝识别生存与死亡？

这四行诗是英国诗人华茨华斯 (William Wordsworth) 一首有名的小诗叫做"我们是七人" (We Are Seven) 的开端，也就是他的全诗的主意。这位爱自然，爱儿童的诗人，有一次碰着一个八岁的小女孩，发卷蓬松的可爱，他问她兄弟姊妹共有几人，她说我们是七个，两个在城里，两个在外国，还有一个姊妹一个哥哥，在她家里附近教堂的墓园里埋着。但她小孩的心理，却不分清生与死的界限，她每晚携着她的干点心与小盘皿，到那墓园的草地里，独自的吃，独自的唱，唱给她的在土堆里眠着的兄姊听，虽则他们静悄悄的莫有回响，她烂漫的童心却不曾感到生死间有不可思议的阻隔；所以任凭华翁多方的譬解，她只是睁着一双灵动的小眼，回答说：

"可是，先生，我们还是七人。"

二

其实华翁自己的童真，也不让那小女孩的完全，他曾经说："在孩童时期，我不能相信我自己有一天也会得悄悄的躺在坟里，我的骸骨会得变成尘土。"又一次他对人说："我做孩子时最想不通的，是死的这回事将来也会得轮到我自己身上。"

孩子们天生是好奇的，他们要知道猫儿为什么要吃耗子，小弟弟从那里变出来的，或是究竟先有鸡还是先有鸡蛋；但人生最重大的变端——死的现象与实在，他们也只能含糊的看过，我们不能期望一个个小孩子们都是搔头穷思的丹麦王子。他们临到丧故，往往跟着大人啼哭；但他只要眼泪一干，就会到院子里踢毽子，赶蝴蝶，就使在屋子里长眠不醒了的是他们的亲爹或亲娘，大哥或小妹，我们也不能盼望悼死的悲哀可以完全翳蚀了他们稚羊小狗似的欢欣。你如其对孩子说，你妈死了，你知道不知道——他十次里有九次只是对着你发呆；但他等到要妈叫妈，妈偏不应的时候，他的嫩颊上就会有热泪流下。但小孩天然的一种表情，往往可以给人们最深的感动。我生平最忘不了的一次电影，就是描写一个小孩爱恋已死母亲的种种天真的情景。她在园里看种花，园丁告诉她这花在泥里，浇下水去，就会长大起来。那天晚上天下大雨，她睡在床上，被雨声惊醒了，忽然想起园丁的话，她的小脑筋里就发生了绝妙的主意。她偷偷的爬出了床，走下楼梯，到书房里去拿下桌上供着的她死母的照片，一把揣在怀里，也不顾倾倒着的大雨，一直走到园里，在地上用园丁的小锄掘松了泥土，把她怀里的亲妈，谨慎的取了出来，栽在泥里，把松泥掩护着；她做完了工就蹲在那里守候——一个三四岁的女孩，穿着白色的睡衣，在深夜的暴雨里，蹲在露天的地上，专心笃意的盼望已经死去的亲娘，像花草一般，从泥土里发长出来！

三

我初次遭逢亲属的大故，是二十年前我祖父的死，那时我还不满六岁。那是我生平第一次可怕的经验，但我追想当时的心理，我对于死的见解也不见得比华翁的那位小姑娘高明。我记得那天夜里，家里人吩咐祖父病重，他们今夜不睡了，但叫我和我的姊妹先上楼睡去，回头要我们时他们会来叫的。我们就上楼去睡了，底下就是祖父的卧房，我那时也不十分明白，只知道今夜一定有很怕的事，有火烧，强盗抢，做怕梦，一样的可怕。我也不十分睡着，只听得楼下的急步声，碗碟声，唤婢仆声，隐隐的哭泣声，不息的响音。过了半夜，他们上来把我从睡梦里抱了下去，我醒过来只听得一片的哭声，他们已经把长条香点起来，一屋的烟，一屋子的人，围拢在床前，哭的哭，喊的喊，我也挨了过去，在人丛里偷看大床里的好祖父。忽然听说醒了醒了，哭喊声也歇了，我看见父亲爬在床里，把病父抱持在怀里，祖父倚在他的身上，双眼紧闭着，口里衔着一块黑色的药物他说话了，很清的声音，虽则我不曾听明他说的什么话，后来知道他经过了一阵昏晕，他又醒了过来，对家人说："你们吃吓了，

这算是小死。"他接着又说了好几句话，随讲音随低，呼气随微，去了，再不醒了，但我却不曾亲见最后的弥留，也许是我记不起，总之我那时早已跪在地板上，手里擎着香，跟着大众高声的哭喊了。

四

此后我在亲戚家收殓虽则看得不少，但死的实在的状况却不曾见过。我们念书人的幻想力是比较的丰富，但往往因为有了幻想力，就不管生命现象的实在，结果是书呆子，陆放翁说"百无一用是书生"。人生的范围是无穷的：我们少年时精力充足什么都不怕尝试，只愁没有出奇的事情做，往往抱怨这宇宙太窄，青天太低，大鹏似的翅膀飞不痛快，但是……但是平心的说，且不论奇的，怪的，特别的，离奇的，我们姑且试问人生里最基本的事实，最单纯的，最普遍的，最平庸的，最近人情的经验，我们究竟能有多少的把握，我们能有多少深澈的了解，我们是否都亲身经历过？譬如说：生产，恋爱，痛苦，悲，死，妒，恨，快乐，真疲倦，真饥饿，渴，毒焰似的渴，真的幸福，冻的刑罚，忏悔，种种的情热。我可以说，我们平常人生观，人类，人道，人情，真理，哲理，本能等等名词不离口吻的念书人们，什么文学家，什么哲学家——关于真正人生基本的事实的实在，知道的——恐怕是极微至鲜，即使不等于圆圈。我有一个朋友，他和他夫人的感情极厚，一次他夫人临到难产，因为在外国，所以进医院什么都得他自己照料，最后医生宣言只有用手术一法，但性命不能担保，他没有法子，只好和他半死的夫人诀别（解剖时亲属不准在旁的）。满心毒魔似的难受，他出了医院，走在道上，走上桥去，像得了离魂病似的，心脉春臼似的跳着，最后他听着了教堂和缓的钟声，他就不自主的跟着钟声，进了教堂，跟着在做礼拜的跪着，祷告，忏悔，祈求，唱诗，流泪（他并不是信

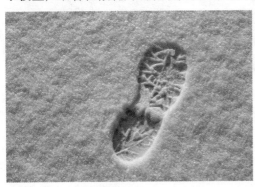

教的人），他这样的挨过时刻，后来回转医院时，一步步都是惨酷的磨难。比上行刑场的犯人，加倍的难受。他怕见医生与看护妇，仿佛他的运命是在他们手掌里握着。事后他对人说："我这才知道了人生一点子的意味！"

所以不曾经历过精神或心灵的大变的人们，只是在生命的户外徘徊，也许偶尔猜想到几分墙内的动静，但总是浮的浅的，不切实的，甚至完全是隔膜的。人生也许是个空虚的幻梦，但在这幻象中，生与死，恋爱与痛苦，毕竟是陡起的奇峰，应得激动我们彷徨者的注意，在此中也许有可以感悟到一些幻里的真，虚中的实，这浮动的水泡不曾破裂以前，也应得饱吸自由的日光，反射几丝颜色！

我是一只不羁的野驹，我往往纵容想象的猖狂，诡辩人生的现实；比如凭借凹折的玻璃，觉察当前景色。但时而复再，我也能从烦嚣的杂响中听出清新的乐调，在炫耀的杂彩里，看出有条理的意匠。这次祖母的大故，老家庭的生活，给我不少静定的时刻，不少深刻的反省。我不敢说我因此感悟了部分的真理，或是取得了若干的智慧；我只能说我因此与实际生活更深了一层的接触，益发激动我对于人生种种好奇的探讨，益发使我惊讶这迷谜的玄妙，不但死是神奇的现象，不但生命与呼吸是神奇的现象，就连日常的生活与习惯与迷信，也好像放射着异样的光闪，不容我们擅用一两个形容词来概状，更不容我们昌言什么主义来抹煞——一个革新者的热心，碰着了实在的寒冰！

六

我在我的日记里翻出一封不曾写完不曾付寄的信，是我祖母死后第二天的早上写的。我那时在极强烈的极鲜明的时刻内，很想把那几日经过感想与疑问，痛快的写给一个同情的好友，使他在数千里外也能分尝我强烈的鲜明的感情。

那位同情的好友我选中了通伯，但那封信却只起了一个呆重的头，一为丧中忙，二为我那时眼热不耐用心，始终不曾写就，一直挨到现在再想补写，恐怕强烈已经变弱，鲜明已经透暗，逃亡的囚遁，不易追获的了。我现在把那封残信

录在这里，再来追摹当时的情景。

通伯：我的祖母死了！从昨夜十时半起，直到现在，满屋子只是号啕呼抢的悲音，与和尚道士女僧的礼忏鼓磬声。二十年前祖父丧时的情景，如今又在眼前了。忘不了的情景！你愿否听我讲些？

我一路回家，怕的是也许已经见不到老人，但老人却在生死的交关仿佛存心的弥留着，等待她最钟爱的孙儿——即不能与他开言诀别，也使他尚能把握她依然温暖的手掌，抚摩她依然跳动着的胸怀。凝视她依然能自开自阖虽则不再能表情的目睛。她的病是脑充血的一种，中医称为"卒中"（最难救的中风）。她十日前在暗房里踬仆倒地，从此不再开口出言，登仙似的结束了她八十四岁的长寿，六十年良妻与贤母的辛勤，她现在已经永远的脱辞了烦恼的人间，还归她清净自在的来处。我们承受她一生的厚爱与荫泽的儿孙，此时亲见，将来追念，她最后的神化，不能自禁中怀的摧痛，热泪暴雨似的盆涌，然痛心中却亦隐有无穷的赞美，热泪中依稀想见她功成德备的微笑，无形中似有不朽的灵光，永远的临照她绵衍的后裔……

七

旧历的乞巧那一天，我们一大群快活的游踪，驴子灰的黄的白的，轿子四个脚夫抬的，正在山海关外，纡回的，曲折的绕登角山的栖贤寺，面对着残圮的长城，巨虫似的爬山越岭，隐入烟霭的迷茫。那晚回北戴河海滨住处，已经半夜，我们还打算天亮四点钟上莲峰山去看日出，我已经快上床，忽然想起了，出去问有信没有，听差递给我一封电报，家里来的四等电报。我就知道不妙，果然是"祖母病危速回"！我当晚就收拾行装，赶早上六时车到天津，晚上才上津浦快车。正嫌路远车慢，半路又为发水冲坏了轨道过不去，一停就停了十二

点钟有余，在车里多过了一夜，直到第三天的中午方才过江上沪宁车。这趟车如其准点到上海，刚好可以接上沪杭的夜车，谁知道又误了点，误了不多不少的一分钟，一面我们的车进站，他们的车头鸣的一声叫，别断别断的

去了！我若然是空身子，还可以冒险跳车，偏偏我的一双手又被行李雇定了，所以只得定着眼睛送它走。

所以直到八月二十二日的中午我方才到家。我给通伯的信说"怕是已经见不着老人"，在路上那几天真是难受，缩不短的距离没有法子，但是那急人的水发，急人的火车，几面凑拢来，叫我整整的迟一昼夜到家！试想病危了的八十四岁的老人，这二十四点钟不是容易过的，说不定她刚巧在这个期间内有什么动静，那才叫人抱憾哩！但是结果还算没有多大的差池——她老人家还在生死的交关等着！

八

奶奶——奶奶——奶奶！奶——奶！你的孙儿回来了，奶奶！没有回音。老太太阖着眼，仰面躺在床里，右手拿着一把半旧的雕翎扇很自在的扇动着。老太太原来就怕热，每年暑天总是扇子不离手的，那几天又是特别的热。这还不是好好的老太太，呼吸顶匀净的，定是睡着了，谁说危险！奶奶，奶奶！她把扇子放下了，伸手去摸着头顶上挂着的冰袋，一把抓得紧紧的，呼了一口长气，像是暑天赶道儿的喝了一碗凉汤似的，这不是她明明的有感觉不是？我把她的手拿在我的手里，她似乎感觉我手心的热，可是她也让我握着，她开眼了！右眼张得比左眼开些，瞳子却是发呆，我拿手指在她的眼前一挑，她也没有瞬，那准是她瞧不见了——奶奶，奶奶，——她也真没有听见，难道她真是病了，真是危险，这样爱我疼我宠我的好祖母，难道真会得……我心里一阵的难受，鼻子里一阵的酸，滚热的眼泪就迸了出来。这时候床前已经挤满了人，我的这位，我的那位，我一眼看过去，只见一片惨白忧愁的面色，一双双装满了泪珠的眼眶。我的妈更看的憔悴。她们已经伺候了六天六夜，妈对我讲祖母这回不幸的情形，怎样的她夜饭前还在大厅上吩咐事情，怎样的饭后进房去自己擦脸，不知怎样的闪了下去，外面人听着响声才进去，已经是不能开口了，怎样的请医生，一直到现在还没有转机……

一个人到了天伦骨肉的中间，

整套的思想情绪，就变换了式样与颜色。你的不自然的口音与语法没有用了；你的耀眼的袍服可以不必穿了；你的洁白的天使的翅膀，预备飞翔出人间到天堂的，不便在你的慈母跟前自由的开豁；你的理想的楼台亭阁，也不轻易的放进这二百年的老屋；你的佩剑，要塞，以及种种的防御，在争竞的外界即使是必要的，到此只是可笑的累赘。在这里，不比在其余的地方，他们所要求于你的，只是随熟的声音与笑貌，只是好的，纯粹的本性，只是一个没有斑点子的赤裸裸的好心。在这些纯爱的骨肉的经纬中心，不由得你不从你的天性里抽出最柔糯亦最有力的几缕丝线来加密或是缝补这幅天伦的结构。

所以我那时坐在祖母的床边，含着两朵热泪，听母亲叙述她的病况，我脑中发生了异常的感想，我像是至少逃回了二十年的光阴，正如我膝前子侄辈一般的高矮，回复了一片纯朴的童真，早上走来祖母的床前，揭开帐子叫一声软和的奶奶，她也回叫了我一声，伸手到里床去摸给我一个蜜枣或是三片状元糕，我又叫了一声奶奶，出去玩了，那是如何可爱的辰光，如何可爱的天真，但如今没有了，再也不回来了。现在床里躺着的，还不是我的亲爱的祖母，十个月前我伴着到普陀登山拜佛清健的祖母，但现在何以不再答应我的呼唤，何以不再能表情，不再能说话，她的灵性那里去了，她的灵性那里去了？

九

一天，一天，又是一天——在垂危的病榻前过的时刻，不比平常飞驶无碍的光阴，时钟上同样的一声的嗒，直接的打在你的焦急的心里，给你一种模糊的隐痛——祖母还是照样的眠着，右手的脉自从起病以来已是极微仅有的，但不能动弹的却反是有脉的左侧，右手还是不时在挥扇，但她的呼吸还是一例的平匀，面容虽不免瘦削，光泽依然不减，并没有显著的衰象，所以我们在旁边看她的，差不多每分钟都盼望她从这长期的睡眠中醒来，打一个哈欠，就开眼

见人，开口说话——果然她醒了过来，我们也不会觉得离奇，像是原来应当似的。但这究竟是我们亲人绝望中的盼望，实际上所有的医生，中医，西医，针医，都已一致的回绝，说这是"不治之症"，中医说这脉象是凭证，西医说脑壳里血管破裂，虽

则植物性机能——呼吸，消化——不曾停止，但言语中枢已经断绝——此外更专门更玄学更科学的理论我也记不得了。所以暂时不变的原因，就在老太太本来的体元太好了，拳术家说的"一时不能散工"，并不是病有转机的兆头。

我们自己人也何尝不明白这是个绝症；但我们却总不忍自认是绝望：这"不忍"便是人情。我有时在病榻前，在凄悒的静默中，发生了重大的疑问。科学家说人的意识与灵感，只是神经系最高的作用，这复杂，微妙的机械，只要部分有了损伤或是停顿，全体的动作便发生相当的影响；如其最重要的部分受了扰乱，他不是变成反常的疯癫，便是完全的失去意识。照这一说，体即是用，离了体即没有用；灵魂是宗教家的大谎，人的身体一死什么都完了。这是最干脆不过的说法，我们活着时有这样有那样已经尽够麻烦，尽够受，谁还有兴致，谁还愿意到坟墓的那一边再去发生关系，地狱也许是黑暗的，天堂是光明的，但光明与黑暗的区别无非是人类专擅的假定，我们只要摆脱这皮囊，还归我清静，我就不愿意头戴一个黄色的空圈子，合着手掌跪在云端里受罪！

再回到事实上来，我的祖母——一位神智最清明的老太太——究竟在那里？我既然不能断定因为神经部分的震裂她的灵感性便永远的消灭，但同时她又分明的失却了表情的能力，我只能设想她人格的自觉性，也许比平时消灒了不少，却依旧是在着，像在梦魇里将醒未醒时似的，明知她的儿女孙曾不住的叫唤她醒来，明知她即使要永别也总还有多少的嘱咐，但是可怜她的睛球再不能反映外界的印象，她的声带与口舌再不能表达她内心的情意，隔着这脆弱的肉体的关系，她的性灵再不能与她最亲的骨肉自由的交通——也许她也在整天整夜的伴着我们焦急，伴着我们伤心，伴着我们出泪，这才是可怜，这才真叫人悲戚哩！

十

到了八月二十七那天，离她起病的第十一天，医生吩咐脉象大大的变了，叫我们当心，这十一天内每天她只咽入很困难的几滴稀薄的米汤，现在她的面上的光泽也不如早几天了，她的目眶更陷落了，她的口部的筋肉也更宽弛了，她右手的动作也减少了，即使拿起了扇子也不再能很自然的扇动了——她的大限的确已经到了。但是到晚饭后，反是没有什么显象。同时一家人着了忙，准备

寿衣的，准备冥银的，准备香灯等等的。我从里走出外，又从外走进里，只见匆忙的脚步与严肃的面容。这时病人的大动脉已经微细的不可辨，虽则呼吸还不至怎样的急促。这时一门的骨肉已经齐集在病房里，等候那不可避免的时刻。到了十时光景，我和我的父亲正坐在房的那一头一张床上，忽然听得一个哭叫的声音说——"大家快来看呀，老太太的眼睛张大了！"这尖锐的喊声，仿佛是一大桶的冰水浇在我的身上，我所有的毛管一齐竖了起来，我们跟跄的奔到了床前，挤进了人群。果然，老太太的眼睛张大了，张得很大了！这是我一生从不曾见过，也是我一辈子忘不了的眼见的神奇。（恕罪我的描写！）不但是两眼，面容也是绝对的神变了(Transfigured)：她原来皱缩的面上，发出一种鲜润的彩泽，仿佛半瘀的血脉，又一度充满了生命的精液，她的口，她的两颊，也都回复了异样的丰润；同时她的呼吸渐渐的上升，急进的短促，现在已经几乎脱离了气管，只在鼻孔里脆响的呼出了。但是最神奇不过的是一双眼睛！她的瞳孔早已失去了收敛性，呆顿的放大了。但是最后那几秒钟！不但眼眶是充分的张开了，不但黑白分明，瞳孔锐利的紧敛了，并且放射着一种不可形容，不可信的辉光，我只能称他为"生命最集中的灵光"！这时候床前只是一片的哭声，子媳唤着娘，孙子唤着祖母，婢仆争喊着老太太，几个稚龄的曾孙，也跟着狂叫太太……但老太太最后的开眼，仿佛是与她亲爱的骨肉，作无言的诀别，我们都在号泣的送终，她也安慰了，她放心的去了。在几秒时内，死的黑影已经移上了老人的面部，遏灭了生命的异彩，她最后的呼气，正似水泡破裂，电光杳灭，菩提的一响，生命呼出了窍，什么都止息了。

十一

我满心充塞了死象的神奇，同时又须顾管我有病的母亲，她那时出性的号啕，在地板上滚着，我自己反而哭不出来；我自己也觉得奇怪，眼看着一家长幼的涕泪滂沱，耳听着狂沸似的呼抢号叫，我不但不发生同情的反应，却反而达到了一个超感情的，静定的，幽妙的意境，我想象的看见祖母脱离了躯壳与人间，穿着雪白的长袍，冉冉的上升天去，我只想默默的跪在尘埃，赞美她一生的功德，赞美她一生的圆寂。这是我的设想！我们内地人却没有这样纯粹的宗教思想；他们的假定是不论死的是高年厚德的老人或是无知无愆的幼孩，或是罪大恶极的凶人，临到弥留的时刻总是一例的有无常鬼，摸壁鬼，牛头马面，赤发獠牙的阴差等等到门，拿着镣链枷锁，来捉拿阴魂到案。所以烧纸帛是平他们的暴戾，最后的呼抢是没奈何的诀别。这也许是大部分临死时实在的情景，但我们却不能概定所有的灵魂都不免遭受这样的凌辱。譬如我们的祖老太太的死，我只能想象她是登天，只能想象她慈祥的神化——像那样鼎沸的号啕，固然是至性不能自禁，但我总以为不如匐伏隐泣或默祷，较为近情，较为合理。

理智发达了，感情便失了自然的浓挚；厌世主义的看来，眼泪与笑声一样是空虚的，无意义的。但厌世主义姑且不论，我却不相信理智的发达，会得妨碍天然的情感；如其教育真有效力，我以为效力就在剥削了不合理性的"感情作用"，但决不会有损真纯的感情；他眼泪也许比一般人流得少些，但他等到流泪的时候，他的泪才是应流的泪。我也是智识愈开流泪愈少的一个人，但这一次却也真的哭了好几次。一次是伴我的姑母哭的，她为产后不曾复元，所以祖母的病一直瞒着她，一直到了祖母故后的早上方才通知她。她扶病来了，她还不曾下轿，我已经听出她在啜泣，我一时感觉一阵的悲伤，等到她出轿放声时，我也在房中嘘唏不住。又一次是伴祖母当年的赠嫁婢哭的。她比祖母小十一岁，今年七十三岁，亦已是个白发的婆子，她也来哭她的"小姐"，她是见着我祖母的花烛的唯一个人，她的一哭我也哭了。

再有是伴我的父亲哭的。我总是觉得一个身体伟大的人，他动情感的时候，动人的力量也比平常人伟大些。我见了我父亲哭泣，我就忍不住要伴着淌泪。但是感动我最强烈的几次，是他一人倒在床里，反复的啜泣着，叫着妈，像一个小孩似的，我就感到最热烈的伤感，在他伟大的心胸里浪涛似的起伏，我就感到母子的感情的确是一切感情的起源与总结，等到一失慈爱

的荫庇，仿佛一生的事业顿时莫有了根柢，所有的快乐都不能填平这唯一的缺陷；所以他这一哭，我也真哭了。

但是我的祖母果真是死了吗？她的躯体是的。但她是不死的。诗人勃兰恩德[①](Bryant) 说：

So live, that when thy summons comes to join the innumerable caravan, which moves to that mysterious realm where each one takes his chamber in the silent halls of death, then go not, like the quarry slave at night scourged to his dungeon, but sustained and soothed.

By an unfaltering truth, approach thy grave like one that wraps the drapery of his couch, about him, and lies down to pleasant dreams.[②]

如果我们的生前是尽责任的，是无愧的，我们就会安坦的走近我们的坟墓，我们的灵魂里不会有惭愧或悔恨的啮痕。人生自生至死，如勃兰恩德的比喻，真是大队的旅客在不尽的沙漠中进行，只要良心有个安顿，到夜里你卧倒在帐幕里也就不怕噩梦来缠绕。

我的祖母，在那旧式的环境里，到我们家来五十九年，真像是做了长期的苦工，她何尝有一日的安闲？不必说子女的嫁娶，就是一家的柴米油盐，扫地抹桌，那一件事不在八十岁老人早晚的心上！我的伯父快近六十岁了，但他的起居饮食，还差不多完全是祖母经管的，初出世的曾孙如其有些身热咳嗽，老太太晚上就睡不安稳；她爱我宠我的深情，更不是文字所能描写；她那深厚的慈荫，真是无所不包，无所不蔽。但她的身心即使劳碌了一生，她的报酬却在灵魂无上的平安；她的安慰就在她的儿女孙曾，只要我们能够步她的前例，各尽天定的责任，她在冥冥中也就永远的微笑了。

---

① 勃兰恩德：通译布赖恩特 (1794—1878)，美国诗人。
② 译为："活下去吧，一旦受到召唤，去加入向那神秘的领域行进的绵延不断的旅行队伍，在笼罩着死亡的寂静的宅第里住下，不要像那逃奴，在夜晚里被鞭子抽着回到他的地牢，而应该镇定与平等。/一个永恒不变的真理，走进坟墓的时候就像一个人掩上他床边的帷幕，然后躺下进入愉快的梦乡。"

清明是一方矮矮的坟墓

刘草心

小时候，清明节于我就如一次访山问水，意趣盎然的春游。

清明那几日，爸爸总要带着我跋山涉水，风雨兼程，赶回湘中那遥远的小山村，而几乎每次，我欢跳着转过村口，总能发现村头的黄土屋前，站着一个矮小的身影，那就是我的爷爷，清明快到的那几天，爷爷总会站在那里，站着、望着、等待着第一时间看到我们归来。拐过村口，看到那个瘦小的身影，爸爸妈妈在那里亦步亦趋地按照老节奏走，而我会飞快跑起来，跑向爷爷，跑向那茅檐土屋垒成的老家。爷爷老远就笑了。"爷爷! 爷爷!"爷爷在那里一声接一声地应着: 哎! 哎! 哎! 我气喘吁吁停下脚步，扑向爷爷，爷爷皱纹密布的脸上开成一朵花，手麻利地从里衣口袋掏出几粒包装五颜六色的糖，慈祥笑道："回来了! 晕车吗? 嘿嘿，崽又长高了。"

江南的村庄，都有两个庄园，一个是乡亲的庄园，另一个是祖宗的庄园。我们老家，栖在山窝里面，前面是山，后面是山，左面右面都是山，山都不高，都是丘陵。而村庄后面的山丘上，有一个很大很大的庄园，那是我的老爷爷、老奶奶以及列祖列宗居住的地方，他们鸟瞰着山下的村庄，鸟瞰着他们的子孙后代，爷爷总是说: 草心，你只管放心大胆地往前走吧，你老爷爷老奶奶在后面看护着你的，你走哪里，他们都看护着你。那时，我傻傻地问: 我走到南京，他们还看得到我吗? 爷爷说: 你到南京，他们看护着你走南京。我又傻傻地问: 那我跑到北京呢? 爷爷说: 他们就会看护着你走在北京的街头。

好几次，我梦里看到我爷爷，站在北京一个高处，我一回头，看到他在那里笑，皱纹密布的脸笑成一朵花。

梦回清明。

爷爷带着爸爸叔叔，带着我和我小弟，扛着锄头，背着祭品，拎着纸花纸钱，沿着弯曲的羊肠小道上山了。清明时节雨纷纷，路上行人来来往往，人真多啊，树已发芽，草已破土，无名小花已含苞待放，山青青，草萋萋，风习习，雨蒙蒙，一路上，鞭炮声此起彼伏，不绝于耳，热闹非凡。原本拥挤的山道更是难以前行。

爷爷总是紧紧地牵着我的手，而我总想挣脱，我总想去看树上的春天，总想去看草上的春天，总想去看花苞上的春天，有爷爷在，每一个清明，我看到的不是坟墓，我看到的都是春天。我从来都没想过，这个春意盎然的春山之上，有一天，会是我爷爷的居所。

来到先辈坟前，爷爷利索地拨开坟前的野草，露出石碑，石碑上长满青苔，爷爷说：这是你老爷爷，他在这里待了七十多年了。老爷爷过世，我爷爷还只有三四岁。沧桑世事，生死两隔，我哪里能够体会其中的悲欣交集呢？我只是跟着大人们翻新土，摆上馒头，摆上法饼，摆上腊鱼与腊肉，然后从篮子里拿出纸条条，一条一条地挂着，黄的，红的，白的，挂在那里，风吹过，满幡飞；待到烧纸钱上香时，爷爷总是很虔诚，凝重地捧着三炷香，把我拉在墓碑前，捉着我的手，将我的手与香一同举过头顶，然后双手合十，一鞠躬，二鞠躬，三鞠躬，嘴里碎碎地念，含混不清地念叨，每次我在模糊中听见："保佑我家草心平平安安，考个好大学。"

扫完墓，吃罢中饭，我们就得赶往城市的家，提着大包小包土特产往回走。拐过一个口子，再拐过一个口子，拐过弯弯阡陌的乡村小道，我都看到在光影昏暗处，仍有一个孤独的身影，在远远地站着、望着……

而后几年，爷爷得了脑血栓，神志不清，长期卧病在床。可我们每次清明回来，他总会支撑着拐杖，颤巍巍地起床，他认不得人了，他看到我爸爸，对我奶奶瘪着嘴喊：你……哥哥，你……哥……哥。可看见我就呵呵直乐，满面的皱纹此时就像被打破平静的湖面，泛起层层密密的涟漪，喊：崽，崽，好……好……读书，考考考大学。爷爷已经没法带我们上山去扫墓了，可他总是拄着拐杖，绕到屋后面的那块晒谷坪上，目送着我们上山。已是风烛残年的他，就似守护在家门前一棵历尽沧桑的老树。直到我们下山来，爷爷仍保持着同样的姿势站在那张望着，宛如摇摇欲坠但还屹立不倒的老树干。

2006 年，读高中的我，学习紧张起来，老家已有数年未归，固执的爷爷因安土重迁也不愿意与我们久住，所以我有两年未见他。那个清明节，濒临残酷的高考，也没跟随下乡拜祭的父母去看望爷爷，当时单纯地想，等炼狱般的日子一过，就能再见到爷爷了。可清明刚刚过了半个月，就传来爷爷病危的消息，隔日就听闻爷爷已然归去。

"树欲静而风不止，子欲养而亲不待"，回到老家，看到刚砌好没两年的新屋，如今却一片缟素，厅堂中间挂着爷爷的遗像，眼神空洞浑浊，望着前方，似乎在期盼着什么。悔恨，不舍，不甘，难受，一股脑儿涌上心头，我泪水夺眶而出。

爷爷终于把我给盼回来了，可是他此时已无力像过往从木板床挣扎起床，从阴暗、冰冷、坚硬的棺木出来，给我糖，摸着我的头说：崽，又长高了啊。

山头依稀残存着清明节五彩缤纷的纸花，只是已不似当时那般鲜艳，风吹雨打，日晒雨淋，早已憔悴不堪。清明又到了，我却在遥远的北京，爷爷，我不能来给你拔去墓上的杂草啊，我不能给你挂上那黄的红的白的纸幡啊。

我只有三炷心香，第一炷是：爷爷，你好好歇着吧，别像过去那样累了。第二炷是：爷爷，你有的吃就吃吧，别像过去那样饿着自己。第三炷是：爷爷，你现在有时间，就到处走走吧，你说你没来过北京，你就来北京吧，我领着你看北京的美丽风景。

长大后，清明于我是堆矮矮的坟墓，我在外头，爷爷在里头。

祖父，沉默如海

杨立英

祖父临终时，一直最疼爱的小憨却没有在身边。

祖父兄弟两个，在家族中排行老六，人称六爷。祖父的弟弟七爷在小憨六岁那年得了重病，命赴黄泉。弥留之际，七爷拉着祖父的手，说："哥，以后小憨就是你的孩子了！照顾好他。"祖父用力握着七爷的手，应下这沉重如山的生命之托。

小憨是七爷唯一的孩子。以后的日子里，七奶家的大水缸从未塌浅，庄稼从未迟收，院子里干净齐整，生机勃勃。小憨长到十四岁时，高高的个头与祖父一般齐，七奶说："哥，小憨长大了，以后让他挑水吧。"

祖父一口回绝："还是个孩子，长身体呢，可不敢干这重活，把个头儿压着了！"

小憨在村里念完小学，祖父又送他去县城读书，七奶跟着照料饮食起居。每隔十天半月，祖父把劈好的柴草和备好的粮食用木轮车运往三十里开外的县城，冬夏无阻。那时的祖父正当壮年，个头高大，肩膀宽阔，走起路来脚底生风。冬天他沿着高高的黄河大坝行进，独轮车的车襻沉重地压入双肩，北风呼啸，把他单薄的衣服鼓成一叶帆。他行走时的脊背坚挺，踏出的脚步铿锵有力。

其间，祖父操持着帮七奶盖起三间二梁架子砖到窗台的房屋，完工那天，祖父站在宽敞明亮的屋前长长地舒了口气。他说："有这几间屋，小憨找媳妇就不愁了。"

在农村，房子是家的脸面，来不得半点马虎。就在祖父肩上的担子稍有放松时，高小还没毕业的小憨因失恋导致精神错乱，整日蜷缩在炕角，沉默萎靡，不言一语。望着意识混乱的儿子，七奶编织了多年的梦想一下子破裂，七奶疯了。她砸东家的门敲西家的窗，偷南邻的鸡拿北邻家晾晒的衣服，乡邻们的同情随着时间的推移，慢慢转变为指责和谩骂，祖父第一次低垂下了他坚挺的腰背。说好话赔不是，恳请乡邻多担待，成为祖父那段时间的日常。七奶疯得严重时，祖父把她关进屋，一日三餐差母亲送去。七奶的疯时轻时重，知道母亲是个不敢回言的小媳妇，做不了主，从不伤害母亲。对限制她自由的祖父大为不满，把着窗棂谩骂，声言要杀了祖父。有一次，逃出屋门的七奶真的实施了她的杀人计划。她在竹竿一头缠上些破布条，浸上煤油后点火，从窗棂伸进去把祖父床上的帐幔点燃，睡眠中的祖父顿时被火海包围，花白的头发和眉毛烧成弹簧样的螺旋丝，散发出煳焦的气味。祖父的狼狈相让七奶兴奋不已，她高兴得手舞足蹈："真好来真好来，杨老六的头上开花啦！"

面对七奶的闹腾和谩骂，祖父沉默不语，只有叹气。

祖父是一个把脸面看得比金子还重的人，他一辈子不会骂人，也不容许家人骂脏话。有一次，因为我做了错事，母亲愤怒地甩给我一句脏话，被院子里的祖父听见了，二话没说，进门就是一巴掌——"杨家没有骂人的。"巴掌从母亲头顶滑过，打乱了母亲的头发，也让母亲永远记住了这一不容违犯的家规。

可是面对七奶的谩骂，祖父却毫无办法，他只有躲。他去的最多的地方是东坝头的扈爷爷家。扈爷爷言语不多，待人实诚，祖父养船那会儿常去他家歇脚。

"来了？"

"来了。老七家被我关起来了。"

"听说了，也是没法子的事。"

……

他们断断续续的对话，简单，平静，更多的是长时间的沉默。常常，祖父在椅子上坐着坐着就睡着了，发出阵阵轻微的鼾声，此时，扈爷爷放下手里的活计，轻声轻脚虚掩上屋门，不再发出一丝动静。

　　小憨生病的第三个年头，村里有一个招工名额，祖父想尽办法把他送进"九二三厂"当了工人。从此他精神焕发，脚穿亮皮鞋，嘴吸大前门，就连口里的牙齿都闪出金光，一年半载回不了一趟家。

　　"六爷真糊涂啊！好事给了小憨，自己三个儿子却在家受苦受穷。这个小憨也真是的，忘了谁，也不该忘了他六大爷啊！"面对村民们的议论，祖父长吁一口气，其他，不再多言半句。

　　祖父的性格说一不二，家人在他面前从不敢多言。慢性子的父亲，受祖父的数落最多。相比于父亲的懦弱，我更喜欢祖父骨子里的血性。祖父的学识是村子里最高的，加上辈分又高，很受人敬重。从曾祖父开始家里养有船只，雇有短工，日子过得殷实，在村人的眼里曾祖父和祖父都是有能耐的人。土改时，祖父被划为富农，免不了挨批斗。我们村的当家人是位女支书，一双大脚走起路来震得地皮晃动，嗓门大得从村头能传到村尾，按辈分该喊我祖父一声爷爷，但她总是扯开嗓子叫祖父的大名——杨秀茹。年近七十的老人被晚辈们推来操去直呼其名，在他的人生际遇里从来没有出现过。祖父变得越来越沉默了。他开始装聋作哑，不作任何的争辩。走路时目不斜视，遇见人时从不先开腔，如果有后生恭敬地问："六爷出门啊！"他也只是"哦"一声。

　　没有人知道，到底是什么让性格爽朗的祖父变得如此沉默。到了晚年，除了偶尔去扈爷爷家，其余的时间总是一个人发呆。他的眼睛先是太阳落后视物模糊，继而大白天也丧失了功能。这个很要脸面的老人，从此生活在漫长的黑暗世界里，可他又怎甘心活成这样呢？一生喜爱洁净的祖父，从此早晨做的第一件事就是拿一把笤帚摸索着扫院子扫窗台扫墙根，把一条擦脸的毛巾洗得雪白。仿佛只有这样，才能擦亮自己的心绪。

　　刚开始，因为眼睛看不见了，他找不到扈爷爷家，只好让我拿根竹竿领着他去，去的次数多了，他就默默记住了路线。我曾经很不明白，扈爷爷家有什么好的？扈奶奶拖着个病身子，一开口痰液像在喉咙里打旋，呼噜噜的声音压过她的话语。扈爷爷话不多，也是很沉默的一个人。多年后，在我内心孤寂的时候才渐渐明白，一个你愿意以灵魂相对的人，相处的时候会让彼此舒服，走开后又会让各自轻松。

　　我常想，如果我的祖父能活到今天，我一定会走进他的内心，与他做一对忘年交，让他心里沉默多年的火山，得以喷发释放。时间只会记录一个人的生老病死，不会记录他憋闷的委屈。如今，我只能痴痴地望向天空，把散乱在时光里的影像，一点一点组合成他的样子。

继 父

张亚凌

听母亲说，他进门时我只有五个月大。对"父亲"的记忆，别说我，就连比我大两岁的三哥、大五岁的二哥，都说记忆里只有他。

他在离我家不远的钢厂上班。河南人，矮小，黑瘦，长得倒很筋骨。似乎不管见了谁，都是一脸讨好得有点卑贱的笑。

多年后，看着他蒙着黑纱的照片，母亲老是感慨：要不是那些女人家眼角浅，光看男人长相，这么好的一个人，还会上门到咱家过日子？还轮得到咱娘五个享福？母亲可不是在心里默想，而是自言自语。

不只是母亲想不明白，我们兄妹在一起说起他，也是泪水涟涟。觉得他好像就是为了我们才到这世上辛苦地走了这么一遭，遭了那么多罪。

记忆里，他一下班，随便吃点，就到街口摆摊——修自行车捎带配钥匙。我呢，一直在旁边玩。没活干时，他就笑眯眯地瞅着我，那目光就柔柔软软地

撒了我一身。有时，他会喊，妮儿，甜一下去。我就欢快地跑向他，从那油腻腻的大手掌里捏起五分钱，买水果糖。一剥开糖纸，我会举到他的嘴边，让他先舔一口，也甜甜。他会用干净点的手背蹭一下我的小脸蛋，说，爸不吃，妮儿吃。妮儿嘴里甜了，爸心里就甜了。

天黑了，准备回家了。不用他说，我就爬上小推车，不歇气地连声喊着"回家喽——""回家喽——"。

直到去世前，他还在街口摆摊修自行车。

他还能修理各种电器，巷子里的人经常跑到家里麻烦他。我有时就纳闷，问他，我真想不出，你还有啥不会的？他就笑了，说，爸是从小卖蒸馍，啥事都经过。

他对自己啥都不讲究，啥都是凑合。

母亲常常说起他每月工资一个子不留地交给自己的事，说时总是撩起衣襟抹眼泪。母亲说，人家男人都吸烟喝酒，他咋能不眼馋？还不是咱娘五个拖累大，得攒钱。母亲也常在我们面前唠叨，说你们呀，要是对他不好，就是造孽。妈一个妇道人家，咋能养活四个娃娃？早都饿成皮包骨头贴到南墙上了！

在家里，母亲很敬重他。他蹲在哪儿，饭桌就放到哪儿。我会以最快的速度给他的屁股下面塞个小凳子，哥哥们立马就围了过去。母亲边给他夹菜边说，你是当家的，得吃好。他又笑着夹给我们，"叫娃们吃，娃们长身体，要吃好"。

他几乎一年四季都是那蓝色厂服。母亲要给他做身新衣服时，他总说，都老皮老脸了，还讲究啥？给娃们做。

"百能百巧，破裤子烂袄。"街坊嘲笑他，只知道挣钱舍不得花钱。

"再能顶个屁，还不是在人家地里不下种光流汗？不就是不掏钱的长工吗？"熟识的人讥讽他，没有自己的孩子还那么撅着屁股卖命地干。

流言风语咋能传不进他的耳朵？更有甚者给他说话直接带味儿。好几次，母亲没话找话硬拉扯到那事上想宽慰他，他只是笑笑，说没事，手底下的活都做不完，哪有闲工夫生气？

他不是脾气好，是压根就没脾气。

邻里街坊说话不饶他倒也罢了，欺生。可爷爷奶奶大伯叔叔们从一开始就不同意他上门，在本家的大小事上都不给他好脸色看，这就没道理了。可他，见谁都是乐呵呵的，才不理会别人紧绷着的脸。母亲为此很生气，说这一摊孤儿寡母不是你，日子能过前去？给他们姓李的养活娃娃，凭啥还要看他们的脸色？断了，断了，不来往了！

他倒给母亲和起脾气来。说忍一忍就过去了，都是一家人，计较啥？

只是，我万万没有想到，他竟然也会发脾气，还是因为大哥的事。

大哥看上了个姑娘，家里姐妹俩，姑娘的父母也看上了大哥的忠厚，想招他上门。大哥自己都愿意了，可就卡在了继父那儿。

我能给你们几个当得起爸，就能娶得起媳妇盖得起房！他撂下这句话就披着衣服走了。母亲后来找了大哥，当时我也在场。母亲说，你爸死活不同意你给人家上门。你爸说了，招上门的女婿，腰就直不起，就叫人下眼看了。

大哥沉默了。大哥抬起头时，眼睛红红的。

事实上，在抚养我们长大的过程中，他划了两个院子，每个院子里盖了一排五间的厦房，也重新盖了老屋，我那三个哥哥，不偏不倚，一人一院，媳妇们也都娶进了门。

他是在我出嫁后的第二年走的，前一周还给我说自己身子骨硬朗着哩，家孙抱完了，就等着抱外孙哩。那天，他正补着车带，一头栽下去，就再也没有醒来。

我难过得无法原谅自己，我的记忆里竟然没有他衰老的过程，只有他不断劳作的身影！皱纹何时如蛛网般吞没了他？牙床何时开始松动以至于嚼不动他特喜欢吃的茴香味儿的干馍片？他胃疼得整晚整晚睡不着觉时想过叫醒我们唠唠嗑来打发疼痛吗……

倘若他病在床上，我们服侍了些日子，心里或许会好受些。可是，可是爱一直是单向流淌啊，我们究竟关心过他多少？

我没有生父的丝毫记忆，我记忆里的父亲就是他，也只有他。听母亲说，连大我七岁的大哥，在他进门后不久，也再没说起过生父。

他走的情形我永远记着。

大伯叔叔们不让他们的孩子给继父穿孝服，我们兄妹四个磕头挨个求过，他们依旧不答应。当着本家那么多亲戚，大哥说话了：他就是我们兄妹四个的爸，我们四个不是喝西北风长大的，是我爸养大的。这一次不给我爸披麻戴孝，也行，就断亲，断个彻底！你们去世，我们兄妹四个，也不会到灵前的！

事实的确如此。您该满意了吧，爸？

您的丧事也办得很体面，我们除了给您风风光光地办丧事，还能为您做什么？爸——您没给我们生命，却给了我们一切！

美丽的天堂

李绪廷

亮亮今年九岁，原是一个活泼好动的孩子，谁知近一段时间，他常说关节疼痛，浑身无力。父母开始都没有在意，以为是孩子上学累的，休息休息就会好了。谁知，一年以后，亮亮突然病倒了。父亲秦浩这才感到事情不妙，赶紧去医院检查，但辗转各大医院，医生却说不出亮亮得了什么病，只说孩子的肾功能已严重衰竭，即使华佗再世，也无回天之术。

这个结果无异于晴天霹雳，差点把秦浩夫妇击倒。回到家，看着只能靠药物维持生命的儿子，秦浩夫妇肝肠寸断、痛不欲生。聪明的亮亮似乎也看出来了，自己可能得了不治之症。但他并不怕死，因为他在一部奇幻小说中看到，好人会上天堂的。亮亮坚信自己是个好人。

这天，亮亮又一次昏迷清醒后问秦浩："爸爸，都说天堂很美，是不是真的有啊？"秦浩想说没有的事，但话一出口却正好相反。秦浩说："当然有，并且比世间要美得多。"亮亮不说话了，望着天花板想了很久。亮亮说："爸爸，我在一个奇幻小说里看到过天堂，但我认为不是真的。天堂应该在海底。"秦浩不知道儿子为什么会有这样的想法，但为了哄儿子高兴，也说："我的儿子真聪明！天堂就是在海底的。""那我们能不能去看看呢？我听说那里都安排好了每人的小房子，我想在我还清醒的时候，看看我自己的那间。"

本来，秦浩接着儿子的话说，只是为让儿子高兴，没想到儿子却认了真。这下，秦浩犯了难。他知道，现在再说没有天堂，不仅于事无补，还会伤了孩子的心。他无法面对一个骤然破碎的心。

整整一晚，秦浩都没有睡，看着时昏迷时清醒的儿子心如刀绞。商量了一个通宵，黎明时分，秦浩对妻子说："这几天，你好好陪着儿子，我安排去天堂的事。"说完，夫妻俩相拥而泣。

第二天，亮亮问妈妈："爸呢？"秦浩的妻子强作笑脸说："爸爸去联系车了，过几天我们就去天堂看你的小房子。"亮亮显得特别兴奋，和妈妈讨论起把他喜欢的东西摆在哪里。看着儿子天真的笑脸，秦浩的妻子的心好像被一个恶魔拧紧了，滴着血、隐隐作痛。

过了一会儿，亮亮听见有机器的声音，就问妈妈怎么回事，秦浩的妻子告诉他，是楼下王叔叔在装修房子。

这样焦急地等了一星期，亮亮终于盼来了去天堂的日子。那天，秦浩告诉亮亮，因为天堂不让人随便看，他就求那个看门的人，那人最后答应，来的人都要被蒙上眼，到自己的房间才能将蒙眼布解开。亮亮懂事地点点头，让爸爸将一块黑布蒙在自己眼上。

亮亮被爸爸抱着下了楼，上了一辆车，亮亮听见司机问："去哪？"爸爸说："天堂。"说完，车子就驶上了高速公路。

一路上，爸爸不时地告诉儿子已到了什么地方，离海边还有多远。一想到自己就要看见梦想中的天堂了，亮亮禁不住笑出声来。

因为亮亮有时昏迷、有时清醒，不知道过了多长时间，他听见司机说："到了。"车子就停了下来。

依然是爸爸抱着他。亮亮能感觉到爸爸在往下走。过了一会儿，亮亮听见开门声。亮亮被放到一张床上，眼上的布慢慢解开。当他的眼适应了这里的环境时，他惊呆了，他知道，自己真的是在天堂了，因为天花板上面就是成群的鱼在游来游去。当然，还有海草、大虾，最让他兴奋的是，还有一只小乌龟隔着天花板看他，好像是对他这个新客人的欢迎。

"爸爸，天堂里为什么没有天使？"亮亮问。"有啊。"秦浩说，"等你病好了，能自己走出这个小屋，天使就会给你鲜花。"

"爸爸，我想就住在这里，行吗？"亮亮用乞求的眼光看着爸爸说。

"当然行，因为这就是你的天堂。不过，你要答应，让医生来这里给你看病。"

亮亮点了点头，幸福地笑了。

亮亮的病情在极度恶化，死神在一步步走近。这天，亮亮突然心律失常，出现了呼吸循环系统急性衰竭症状。虽有医生全力抢救，但已无力回天。弥留之际，亮亮拉着爸妈的手，幸福地说："爸爸不哭，妈妈不哭……我看见天使了，她正捧着鲜花在门口等我……"

无言的泪雨中，亮亮留给在场的人一个最甜蜜的微笑。

这时，一个人推门进来了。秦浩一看，连忙迎上前去，说："等办完孩子的丧事，就还你钱。"

那人哽咽着说："我说你为什么把地下室装修得和水晶宫一样，原来是这样……什么也别说了，这是你打的欠条，送给孩子当路费吧……"

说完，那人掏出打火机，把那张写有五万元的欠条点着。

火光中，一张张因感动而抽搐的嘴唇，慢慢吻在孩子永恒的笑脸上。

这个世界，虎子曾来过

张亚凌

虎子是二哥养的一条狗，说是正宗的狼狗，后来的事实一再证明，它只有狗的忠诚却无狼的凶狠，有点对不住"狼狗"这俩字。

说它是二哥养的狗，一点都不夸张。1976 年距离现在并不遥远，很多人的记忆应该还很深刻——贫穷与饥饿。因为直到 1985 年我上初中了，到学校带的干粮还是以杂粮为主，红薯，玉米糕，糜面馍馍，似乎没有哪个同学来学校只带麦面馍。1976 年的一个冬日，二哥推门进来时怀里抱着一只狗，蔫不唧半死不活的样子。母亲连声说，扔了扔了，赶紧扔了，连你都吃不饱还想养狗？

二哥没有回应。母亲急了，冲过来就要夺小狗。二哥转身护着狗，还是低头不作声。母亲气得狠狠地踹了他一脚，骂道，反了你了？要养狗你就吃风拉屎去！

二哥一向很听话，那次却表现得很是固执，任谁劝都不听，就是要留住怀里那个黑不溜秋的小可怜。

那只小狗，就在大家都很嫌恶中勉强地留了下来，二哥给它取名"虎子"。大哥戏谑道，就那半死不活的熊样，叫"狗熊"都糟蹋了狗熊，还想跟老虎攀亲？可二哥才不理会大哥的挖苦，依旧一天八次声音响亮地"虎子""虎子"地喊。

起初虎子在家里真的没有任何地位，除了二哥，谁都可以以挡路绊脚为由踹它一脚，它立马走开。只有二哥，再忙再忙也会得空抱抱它。那会儿的虎子顿时来了精神，伸长舌头，在二哥脸上舔来舔去。即使二哥忙得没工夫逗它，只要它看见二哥，也会摇着尾巴围着二哥转圈儿。晚上，它就早早跳上炕，靠着二哥的被子外面躺下，很是乖巧。谁过去揪它耳朵或是拍打它，它都温驯地承受——似乎让它上炕，已经很感激很感激了。

虎子很孱弱，二哥为它啥事都干过。

家里只有八十多岁的姥姥一直吃麦面馍馍。母亲总说，你们小，享福的日子长着呢，吃坏吃好都能撑住。姥姥不行，得吃好的。二哥就瞄上了姥姥的麦面馍馍，偷来泡给虎子吃。曾有一次可恶到姑姑给姥姥带来一罐麦乳精，我们都没舔过一口，他竟偷偷舀了一勺子和给虎子喝。瞧瞧，为了虎子，他连姥姥的

主意也敢打。

村里一有杀猪的，二哥就跑得欢了，殷勤地帮忙烧开水，递家伙，就是想要一点下水给虎子增加营养。更气人的是，母亲给我们盛饭时，二哥眼尖手快，总是把稠的那碗端走。背过大人，偷偷地挑出来一些分给虎子。我们是他的亲兄妹，他竟然为了一只狗跟我们争稀稠。

在二哥千方百计尽心尽力地照顾下，虎子慢慢壮实了，凶悍也暴露出来了。它往门口一站，村里从大人到孩子都害怕路过我家门口。尽管母亲一直给大家伙解释，说虎子就是看起来凶，其实根本没性子，边说还叫过虎子拍打拍打来证明。事实是，虎子已经比村里任何一只狗都高大威猛了。

家里人也已经完全接受了它，不过该踢照踢，该踹照踹。它依旧很是温驯，不会有任何抵触，只有一次例外：二哥做错了什么，父亲气得举起扫帚要打他，虎子不依了，"汪、汪汪"地叫着就扑了上来，一口咬住了扫帚，插到他们中间，盯着父亲虎视眈眈，父亲只好作罢。

虎子俨然成了二哥的保护神。

我永远不能原谅自己的，是那次收麦时我对虎子的伤害。

那时没有机器，都是用镰刀收割。我上小学，负责给在地里收麦的大人们送凉开水，一次拎两个暖水壶。结果没放稳当，一个水壶摔倒，破了。我自己先吓呆了：天哪——我弄坏了一件家当，一向惜物的母亲会怎样收拾我？想想都害怕。我看到母亲用衣袖擦着脸上的汗向我走来了。急中生智，我过去就踹起虎子，边踹还边骂，"再跑，再跑，看你把水壶都撞破了……"母亲到了跟前，也踢了虎子几脚。

虎子一点声音也没发出来。二哥就在地的那头装车。

那天，虎子回到家就一直躺在墙角，心里很愧疚的我走过去看它。抚着它的毛，突然，看见它眼角滑出了泪。直到现在，我说我看到过狗哭，却没人相信。

第二天，虎子又前爪一伸，放在了我的肩头，而后伸长舌头在我脸上舔，它原谅我了。或许它压根就没往心里去，自然就谈不上原谅不原谅。

1990 年的春天，二哥和我骑上摩托准备去五里外的舅舅家帮忙盖房子，虎子拦在车前硬是不让出门，一向很听话的虎子任二哥怎么呵斥也不退让。我们好不容易推车出了门，刚骑到村口，虎子飞一般蹿到车前，迫使二哥停了下来。车刚停稳，虎子一口就咬住了二哥的裤腿，向家的方向扯着。二哥喊了几声"虎子"，它也不松口。二哥生气了，从未动过虎子的他一脚踹了过去。虎子趴在了地上，显然被踢伤了。

"走吧，虎子不会再追了。"我扯了一下二哥。

"真是见了鬼，虎子今天咋啦？刚才踢得有点重。"二哥嘀咕着又踩了油门。

我想错了，虎子还是一瘸一拐地狂叫着紧追着，几乎和我俩同时到达。

就是那一天，二哥出事了。工匠们正在休息，楼房的东北角轰然倒塌。在惊呆了的人们还没有反应过来时，虎子扑了上去，焦躁地蹦着，狂叫着……

二哥总说，他闲不住是因为他属猴，猴屁股坐不住。他的闲不住将他在别人休息时推上了不归路。

只因没接受虎子的劝阻？莫非在冥冥中，虎子凭着灵性预感到二哥面临的凶象，忠诚的它便不顾一切地阻挡？

村里好心的老人叮嘱我，千万不能让虎子到哥的灵前，要不哥来世就不能转世成人了。我又怎能抗拒得了虎子流泪的双眼？只因我们固执地没接受虎子的劝阻，才有了今日流不完的泪伤不尽的心！

虎子陪着我守了几夜长明灯。

要入土了，虎子在墓坑边发疯般张大嘴巴吐着长舌头，蹦着，叫着，帮忙的乡亲们吓得不敢靠近。我哭着，对虎子说着也只有虎子才能听懂的话，搂着它的头，硬将它从墓坑边拖开。

二哥走后，虎子似乎也不那么尽职了，往往大半天甚至一整天都不见它的踪影。后来才听地里干活的人说，虎子常常一动不动地卧在二哥的坟前。再后来，虎子不怎么吃东西了，再好的饭菜，只是偶尔尝一口，甚或连看也不看一眼。也请了几个兽医，都看不出有什么病。两个月后，虎子绝食而去。

六十多岁的老母亲硬是不让我插手，自己很费力地在后院挖了一个坑，还给虎子戴了顶小孩的帽子，旁边放了四个馒头、一个碗、一双筷子——据说那样埋，虎子来世就能转生成人。

虎子割舍不开的是二哥。

狗且如此!